赤い袖先

上

カン・ミガン 著

赤い袖先

上巻

赤い袖先 上 目次

第二部　王と宮女

「赤い袖先 上巻」登場人物紹介

世孫（セソン）／イ・サン

朝鮮王朝第21代王・英祖を祖父に持ち、幼い頃から王の世継ぎとして育てられた王世孫。頭脳明晰で本を愛し、理想的な君主となるため日々努力している。自身の父（荘献世子）が悲惨な最期を遂げた心の傷がある。英祖亡きあと、王位に就く。

ソン・ドギム

中人の娘で、幼い頃に家が没落、宮仕えに出された。美しい筆跡を持ち、本の読み聞かせが得意。好奇心旺盛で聡明な宮女。サンの母・恵嬪ホン氏に仕えるなかでサンに出会い、のちに東宮付きの宮女に。

ホン・ドンノ

サンの寵愛を受ける文官。サンに学問を講義する兼司書として仕え、のちに王の秘書的存在ともいえる都承旨の座にまで上り詰める。柔らかい物腰と秀麗な容姿で宮女たちの憧れの的。

王様／英祖（ヨンジョ）

朝鮮王朝第21代王。政治力と威厳を兼ね備えた君主だが、身分の低い母を持ち、宮女に対しても特別で複雑な思いを抱く。実の息子・荘献世子を死に追いやった過去に苦悩があり、息子の話はご法度。孫のサンを国王にふさわしい人物に育てようと厳しく接する。

王妃キム氏

若くして英祖に嫁いだ継妃。政治的な駆け引きに長ける。英祖の死によりサンが即位したあとは、大妃（テビ）に。サンにとっては、7歳年上の義祖母にあたる。

恵嬪（ヘビン）ホン氏

サンの実母。夫・荘献世子の死後、敵の多い宮中で息子サンを守ること、無事に王位に就かせることに心血を注ぐ。サン即位後、恵慶（ヘギョン）宮に。

世孫嬪（セソンビン）

サンの正室。良家の娘だが、おとなしく控えめな性格。世継ぎが授からず、子が産めないという噂に苦しむ。サンが即位後、王妃に。

チョンヨン郡主（クンジュ）

サンの一番上の妹。ドギムと親しく、小説の筆写をたびたび依頼する。

チョンソン郡主（クンジュ）

サンの二番目の妹。姉とは違って礼儀を重んじるタイプ。

光恩副尉（クァンウンプウィ）　チョンヨン郡主の夫。清廉潔白で生真面目。四角四面で退屈な面も。

興恩副尉（フンウンプウィ）　チョンソン郡主の夫。女遊びが過ぎてたびたび問題を起こす。

淑儀（スギ）**ムン氏**　英祖の側室。元は宮女で、老王を惑わせた妖女として知られる。コ・ソホンとも呼ばれる。

義烈宮（ウィヨルグン）　英祖の側室・暎嬪（ヨンビン）イ氏。サンの祖母。宮女の出で、英祖が最も愛した側室といわれ、その死後、義烈宮の名を授かる。

荘献世子（チャンホンセジャ）　サンの父。父・英祖の怒りを買い、罰により死に至る。思悼世子（サドセジャ）とも呼ばれる。

キム・ボギョン　ドギムの親友で宮女仲間。熊のような容姿で動きも鈍いが心優しい。

ペ・ギョンヒ　ドギムの親友で宮女仲間。訳官の娘。思ったことははっきり言うため嫌われがち。

ソン・ヨンヒ　ドギムの親友で宮女仲間。仲間内では一番おとなしいが、芯は強い。

カン・ウォレ　ドギムの先輩宮女。同郷の縁で東宮での振る舞いをドギムに助言する。

ソ尚宮　幼い頃からドギムを見守る師匠尚宮。

提調（チェジョ）**尚宮チョ氏**　王宮に仕える宮女たちを統率する宮女の長。背後で強大な力と政治力を持つ。

ホン・ジョンヨ　左議政（朝鮮王朝行政府の重要官僚）。恵嬪ホン氏の叔父で、サンにとっては母方の従祖父にあたる。

イ・ユンムク　東宮の内官。サンの身の回りの世話をする。

ソン・シク　ドギムの兄。人はいいが、才覚に欠け、科挙に何度も落ちている。妹思い。

物語を深く知るための時代背景 ～イ・サンをめぐる逸話～

英祖とサンの関係に影を落とす「米びつ事件」

イ・サンという人物を語るうえで外せないのが、1762年に起きた祖父・英祖と父・荘献世子にまつわる悲劇的事件だ。

当時、朝廷で権力を牛耳っていたのは、英祖即位を後押しした老論派。対して、荘献世子は少論派を師とし、老論派と対立する姿勢を見せた。さらに、父の過度な期待と厳しさに心を病んだ荘献世子は奇行を繰り返し、英祖を悩ませるように。そんななか、老論派の重臣や老論派一族である貞純王后（英祖の継妃、本書では王妃キム氏）の訴えにより、荘献世子に謀反の疑惑がかけられる。怒った英祖は荘献世子を廃して、米びつに閉じ込め、荘献世子は8日後に餓死。このとき、幼いサンが父を助けてほしいと祖父・英祖に懇願したという記録が残っている。

英祖自身にとっても息子の死は大きな後悔となり、その死から半年後、廃位を取り消し、思悼世子の称号を与えた。これには「世子の死を悼む」という意味がこめられている。

「読書君主」の異名を持つイ・サン徹夜で本を読み明かした深い理由

無類の読書家として知られるイ・サン。彼の側近たちによれば、サンは幼い頃から一日の読書量を日課として定め、病気で伏せたとき以外は王になってからも欠かさず果たしたという。徹夜で本を読み明かすこともたびたびだったが、常に暗殺の危機にさらされていた彼にとって、夜の襲撃を避ける意味もあった。事実、「服も脱げずに寝たのが何か月続いたかわからない」という言葉が残されている（『正祖実録』）。

また、読書家だったのみならず、武芸の達人でもあったサン。身を守るために身体を鍛え、武芸にも並々ならぬ関心を示したという。自身も弓の名手で、どんな小さな的でも射ることができたそうだ。育った境遇が影響したとはいえ、文武両道の完璧な王だったわけだ。

書筆に強いこだわりを持っていたサンが愛でたドギムの文字

高い教養を持ち、学者肌だったイ・サンは、民心を汚すとして『三国志演義』などの娯楽小説、流行りの文体や派手な書体を嫌悪した。「文字には性情が表れ、文字は心が書くもの」と語り、素朴な旧書体を好み、独自の書道哲学があったという。

一方、幼い頃に宮女となり、サンの母、恵嬪ホン氏に仕えていたソン・ドギム（宜嬪ソン氏）は、文才があり、美しい筆跡で知られていた。その才を買われてか、サンの妹たち、チョンヨン郡主、チャンソン郡主とともに小説『郭張両門録』を筆写したと記録に残されている。その彼女の筆跡をサンは称賛したという。

子に恵まれなかった正室
王の承恩を頑なに拒んだ宮女

荘献世子の餓死事件があった1762年、サンは正室を迎えた（のちの孝懿王后）。王宮が騒がしかったこのとき、実家に戻っているよう言われるも、義母・恵嬪ホン氏と一緒にいることを選び、わずか10歳ながら模範的な嫁と称された。性格は良いとされたが、夫であるサンとの距離は縮まらず、子に恵まれないことが難点だった。

そんななか、1766年にサンは宮女であるドギムに承恩を命じる。つまりサン自ら側室を選んだということだ。だが、正室に子がないゆえ受けられないと、ドギムはこれを拒み、サンは彼女の思いを理解し強要はしなかった。そして15年の時を経て、今度は王としてサンはドギムに再び承恩を命じる。このときもドギムは一度は拒むが、その後、受け入れ、身ごもることに。二度の流産を経て、1782年、王子を産み、側室となった。

サンの寵臣から政敵へ!?
ホン・ドンノ（洪国栄）の野心

イ・サンの側近として仕えるホン・ドンノは、実在の人物、洪国栄のことだ。1748年に生まれた彼は、サンの4歳年上。1772年、24歳で科挙に合格、美形で、詩を作るのも上手かったとされ、1774年に侍講院説書、1775年には同兼司書となり、サンに経書の講義を施した。多くの反対勢力からサンを守ったことでも知られ、サンが即位するや、王室秘書官ともいえる承政院や王の護衛部隊、禁軍（禁衛営）のトップに任じられている。

1777年、暗殺未遂事件が起きた際は、事件の黒幕を調査し逮捕。サンの異母弟・恩全君を担いで謀反の計画があったことが判明し、恩全君は死刑に。

さらに、野心を抱いたドンノは、1778年、12歳の妹を正祖の側室にし（元嬪ホン氏）、外戚として権力を握ろうとしたが、元嬪はわずか1年で病死。それでもエスカレートしていくドンノの野心をサンも警戒するようになり、それを察したドンノは自ら辞職。再起の時を待つも弾劾され、1780年、流刑に処された。1年後、流刑地で病死。

イ・サン年表
～歴史上の出来事～

◆**1752年** イ・サン、英祖の次男・荘献世子（思悼世子）と恵嬪ホン氏（恵慶宮ホン氏）の間に生まれる。

◆**1759年** サン、兄のイ・ジョン（懿昭世子）が夭折後、8年間空席だった王世孫に封じられる(8歳)。

◆**1762年** サン、1歳年下のキム氏(のちの孝懿王后)と婚姻(11歳)。

◆**1762年** 朝廷の最大政治派閥・老論派による荘献世子の非行の上訴に英祖が憤慨。荘献世子は米びつに閉じ込められて餓死する。この際、「罪人の息子は王になれない」という老論派の主張により、サンはすでに亡くなっていた英祖の長男・孝章世子の養子となる。

◆**1766年** サン、宮女であったソン・ドギム（のちに側室となる宜嬪ソン氏）に承恩を求めるも、「まだ正室に子がいないのに共寝はできない」という理由で拒まれる。※15年後に再度、ドギムを求めたがこのときも拒絶されたという。

◆**1775年** サン、英祖の命で代理聴政を始める(24歳)。

◆**1776年** 英祖が83歳で死去。サンが第22代王となる（25歳）。即位後は、父の死を招いた仇であり、最大派閥・老論派の勢力を抑え込む政策を遂行。

◆**1777年** 王の住処・慶熙宮に刺客団が侵入、サンがすぐに異変に気づいたことで未遂に終わる(正祖暗殺未遂事件)。

◆**1778年** 側近・洪国栄（ホン・グギョン／本書ではホン・ドンノ）の妹が、側室・元嬪ホン氏に(翌年、病死)。国栄は外戚として勢力を振るう。

◆**1778年** 暗殺事件勢力がサンの異母弟・恩全君を王として推戴しようとしていたことが判明。サンは恩全君を守りきれず、賜薬を下賜。

◆**1779年** 洪国栄、行き過ぎた野心を案じたサンにより、すべての官職から辞職させられる(のちに流刑され、失意のまま1781年病死)。

◆**1782年** ドギムがサンとの間に男児イ・スンを産み、側室・昭容に。翌1783年、嬪に昇格。サンから宜嬪の名を授かる。

◆**1784年** 3月、宜嬪ソン氏が娘を出産するも5月に夭折。同年、スンが世継ぎに封じられる(文孝世子)。

◆**1786年** 文孝世子が病死。心を患っていた宜嬪ソン氏は病状が悪化。3人目の子を妊娠していたが出産も叶わず、9月に死去(享年34歳)。

◆**1800年** サン、病の悪化により死去。死因は老論派による毒殺説もあるが定かでない(享年49歳)。

※年齢は数え年

序章

序章　運命へのカウントダウン

　甲申《きのえさる》の年（一七六四年）の秋。強い日差しを避けて、あどけない顔をした女の子たちが宮殿の軒下に輪を描いて集っている。輪の中心にいるのは見習い宮女《クンニョ》のソン・ドギム。長い三つ編みを赤い布で一つに束ねて、声高らかに本を読んでいる。

「ピョングクが戦《いくさ》から戻ってきたあとに重い病にかかり、昼も夜も薬を飲んでいると知り、王様はすぐさま名医をつかわした。医員はピョングクを診ると王様のもとへ戻り、病はさほど重くはなかったが妙なことがあったと伝えた。何事かと王様が訊ねると、医員はためらいがちにこう答えた」

　水を打ったような静けさのなか、見習い宮女たちはごくりと唾を飲み込んだ。

「ピョングクは……あれは男ではありませぬ」

　まるで怪談話のようにドギムが声を張り上げる。見習い宮女たちは驚き、隣にいる子の手首をぎゅっとつかんで身をすくめた。

「王様はしばらく考えたあと、『ピョングクが女人ならば、戦に出て敵兵を討ち倒すことなどできぬはず。だが、たしかにピョングクの顔は桃色を帯びており華奢な体つきゆえ、女人だと疑わしく思うのも無理はない。とにかく今はまだそのことを絶対に口外してはならぬ』と医員に念を押したそうな」

まさに物語が佳境へと差しかかったそのとき、なぜかドギムは本をぱたんと閉じ、尻の下に敷いてしまった。

「どういうこと？　ピョングクが実は男に扮した女だったことがばれちゃったわけ？」

ひとりの見習い宮女が焦れたように訊ねた。ほかの子たちより頭一つ背が高く体格もいい。この宮女の名はキム・ボギョン。さっさと答えなければ、拳を食らわせかねない勢いだ。

「じれったいったらありゃしない！　なんで続きを読まないわけ？」

「あなた本当にわかんないの？　お金を出せってことよ」

ボギョンの向かい側に座っていた子が舌打ちをしながら言う。卵のような面長の顔にユスラウメの赤い実を思わせる可愛らしい唇をしたその子は、座っていた場所も反対なら顔立ちまでボギョンとは正反対だった。

「ギョンヒ、知ったかぶりはやめてよ」

「あなたよりはいろいろ知ってるわ」

ペ・ギョンヒとボギョン、そしてほかの見習い宮女たちはドギムのほうへと視線を戻した。ドギムが何も言わずに目だけをきょろきょろさせているところをみると、どうやらギョンヒの言葉が当たっているらしい。

「また？　さっき五銭もあげたじゃない！」

ため息が漏れ、どっと野次《やじ》る声が起きた。するとドギムは本を脇に抱え、立ち上がってチマについた埃を払った。

「嫌ならこれで終わり。私は部屋に戻って続きを読むから」

今まで何度もこの手を使ってきたような、こなれた駆け引きの腕前だ。不公平きわまりない仕打ちだったが、読んでほしければ従うしかない。ボギョンは肩をつかんでドギムを座らせた。

「払うよ、払うってば。払えばいいんでしょ」

ボギョンとほかの見習い宮女たちは袖の中をあさり、小銭と五色玉を取り出した。小さな手のひらにこぼれそうなほどの銭がのっているのを眺め、ドギムは笑いをこらえることができなかった。

「あなたって本当にあくどいわね。語り手の真似ごともほどほどにしてよ」

ギョンヒは小銭を払いつつも、むっとしながら口をとがらせた。

「前は休みもせずに読んでくれたのに、今じゃ五頁も読んだらすぐお金を出せと騒ぎ立てるんだから」

「ギョンヒの言うことなんて気にしなくていい。うらやましがってるだけ」

早く物語の続きが知りたいボギョンは、腕を大きく振ってドギムを急かした。

「あれくらい私だって読めるわ。漢文じゃなくて諺文《おんもん》（ハングル）なんでしょ？」

「あらそう。だったら部屋に戻ってひとりで読めば？」

ボギョンがしっしっと追い払うような素振りをすると、ギョンヒは火を噴くような勢いで怒り出した。しまったと思ったボギョンは、隣に座っていたソン・ヨンヒの後ろに慌てて姿を隠した。ヨンヒは串のように痩せているからまるで隠れてはいないのだけれど。

「ちょっとふたりとも静かにしてよ。騒いでいるとまた見つかっちゃうわよ」

ヨンヒは泣きそうな声で言った。

「そうよ。この前なんか私、ふくらはぎを百回も叩かれたんだから」

そう言って、ドギムはぶるっと震えた。

「ギョンヒ、あなたがどうしても帰りたいって言うなら、お金は返してあげるけど？」

皆の視線が一斉にギョンヒへと向けられた。ギョンヒは怒りで頭に血がのぼっていたが、どんなに理不尽でも続きを知りたい気持ちには勝てず、結局は座るしかなかった。妙なことに、同じ本でも、自分で読むよりもドギムの読み聞かせのほうがはるかに面白く感じられるのだった。ギョンヒは不機嫌そうに、「ふんっ」と鼻を鳴らすことで何とか自分の心と折り合いをつけた。

ドギムはにこりと笑い、ふたたび本を広げた。

「いっぽう、徐々に回復していたピョングクはこう考えていた。医員に診てもらったせいで女だということが感づかれてしまったに違いない、女人の服を着て、身を隠しながら宮中で生きていくほうが身のためではないか……」

そこで、ふたたび朗読は中断された。

「大変！　ソ尚宮《サングン》様がお越しよ！」

向こうで見張りをしていた仲間が、唐突に声を張り上げた。皆、気が動転してしまう。見習い宮女の分際で仕事をさぼっていたうえに、ほかの持ち場で働く宮女たちまで集まっていたのだ。見つかりでもしたら一大事だ。

しかし、見張りの知らせが遅すぎて、逃げる暇すらなかった。あっという間に東宮《トングン》の侍女ソ尚宮が寄ってきて、一番近くにいた子の襟首をつかんだ。

「道理で宮中が静かだと思ったら、そなたたちはこんなところにいたのか」

運悪く見つかってしまったがソ尚宮で助かった。見習い宮女たちはそんな安堵の気持ちを目で交わし合った。ソ尚宮はそこまで厳格な人ではなかった。宮女から尚宮に昇格してまだ間もないため、どちらかというと甘い尚宮だといえる。

見習い宮女たちはドギムの背中を押した。なんとかうまく言い訳しなさいという無言の圧力だ。銭をたんまり受け取ったのだから知らぬふりはできぬだろう、というわけだ。

「ソ尚宮様、仲間同士で物語を読んでいただけでございます」

ドギムの言葉に、ソ尚宮はたちどころに眉をひそめた。

ソ尚宮はドギムが笄礼《ケレ》（女性の成人儀式）を迎えるまで、同じ部屋で寝起きをして躾《しつけ》をする教育係の役目を担っていた。しかし、ドギムはどうやってもソ尚宮の手に負えるような子ではなかった。ドギムという子は、いつも好奇心で輝いている目や、胸が高鳴ると桃色に染まる頬がとても愛らしい子供だった。ただし時折、手綱が放たれた子馬のようにはしゃぎまくるのだ。

少し前に埃が積もった物置きの中に『洪桂月伝《ホンゲウォルジョン》』が落ちていたのをドギムが見つけた。読むことを許してやると、ドギムは洪桂月の真似ごとに夢中になり、いつまで経ってもやめようとしない。洪桂月という人物は、女人たちが貸本屋で好んで借りてくるような通俗小説の主人公で、男に扮して戦に出ていき英雄となった女人だ。ドギムはその洪桂月になるのだと息巻いて、仲間の見習い宮女たちを巻き込み、皆が眉をひそめるほどの大騒ぎをした。

男に扮したいがために小宦《ソファン》（幼い内官）の服まで盗むという、人が卒倒しそうなことまでやってのけるとんでもないじゃじゃ馬だ。『朴《パク》氏夫人伝』を読んだときはさらにひどかった。朴氏夫人のようにまじないをかけるのだと言っておかしな呪文を唱えながら歩き回っているところを、よりによって提調尚宮《チェジョ》に見つかり、お叱りを受けたのだ。

「またしてもふくらはぎを叩かれたいのか」

ドギムはすぐに白旗を上げた。大事に読んでいた『洪桂月伝』をぎゅっと抱きかかえ、首をぶるぶるっと横に振った。

「もうよい。今日はお前たちを叱っている暇などないのだ」

ソ尚宮は深いため息をついた。

「戌《いぬ》の刻（午後十時）に出棺されるとのことで今日は宮中が忙しい。悲しみに暮れるべき日なのだから、厄介事を起こさないで戻りなさい」

亡くなったばかりの王の側室の喪輿《サンヨ》（棺《ひつぎ》を運ぶ輿《こし》）が宮中を出て埋葬地へ向かうという知らせを受け、数日前から宮中は慌ただしかったのだ。

見習い宮女たちが自分の持ち場へと戻ろうとするなか、ソ尚宮は彼女らの間に交ざってこっそり帰ろうとするドギムの襟首をつかんだ。

「お前はこっちへ来なさい。語り手の真似ごとはするなとあれほど言ったのに！」

ソ尚宮は、尚宮たちだけが使っている近道にドギムを引きずり込むと小言を並べ始めた。「子供じみたことはするな」と叱り、「またやったら宮中から追い出す」と脅す。毎度おなじみの光景だ。

「あんなにたくさんの見習いがいるというのに、なぜそなたのようなじゃじゃ馬が私の弟子になったのか。まったく！」

延々と続くソ尚宮の愚痴に誰かが突然割り込んできた。

「ソ尚宮、こんなところで何をしているのだ」

ずっと捜していたのか、年配の尚宮は息を切らしていた。

「はぁはぁ……世孫《セソン》様が集英門《チビョンムン》にお出ましになり、望哭礼《マンゴクレ》を行うとのこと。お前も早く行ってお迎えしなさい」

「もうそんな時刻なのですか？」

ソ尚宮は驚いてドギムの手を離した。

「お前は部屋へ帰っておとなしく待っていなさい。もし私が戻ったときに部屋にいなかったり、面倒を起こしていたりしたらただではすまぬぞ」

ドギムにすごむとソ尚宮はさっと踵を返した。これ以上は走れないと苦しげな年配の尚宮の背中を押しながら、ソ尚宮はあっという間に姿を消した。

なんとか窮地を逃れ、ドギムはほっとしていた。ソ尚宮は優しい方なので、あとで茶目っ気たっぷりに謝れば、仕方ないと許してくださるだろう。うまくすれば叩かれずにすむかもしれない。ドギムはほくそ笑んだ。

しかし、安堵したのも束の間、ドギムはすぐに新たな困難に直面した。近道だからとソ尚宮がドギムを見知らぬ道に引きずり込んだせいで、自分がどこにいるのかわからなくなったのだ。周囲に生い茂る藪と鬱蒼《うっそう》とした木々を見るに、後苑《フウォン》（庭園）につながる道だろうと漠然と推測することしかできなかった。宮仕えを始めてから、尚宮たちの引率なしにひとりで東宮殿《トングンジョン》の外に出たことがなく、ドギムは途方に暮れてしまった。

王宮の中はとてつもなく広く、いったん道に迷うと一大事だ。ドギムは運よく誰かと出くわすことを祈りながら、とぼとぼと歩き出した。

慌ただしい日になるとは聞いていたが、なるほど蟻一匹歩いていなかった。どれもこれも似たような形をした建物の間を足が痛くなるほど歩き回り、迷いに迷ったドギムは考えを変えることにした。一番近くにあったひときわ豪奢な宮殿を選ぶと、そこに足を踏み入れてみた。それがどこであろうと中に入ったりしたら怒られるのは必至だが、そんなことを気にしている場合ではなかった。

ドギムが選んだ宮殿は妙に静かだった。かすかな風とともにツンと鼻をつくような臭いが漂ってきた。身の毛がよだつほど不快な臭いだ。庭に入り込み、きょろきょろと周りを見渡した。住人がいないのか人の気配が全くない。ドギムは踏み石に注意しながら靴を脱いで縁側に上がった。

暗い廊下を進めば進むほど、今まで嗅いだことのないその臭いは一層強くなった。一番奥の障子扉が少しだけ開いていた。扉の隙間から、黄色い炎をゆらゆらと揺らすロウソクが見える。

ドギムは何かに導かれるように中へ入った。窓がすべて閉められているせいか部屋の中は薄暗く、いまだ夏の気配が残る外とは異なり、空気はひんやりとしていた。そして部屋の中央に大きな四角い何かが置いてあった。

棺だった。

ドギムはようやく気がついた。ここは亡くなった側室を祀ってある殯宮《ひんきゅう》（貴人の遺体の仮安置所）に違いない。よく見てみると、暑さによる死臭を防ぐために棺の下には氷室の氷を使った床が作られていた。これまで嗅いでいた奇妙な臭いは死臭だったのだ。ドギムの腕に鳥肌が立った。

棺の蓋はまだ閉まっていなかった。ドギムがつま先立ちをすると、中を覗き見ることができた。年配の女人が目を閉じて横たわっていた。顔の色はぞっとするほど青白かったが、目が二つに鼻が一つ、口も一つ。ドギムと同じ人間だった。

「弔問にでも来たのか？」

暗闇のなかから突然しわがれた声が聞こえた。ドギムは卒倒するかと思うほど驚いた。幽霊でも出たのかとぶるぶる震えながら後ろを振り返ると、部屋の隅に見知らぬ人が座っていた。

額と頬にはしわが寄り、雲のように白くて長いひげを生やした老人だった。闇に隠れて顔はよく見えないが、すらりとした体に羽織っている服だけははっきりと見えた。赤い絹の布にきらびやかな金の糸で見事な龍が刺繍されていた。

「まさか……王様？」

年老いた王はにっこりと笑った。

王を前にしたときの振る舞いなど習っているはずもなく、ドギムは口をぽかんと開けて、ただただその姿を眺めるばかりであった。二重まぶたの切れ長の目に、少し折れ曲がった鼻。どうかすると頑固なようにも見えるが、いっぽうでは女人のように美しい人のようにも見えた。

「若い頃はとても美しい人でね」

年老いた王はドギムの隣に並んで立ち、棺の中の女人を見下ろした。

「初めて会ったときは息が止まるかと思った」

王の目にはあふれんばかりの愛情が浮かんでいた。

「まさかこんなに早く、余よりも先に逝ってしまうとは夢にも思わなかった。長い間そばにいるのが当たり前だったからか、どのように別れの挨拶をしたらいいのかわからないのだ」

今にも泣き出しそうな子供のように、王は顔をゆがめた。

「もうすぐこの人を埋葬地へ送り出してやらねばならないのだが、余は見送ることすらできぬのだ。出棺をこの目で見届けたいと話したら、王が側室の棺など見送ってはならぬと寄ってたかって止めるのだ。長いこととともに暮らしてきた相手だというのに、なんとも無情だと思わぬか？」

子供が相手だからこそ、王は本音を話せた。不思議そうにドギムは訊ねた。

「王様でいらっしゃるのに、なぜご自分の好きなようにできないのですか？」

王の顔に苦笑が浮かぶ。

「王にできないことがどれほどたくさんあるかを知ったら、そなたはとても驚くであろう」

疲れた様子で王は棺の前にどかりと座った。座布団すら敷かれていない床に。もう部屋から出たほうがいいのかも……悩んでいるドギムを、王はじっと見つめた。

「幼いのになんともしっかりした子だ」

驚いたことに王は自分の膝をぽんぽんと叩いた。座れという意味だ。ドギムは決まり悪そうに首を横に振った。

「さあ早く」

そういえば、王は幼い子を可愛がっているらしく、よく見習い宮女たちを膝に座らせ、彼女たちの愛らしい仕草を見ては喜んでいるという話を聞いたことがある。見習い宮女たちが王の孫娘の役を果たしているのだそうだ。

ドギムはためらいつつも王の膝に座った。年老いた王の脚はやせ細っており、骨が当たって少し痛かった。王はドギムの肩を抱きかかえ、優しく撫でてくれた。

「そなたが生まれたのはいつだ」

「癸酉《みずのとと り》の年（一七五三年）でございます」

「こんなに幼いのに親と離れて暮らしているとはな」

不憫に思っている様子だった。

「いつから宮仕えを始めたのだ」

「ちょうど二年前でございます」

「というと壬午《みずのえうま》の年（一七六二年）に宮中に入ったんだな？」

何か気がかりなことがあったのか、王は眉をひそめた。

「なぜ宮女になったのだ」

「それは……私の父が村で借財をしたからです」

母が亡くなったあと父は後妻をもらったが、品行の悪さは直らなかった。お給金をいただく官吏という立場だったにもかかわらず、甘い誘いに乗った挙句、王に献上するはずだった財物を使い果たし、苦境に立たされたのだ。もちろん、子供に詳しいことなど知らされず、近所の者たちが舌打ちをする音だけがドギムの耳に入った。

まだ幼かったため、ドギムは家の事情をつまびらかに理解することはできなかった。だが、王の前で誇らしげに話すことではないということくらいはわかっていた。

「宮女になれば父の借財を返すことができるし、兄たちの科挙《かきょ》受験を支えることもできると聞いたのです」

ドギムは言葉を選びつつ、付け加えた。

「生活に困っていたので、これでよかったのだと思っています」

ドギムは、兄たちや幼い末の弟のことまで詳しく王に話して聞かせた。王は静かにドギムの話に耳を傾けていた。

「なんといじらしい子なのだ」

ふいに王の表情が陰った。

「余にもそなたのように健気な娘がいたのだ。母親に似てとても麗しい子であった。そなたと同じくらいの年齢の頃には、余の後ろをちょろちょろとついてきてな。政務を終えた余が戻ってくると、にこにこと笑いながら走り寄ってきて、抱っこをせがんだものだ。まだまだ幼子だと思っていたのに、あっという間に大きくなって嫁に行ってしまった」

切なげな視線の先には、亡き側室が横たわっている。おそらく、このお方との間に生まれた翁主《オンジュ》のことなのだろう。

「あまり会えないのですか?」

「最後に娘に会ったのはいつだったであろう。ずいぶんと月日が流れてしまった」

王のくぼんだ頬をかすめ、一滴の涙がこぼれ落ちた。

「翁主に会いたい一心で、余は立場も忘れてよく彼女の婚家を訪ねたものだ。それなのに……娘盛りの年齢だというのに、なぜあのように生き急ぎ、黄泉《よみ》の国へと旅立ってしまったのか……」

若くして死ぬことは珍しいことではなかったが、亡くなった我が子との思い出を語る父親の姿を見るのは、胸が締めつけられるほど切ないものだった。

「寝つきの悪い日には、そなたと同じ年ごろの翁主をこの膝に座らせる夢を必ずといっていいほど見るのだ。抱いてあやしていると、黒い服を着た者が現れて翁主を連れ去ってしまう。そこで余は目が覚めるのだが、『父上、父上!』という泣き声だけはまだ耳にこだましているのだ」

王は苛立たしげに涙を拭いた。

「長生きするのも罪なものだな」

ドギムは折っていた膝の向きを変えた。

「どうだ、宮中でやっていけそうか?」

心のうちを話しすぎたと思ったのか、王は話題を変えた。

「最初は恐ろしげなところだと思いましたが、慣れてきたらそれなりに楽しいです。たくさん字を教えてもらえて、本も読ませてもらえますから」

ドギムは、少し前に仲間たちに読んであげていた『洪桂月伝』を懐から出し、開いて見せた。

「この美しい文字は宮中で使われる宮中書体です。私は宮仕えをする前からこれを習いたいと思っておりました。何度も練習すれば、尚宮様たちのようにうまく書けるようになると思うのです」

本いっぱいに麗しい文字が並んでいた。そう簡単に真似ることはできない美しい文字。丸みを帯びつつも文字の形がきちんと整っており、洗練された造形美が際立っていた。読む人の目にすっと入ってくる読みやすい文字だ。

だがそれがすべてだった。どの宮女たちも皆同じような文字を書くせいか、宮中書体は個性も人格も何もない、ただひたすら整っていて美しいだけの文字だった。

生前、ドギムの母は、彼女が「宮女」と口にしようものならうんざりという仕草をした。美しい書体で書かれた『仁顕《イニョン》王后伝』を読んだドギムが、自分も宮女になって宮中書体を書いてみたいと言うと、すぐに宮女になどなるものではないと諌《いさ》めた。

誰かに一生懸命尽くしたところで老いて病にかかればひとり寂しく追い出されるだけだと、母は宮仕えの残酷な宿命を忌み嫌っていた。自分の目が黒いうちは絶対にそんなところへは行かせない。小指を絡ませながら決して宮女にはならないとドギムに約束までさせたほどだ。だが皮肉にも、約束を交わしたその日に母は難産の末、まだ目も開いていない赤ん坊とともに帰らぬ人となってしまった。

「彼女が書く宮中書体はとても美しくてね。自分で書き写した本が何冊もあると言っていた」

王はにこりと微笑んだ。

「その昔、そなたと同じ宮女だったのだよ」

「宮女は嫁入りができないと聞いておりますが」

少し困ったような顔で、王とだけは契りを交わすことができるのだと王はドギムに説明した。

「それよりもそなたはずいぶんと読書家のようだ」

「諺文で書かれた物語を好んでおりますが、今後は漢文で書かれたものも読んでみたいと思っております」

ドギムは見習い宮女たちのなかで、自分が最初に『小学《ソハク》』(朱子学の基本書)を読み始めたのだと得意げに話した。

「ですが、師であるソ尚宮様からいろいろと禁じられているのです。身のほどをわきまえずに文才をつけてはならぬ。仲間に読んであげることもならぬと」

「女人とは、学をつければつけるほど過酷な運命にさらされてしまうものなのだよ」

王はまるで孫娘に接する祖父のように優しかった。禁止されていながらもソ尚宮に見つからないようあちこち隠れて本を読んでいることを話すと、王は楽しそうに笑った。

「我が世孫《セソン》もそなたと同じだ。どんなに具合が悪くても本だけは離そうとしない。しっかり寝て、しっかり食事をしろと何度言い聞かせたことか」

「私は東宮の宮女でございます」

ドギムは無邪気な様子で王の目を見た。

「そうか」

王はあらたてドギムの顔をまじまじと見つめた。

「世孫に会ったことはあるか？」

「ええっと、それは……」

事実を言えばいいものの、なぜか気まずくなってドギムは目をきょろきょろさせた。

「お目にかかったことは……あるにはあります」

年老いた王は考えごとにふけっていて、ドギムの歯切れの悪い答えに気づいていなかった。

「世孫は壬申《みずのえさる》の年（一七五二年）の生まれ、そなたは癸酉の年の生まれだから、きっと気が合うであろう」

「ところで、王様はなぜこちらにひとりでいらっしゃるのですか？」

なぜ気が合うのかわからなかったが、ドギムは無邪気に話を変えた。

「あえて人払いをしたのだ」

洗い流したかのように笑顔が消えると、王の顔は急に老い、まるで亡骸のように見えた。

「彼女にふさわしい諡《おくりな》を考えているのだ」

諡（貴人の死後に奉る名）は誰にでも与えてよいものではない。揀択《カンテク》という儀式で正式に結婚相手に選ばれた士大夫《サデブ》（高級官吏を出した両班階級）の娘ならまだしも、元は宮女だった側室が諡をもらうためには、少なくとも次の王となる男児を産まなければならなかった。しかし、この亡くなった側室が産んだ息子の世子は若くして亡くなってしまったので、たとえ彼女の孫である世孫が王位を継ぐことになっているとはいっても、今はまだ分不相応な処遇なのだった。

「彼女は余と子孫繁栄ために大いなる仕事をなし遂げてくれた。ああ、そうとも！」

まるで自分に言い聞かせているかのようだった。静かに揺れる王の目には、なぜだか罪悪感と怒りが見え隠れした。

「どのような諡になさるのですか？」

「義と烈と書いて〝義烈《ウィヨル》〟にしようと思う」

王はドギムのほうに身をかがめ、ささやいた。

「これを最初に教えたのはそなただ。もしかすると、そなたと彼女には何か特別な縁があるのかもしれぬ。そなたが今日この時刻に、ここへ来たのが必然ならばな」

幼い宮女がその意味を察するには、あまりにも意味深長であり恐れ多い言葉だった。

「さあもうお行き。じきに尚膳《サンソン》がこちらへやって来る。見習い宮女がここにいることを知られたらただではすまぬぞ」

ドギムは王の膝からぴょんと飛び降りた。

最後に王が低い声で訊ねた。

「ところで名を何と申す」

「ソン・ドギムと申します」

その平凡な名前を口の中で繰り返し、王は深々とうなずいた。ドギムが王の膝に座った夢のような間も、ドギムが飛び降りたときも、王は側室の亡骸をじっと見つめていた。

年老いた王のしょんぼりとうなだれた肩の上に、一つの時代の終わりがずっしりとのしかかっていたのである。


その日、ソ尚宮は日が暮れる頃にようやく部屋に戻ってきた。

「まったくお前は！　私が目を離したすきに一体何をしでかしたのだ」

何もしておりませんとぼそぼそ言うドギムを睨《ね》めつけながら、ソ尚宮は包みを手渡した。

「尚膳様がお前にこれを渡すようにと。王様がくださったそうだけど、なぜ王様がお前なぞをご存じなのだ？」

それは黒いひもでしっかりと綴じられた四冊の本だった。一冊目の淡い栗色の表紙には、端正な文字で『女範《ヨボム》』と書かれている。親孝行な娘で、かつ賢くしとやかな妻となる方法などが諺文で書き綴られている教育書だ。士大夫の娘たちの間でよく読まれている本でもある。あのとき、王様に言われるがまま膝に座ってしまったことをやんわりと咎《とが》めるためにこの本をくださったのだろうか。どきりとしながら本をめくると、裏表紙の内側に蔵書印が押してあった。

赤い印章に記された文字を読んだ瞬間、ドギムの鼓動が速まった。それはまさに、今夜、冷たい土の下に埋葬されようとしているあの亡き側室の印章だったのだ。最初の頁に目をやると、さらなる衝撃が走った。ただの愛蔵書ではない、側室が自ら著した本だったのだ。あの年老いた王の言うとおり、彼女の文字はとても美しかった。流れる水のように流麗で、絹のように洗練された文字。幼き見習い宮女が手にするには、分不相応とも思える貴重な一冊だった。

「ねえ、あの音が聞こえるか?」

呆然としていたドギムの腕をソ尚宮がつかんだ。遠くから角笛を吹く音が聞こえてくる。

側室が亡くなった日にも聞いた物悲しい音色だった。

「喪輿が宮殿を出ていくところのようだな。私たちも行ってみよう」

外はまるで昼間のように明るかった。通行禁止令が解除された夜の宮殿は、見送りを許された宮人たちで埋め尽くされ、みな額を地面につけて大声で泣いている。

ソ尚宮もひざまずいて顔を伏せると、ドギムの頭をぎゅっと押した。

「素晴らしい方だった。世孫様の朝ご飯をご自分で準備するほど情にあふれた方だったのに」

ソ尚宮は韓服の結びひもで涙を拭いた。やがて遠くから側室の喪輿が運ばれてきたが、泣きながら我先にと走り寄る宮人たちにさえぎられ、よく見ることができなかった。

その代わりドギムが目にしたのは、松明からこぼれ落ち、地面を這う火の粉だった。どうにか生きながらえようとするかのごとく、必死にくすぶり続けている。しかし、急いで走っていく誰かの黒い靴が残っていた火の粉を踏み潰した。

さっきまで大きな炎として轟々《ごうごう》と燃えあがり、やがて小さな赤い光となった火は、今や跡形もなく消えてしまった。

第一部　東宮と見習い宮女

一章　後ろ姿

ドギムは自分の幼き日々が終わりを告げたことを知った。

もちろん、今も自分はどろんこ遊びとおやつが大好きな子供には変わりはないが、まだ母親が健在で、幼なじみのウォレたちとおままごとをしていた頃のような純真無垢な少女のままではいられないのだ。

恵嬪《ヘビン》ホン氏にお目見えすべく、父の手を握り、宮中を歩きながらドギムはそう思う。

彼女はもともと世子嬪《セジャビン》だったが、先日夫の世子が亡くなり、独り身となった。王后になる未来は消えたが、恵嬪という称号だけは受けたという。まだ幼い三人の子供がいて、ただただ悲しんでばかりもいられないようだ。

「世子様はどうして亡くなったの？」

道端に転がる松ぼっくりを蹴りながらドギムが訊ねた。

「それは……」

父は眉間に深いしわを寄せ、「重い病を患っていたから早くに亡くなってしまったのだ」と言った。そうして、娘とつないでいる手に力を込める。「絶対に恵嬪様に世子様についてうかがってはならない。いや、宮殿の中の誰にもその話は出してはいけない」

「なぜ？」と開きかけたドギムの口は、父の深刻そうな表情を見て止まった。そもそもそこまで気にしてもいなかった。

「そうだ。そうやって飲み込むのだ。宮中では一も二もなく口には気をつけろ」

娘の振る舞いに安堵し、父の表情がゆるむ。

「恵嬪様がご子息たちと気兼ねなく付き合ってくれる子を探しているそうだ。その話を聞いてお前がぴったりだと思ったのだ」

父はかつて恵嬪の実家で使用人として過ごしたことがあり、その縁で武官職に就くこともできた。今回の話もその伝手《つて》を通じてもたらされたものだ。

「どうせなら世孫様の目にとまるよう振る舞うのだぞ」

「え？　どうして私が？」とドギムが訊ねる。

「宮女になるなら偉い方に頼られるほうがいいじゃないか」

そう言って、父は声をひそめた。「のちのち、お前の兄弟にも大いに役立つ——」

「私はそんな理由で友達をつくりません」

ドギムは抗うように父の言葉をさえぎった。「私の友達は私が決めます」

「いや、べつにわざわざ世孫様の友になれとは言っていない。ただ、なるべくいい印象を与えなさいと言っただけだよ」

「友達でもないのによく見られるようにって、どういうこと？　あぁ、もう面倒くさい！　そんなことを望んでいるならシク兄さんにでもさせたらいいんだわ」

「シクには無理だろう」

父は妹のドギムにいつも振り回されていた息子を思い浮かべ、首を横に振った。

「官職にも就けなかった男がどうやって宮殿に出入りできるものか……」

「内官《ネグアン》にすればいいじゃないですか、内官」とドギムはくすくす笑いながら言ったが、父の真剣な表情を見て口をつぐんだ。

「シクは身分の高い方の前だとやたら緊張する質《たち》だ。お前のように気が利かないし、言葉をわきまえることもできない」

「だったらなぜ科挙の勉強をさせてるの？」

「兄よりお前のほうが優れていると褒めているのに、いちいち揚げ足を……」

褒め言葉ならもうちょっとうまく言ってくれないと……ドギムは肩をすくめた。

「お前は私の娘だが、本当にたまに……」

「美くしすぎて困っちゃう？」

放っておくと延々と小言を聞かされそうだったので、ドギムが茶化す。父はあきれて、「ああ」と笑みを浮かべた。

「お美しいよ。本当に」


目的の場所に着いたふたりに、ひとりの宮女が近づいてきた。

「恵嬪様がお待ちでございます」

そう言って吟味するかのようにドギムに視線を這わせる。

「この子ですか？」

「お世話になります」と父が返す。

ふたりの到着を告げに宮女が奥へと去ると、父はドギムにささやいた。

「本当に大丈夫か」

「大丈夫でなかったらどうするの？」

ドギムはあっけらかんと言って、続けた。「家の事情はともかく、宮女になることを決めたのは私です。だから大丈夫。心配しすぎるとまた白髪が生えちゃうよ」

まだ年端もいかぬ娘に宮仕えをさせねばならぬ不甲斐なさを恥じ入りつつ、家のためには仕方がないのだと己に言い聞かせ、父は唇を噛みしめた。

しばらくして、ふたりは恵嬪の部屋へと案内された。

珠簾《しゅれん》の前で父が平伏するのを見て、ドギムも真似る。

「そなたが大変困窮していると聞いた」

うっすらと珠簾の向こうに見える影が声を発した。

「そなたには娘がおり、私はちょうど幼い宮女を探しているところだったので、実家の縁もあるし声をかけたのだ」

「大変光栄でございます」

そう言ったまま、父は床につけた頭を上げようとしないのでドギムも同じ姿勢でいる。見えはしないのだが鋭い視線を感じる。

「そばへ寄れ」

許しが出たので、ドギムは珠簾をまくり、平伏したまま声の主のほうへと近づく。

「顔を見てみよう。頭を上げなさい」

ドギムが顔を上げると、可愛らしいこぢんまりとした女性が目の前に座っていた。お偉い方々は泰山のように大きいのではないかと漠然と思っていたので、ドギムは少し驚いた。

しかし、決して小さな女性ではない。瘦身からは孤高の気品が漂い、涼しげな目には豊かな知性があふれている。

「いかにも聡明に見えるな」

幸いにも恵嬪の目に映ったドギムも好印象だったようだ。

「ちょうど世孫と釣り合う年ごろだ。チョンヨン郡主《クンジュ》とチョンソン郡主の面倒をみることもできるだろうし」

「そのとおりでございます」と珠簾の後ろから父が応える。「この娘は少々抜けたところはありますが、人懐っこくて弁舌にも長けております」

「明朗なのか？」

「明るいには明るいのですが、それが……」

言いかけた言葉を父はすぐに引っ込めた。「あ、はい。明るうございます」

「それならきっと役に立つであろう」

恵嬪は安堵の息をつき、言った。

「そなたの娘は私が預かる。きちんと育てるから心配なさるな」

「大変光栄でございます」

私は今、王室のものとなったのだ――。

父の声にそれを思い知らされ、ドギムの胸がかすかに痛む。

「外におるのか」

恵嬪の呼びかけに応じ、先ほどドギムと父を迎えた宮女が入ってきた。

「このオクグムは……いや今は立派な尚宮か」

そうつぶやき、恵嬪は言い直した。「ソ尚宮は遠い親戚に当たり、私が東宮に入れたのだ。これからお前を指導してくれる師となるのだから、きちんと仕えるように」

恵嬪に紹介され、ドギムはソ尚宮に向き直った。尚宮は女官の最高位だ。恵嬪と同じくらいの年齢だろうか。この若さで尚宮ということはさぞや能力も高いのだろう。

ソ尚宮は自分の胸に転がり込んできたこの娘がとてつもない問題児だとはつゆ知らず、たおやかに微笑む。

「あ！　医女《イニョ》とオウムの血をお持ちしましょうか？」

ハッとしてソ尚宮は恵嬪に訊ねた。

「かまわぬ。処女かどうか見分ける必要などないくらい幼い子だ」

ソ尚宮にそう返し、恵嬪は珠簾の向こうへと視線を移す。

「そなたはもう下がってよい」

父親の影が消えるとともに、ドギムは自分の家が変わってしまったことを実感した。


「まず最初にしてもらいたいことがある」

あらためて恵嬪がドギムに語り始める。

「私には息子がいる。世子様がお亡くなりになられたあと東宮の位を継いだ世孫である。東宮になって以来、その子がずっとふさぎ込んでいて心配なのだ。もともとあまり心のうちを見せない子なのだが、最近は本当に書物ばかりにのめり込んで」

「読書に夢中になるなんて素晴らしいじゃないですか」

ドギムの素直な感想に、「そうだな」とうなずきつつも、恵嬪は表情を暗くした。

「良いことではあるのだが……子供なら少しは子供らしい時間も必要なのに、まったく……」

気持ちを切り替え、恵嬪はドギムに言った。

「お前が世孫に外の話をしておくれ。それでどうにか気分転換をさせてほしいのだ」

どうやら、これが宮中での初めての仕事になるようだ。

不安といくばくかの好奇心を抱えたドギムが恵嬪に連れていかれたのは、広い庭の奥まった場所にある小さな亭子《ていし》（東屋）だった。

対面の覚悟をする前に、ドギムはその相手と対峙することになった。世孫イ・サンは恵嬪たちの姿に気づくや、足袋のまま亭子から飛び降りてきたのだ。

「また本を読んでいるのか」

恵嬪は息子の手に書物があるのを見て、ため息をついた。

「学んで身につけなければならないことがたくさんあります」とサンは無愛想に答える。

ドギムは恵嬪の後ろからそっと彼を盗み見た。

恵嬪と同じようにサンもまたドギムの予想を裏切り、ごく普通の男の子だった。身長は自分と同じくらい。少し手足は長いだろうか。顔も特別なところは特にない。眉は濃く、きりりと鼻は高い。そして、心の中の癇癪《かんしゃく》を抑えつけるかのように唇を噛みしめている。

ただ、目だけはかなり印象的だった。濃い栗色のその瞳は自分と一緒に遊んでいた村の男の子たちとは違い、思慮深く堅実そうなところが、まるで大人のようだった。

「学問にばかり没頭しすぎているようだから、遊び仲間を連れてきた」

そう言って、恵嬪はドギムを前に出す。

「……宮女ですか？」

サンは冷たい一瞥《べつ》をドギムに投げる。その視線からは興味や好意はまるで感じられず、ドギムは嫌な気分になった。

「今さっき宮殿にやってきたばかりの子だから、いろいろ面白いことも聞けるだろう」

恵嬪は新しいおもちゃを与えるように、サンにドギムを押しつけた。

「一度仲よくしてみなさい。母の命令です」

不貞腐《ふてくさ》れた態度で反意を示してはみたものの母の命令に逆らえるはずもない。沈黙を了解とみたのか、恵嬪はふたりを残し、亭子から離れていく。

おかげでドギムは生まれて以来、最も居心地の悪い時間を過ごすはめになった。恵嬪からのなみなみならぬ期待を意識しつつ、自分への敵愾心《てきがいしん》しかない世孫と向き合うというのは針の筵《むしろ》に座っているようなものだ。

しばしの時が過ぎたがサンは口を開かなかった。黙って待ってさえいれば、誰かがこの不愉快な場を終わらせてくれると信じているかのように、不満げな目つきでじっとドギムを見つめ続ける。

根負けして、「あの……」とドギムが先に口を開いた。

「簡単な遊びでもしませんか？」

「私は遊びなんかしない」

吐き捨てるように言うサンを、ドギムは不思議そうに見つめた。

遊びが嫌いだという男の子は生まれて初めてだ。

「どうしてですか？」

きょとんとした顔で訊ねられ、サンは思わず答えた。

「やったことがないから」

え……？

遊んだことがないの……!?

「どうしてですか？」

気づくとさらに訊ねていた。

「私は尊い国の世継ぎで、一緒に遊ぶような者などおらぬ」

「どうしてですか？」と、みたびドギムが訊ねる。

「一緒に遊ぶに値する人は父だけだったが、父は私よりも庶弟《しょてい》たちとだけ……」

サンは口からあふれ出しそうになる言葉を飲み込んだ。哀しみ、寂しさ、恨み、怒り……亡き父に対する複雑な感情をうまく言い表す言葉など持ちえなかった。

「どうしてですか？」

オウムのように繰り返す自分と同い年くらいの小娘に、サンはいらいらしてきた。

「その、『どうしてですか？』はいい加減にしてくれ」

ドギムははっと身を縮めた。

「かしこまりました。でしたら、遊びの代わりに力比べはどうでしょうか？　世孫様が自信のあるもので一本。私が自信のあるもので一本。そして、この場を用意してくださった恵嬪様が自信のあるものでもう一本。このように三本勝負で」

どうして自分がこんな小娘の言うことを聞かなければならないのかと不満はあったが、期待に満ちた目で見守っている母の姿を見て、「仕方があるまい」とサンは承知した。

「まずは私の番だな」

なんの勝負になろうととりあえずは時間がつぶせるし……とドギムはうきうきした。しかし、サンは苦もなくそのドギムの喜びを打ち砕いた。

「よし、四書三経（四書五経。朝鮮では「礼記」と「春秋」を省く）をそらんずる勝負をしよう」

「なんですって？」

「四書三経だ」

真剣な表情をドギムに向け、「私から始める」とサンは語り始める。

「子曰く、故《ふる》きを温《たず》ねて新しきを知る、以《も》って師と為すべし。このような心構えを温故知新と——」

「負けました」

ドギムにさえぎられ、サンはきょとんとなる。

「なに？」

「死んで、また生まれ変わってもこの勝負であなたには勝てません。時間の無駄です」

ドギムの言葉を己に対する賛辞だと思ったのか、「そうだな」とサンは機嫌よくうなずいた。

「ただの宮女が私に勝てるわけなどない。師匠だって、私の知識には驚き、あきれるのだから」

「あ、そうなんですね」とドギムは軽く受け流す。

「お前が自信のあるものとはなんだ？」

どんなものだろうと勝ってみせると言わんばかりにサンが訊ねた。

「縄編み」

「なんだって？」

「縄編みで競いましょう」

聞いたことがない言葉に、サンはふたたび訊ねた。

「だから、それはなんなのだ？」

戸惑うサンを尻目に、ドギムは藁《わら》はないだろうかと亭子の周りを探し始める。

自分が期待していたよりもはるかに面白い展開になり、恵嬪は喜んだ。すぐに使用人を呼び、ひと抱え分の藁を持ってこさせた。

「農家で私たち民が楽しむ遊びです」

ドギムはそう言って、藁を指さす。

「これが稲から米を収穫したあとに残るものだということはご存じですよね？」

「それくらい知っている！」

むっとするサンを気にすることなく、ドギムは手本を見せていく。

数本の藁を持ち、それを真ん中から折り、手のひらでこするように回していく。ドギムの手が上のほうへと移動すると、下の部分は縄へと変わっていく。

その光景をサンが驚いたように見つめている。

「このように作った縄で籠や草履などを作るのです」

そう言って、ドギムは誇らしげに作ったばかりの縄をかかげた。

「もっときれいに丈夫に作った人が勝ちです」

「まったく民たちは地から得るもの一つでも無駄にしないようだな」とサンはドギムの縄の出来栄えとはまるで違うことに感心している。「実に偉いことだ」

「あ、はい」と受け流し、ドギムは訊ねた。「できますよね？」

「もちろん」とサンはうなずく。「それなりに有益な勉強になりそうだ」

サンが広い袖をまくると、一滴の水にさえ濡らされたことがないような白く滑らかな手が現れた。

その手が藁をつかみ、見よう見まねで縄を編んでいく。

正直、いい加減にやってもドギムはこの勝負に勝てた。サンが選ぶのは壊れやすい乾いた藁だったし、編み方の手順も知らなかったのだから。

しかし、ドギムは手加減しなかった。火が出るかのような勢いで藁をこすり、次から次へと縄を生み出していく。

床に積もっていく縄を見ると胸がいっぱいになった。こんなふうにして縄を編むのはいつも兄のシクの役目だった。ドギムはシクが作った縄の中から出来のよいものを選んでは、それを奪って自分の手柄とした。

その兄はもうそばにいない。これからは何に関しても自らやり遂げていかなければならないのだ。

夢中になって編んでいるうちにずいぶん時間が経っていた。サンが台無しにした藁の山を見下ろしながら、ドギムは自分が作った縄をかかげた。

「私の勝ちですね？」

きっと難癖をつけてくるだろうと思ったが、「そうだね」とサンはあっさり負けを認めた。

「お前の勝ちだ。『能なしにも能一つ』とはよく言ったものだ」

余計なことさえ言わなきゃ見直したのに……とドギムは内心で舌打ちする。

「次で勝負だ」

「望むところです」

ふたりは離れたところで見守っていた恵嬪に歩み寄り、協力を乞う。

「私が一番自信のあるもの？」

ふたりの説明を受け、恵嬪は首をかしげた。

「果たしてそんなものがあるだろうか……」

母のことなら誰よりもよく知っているとばかりに、すかさずサンが言った。「記憶力がとても優れているではないですか。ずいぶん昔のこともつい昨日のことのように話されます」

「言われてみれば、物覚えはいいほうかもしれない」と恵嬪はサンに微笑む。「我が子がわかってくれるというのは、本当にうれしいものだ」

そんなふたりのやりとりにドギムの胸がかすかにうずく。幼い頃に亡くなった母のことを自分はほとんど知らないのだ。

「では、最後は記憶力勝負としよう」

サンが言うと、「それは勉強と変わらないのではないか」と恵嬪が異議を唱えた。これ幸いとばかりにドギムがサンに訊ねる。

「お母様のお得意なもの、ほかにはないの？」

「裁縫がお上手だ」とサンは即答した。「母上が作ってくださった服が一着あれば、ひと冬ずっと暖かく過ごせる」

恵嬪はうれしそうにうなずいた。「そなたは気に入った服はそればかり着るから、丈夫に作ってあげないと」

すかさずドギムが言った。

「でしたら、最後の勝負は裁縫にしましょう」

「男の私に針を握れだと？」とサンはあきれたようにドギムを見た。「男の仕事と女の仕事はすべからく違う。裁縫など……」

「できないのですか？」とドギムは挑戦的な笑みを向ける。「だったら、私の勝ちですね」

サンの瞳が揺れ、しばしの間、黙り込む。心の中でどんな葛藤が繰り広げられているのかとドギムが興味深く見守るなか、ついにサンは口を開いた。

「……今日だけだ。本当に今日だけだからな」

不戦勝になるだろうと高をくくっていたドギムは内心でちぇと舌を出す。とはいえ、サンの言うとおり裁縫は女の仕事だ。彼にとっては縄編みと同じくらい不慣れで難しいだろう。いっぽうドギムも裁縫の経験はなかったが、継母の針仕事をいつもそばで眺めていたからそれなりの自信はある。

勝負が裁縫に決まると、すぐに恵嬪は針と糸、そして布の切れ端を用意させた。「これで巾着を作ってみなさい」とふたりにそれらを渡しながら、恵嬪はなんとも楽しそうに言った。

「長く生きているとこんな面白い勝負にも立ち会えるのだな。まあ、とにかく私は公正に審査するからそなたたちは最善を尽くしなさい」

ふたりは張り切って切れ端を手にしたが、すぐにつまずいた。針穴に糸を通すことすら簡単ではなかったのだ。

顔をゆがめ、両の瞳を顔の真ん中に寄せ、サンはどうにか竹針に糸を通そうとする。しかし、何度やってもうまくいかず、失敗するたびに「あっ」だの「うっ」だの声が漏れる。次第に苛立ちを帯びてきたその声を聞きながら、ひょっとしたら意外に短気なのかもとドギムは思う。

どうにか針に糸を通し、ドギムは巾着づくりを開始した。しかし、継母がしていたように重ねた布に針を入れたり出したりするのだが、思ったように動いてくれない。いくら気をつけて針を運んでもなぜかでこぼこと曲がってしまうのだ。

「あぁ！」

ひときわ大きな声がサンの口から飛び出し、ドギムは思わず目をやった。呆然としている息子の手もとを見て、恵嬪が言った。

「おや、針を折ったのか？」

サンは折れた竹針を見下ろし、羞恥で顔を赤らめる。

「申し訳ございません」

恵嬪は裁縫箱から鉄針をとり、「これなら大丈夫だろう」とサンに渡す。

ふたりの子供たちの悪戦苦闘を見守っているうちに、あっという間に時が過ぎた。巾着というよりもしわくちゃになった雑巾のような哀れな二つの布切れを、あきれたように恵嬪は見つめる。

「私はまだ裁縫を習っておりませんので……」

ドギムが言い訳し、「いざやってみると難しくて……」とサンも頭を垂れる。

ふたりに向かって恵嬪は苦笑した。

「このうちの一つを勝利に値すると選ぶなんて、裁縫を行うこの国のすべての女人に対する冒涜だ。そなたたちは今後、針を触らぬほうがいいだろう」

ばつが悪そうにドギムが首の後ろを掻いたとき、サンが高らかに笑い出した。

ずっと不機嫌そうなしかめっ面しか見ていなかったのでドギムは驚いた。彼は笑顔も自分の知るどんな男の子とも違っていた。とても豪放で男らしかった。

自分の高笑いを不思議そうに見つめる恵嬪に気づき、「申し訳ございません」とサンは笑みを収めた。「母上からこんな厳しい評価をされたのは初めてです」

ずっと固く閉ざしていた唇をゆるめ、サンは言った。

「おかげさまですっきりしました」

「世孫、お父様のことは……」

「結構です」とサンがさえぎる。「すっきりしたので、結構です」

見違えるように柔らかくなった息子の表情を見て、恵嬪は心から安堵する。

「日課があるのでこれで失礼します」

恵嬪に会釈し、サンは席を立つ。そうして、ドギムへと視線を移した。

「お前は今日、私を打ち負かしてくれた。しかし、そのようなことは二度とないだろう」

「今日は引き分けです！」とドギムが返す。「世孫様に勝ったなどと思っていません。でも、次は絶対私が勝ちます！」

ドギムは挑むようにサンに言った。

さぁ、どうします？

しかし、サンは挑発には乗ってこなかった。

「次などない」

冷たく言うと、サンはあっさりその場を去った。

せっかくいい雰囲気になったと思ったのに……とドギムは少し寂しくなる。

「お前、名前は？」

恵嬪に訊《き》かれ、ドギムはまだ名乗っていなかったことに気がついた。

「ソン・ドギムと申します」

ドギムに向かって恵嬪が微笑む。

「藁をもつかむ思いでそなたを呼び入れたのだが、実に期待以上だった。世孫の笑顔を見たのは本当に久しぶりだ」

恵嬪は白く美しい手を伸ばし、ドギムの頭にのせた。

「よくやった」

その手の温もりに、ドギムは幼い頃同じように母に頭を撫でられたことを思い出す。

母の手はもっと温かった……。

なぜだか少し悲しくなった。

*

王宮での暮らしはドギムが思っていたようなものではなかった。見習い宮女のなかでも特に幼い子供たちは、普段宮女がするような仕事を全くしないのだ。その代わり、王室の法度《はっと》と礼儀作法、そして話し言葉に書き言葉を徹底的に叩き込まれた。

ドギムはすでに文字を身につけていたのでさほど苦ではなかったが、文字を知らない子供たちにとっては簡単な勉強すら容易なことではなかった。

ほかの子たちが書き取りに苦労しているのを尻目に、課題をとっとと終わらせ手持ちぶさたとなったドギムは教室をきょろきょろと見回した。

「あなた、何?」

ふいに後ろから脇腹をつかれ、ドギムは振り向く。

「入宮する前にちょっと習ってきたみたいね」

そう言われたが、ドギムの耳には何も届かなかった。後ろの席に座るとてつもなく美しい女の子に見惚れていたのだ。

その肌は透き通るように白く、光を放っているかのようだ。

「……あなたこそ何？　天女なの？」

「何を言ってるの?」とその子は肩をすくめ、さらに訊ねる。「出身はどこなの?」

しかし、ドギムは魂を抜かれたようにぼーっとなっている。

「私はペ・ギョンヒ。父は訳官《ヨククァン》で外国語が本当に上手なのよ。国境を行き来するたびに珍しい物をたくさん手に入れてくるの。それで高麗人参と絹を扱う貿易の仕事も始めて、父の商売の役に立ちたくて、私も宮女になったのよ。うちはかなりいい人脈もあるからこうして嬪宮殿《ピングン》に入れたってこと」

まくしたてるようなギョンヒの自己紹介を聞きながら、ようやくドギムは我に返った。どうやら天女ではなく、自慢話の好きな普通の女の子のようだ。

「あなたも字が書けるのね」

ギョンヒの書き取りの紙を指さし、ドギムが言った。

「当たり前でしょ」

質問自体が侮辱だと言いたげにギョンヒは目を見開いた。

「私はほかの子たちとは違う。最高の地位まで上りつめるわ」

「そうなの?」とドギムは軽く受け流す。

もしかしたら面倒な子なのかもしれない……嫌な予感がして、ドギムが勉強に戻る口実を探していると、ソ尚宮の叱責の声が飛んできた。

「書き終わったら騒ぎ立てないで。これでもっと書きなさい」

新たな手本を渡され、ドギムはこれ幸いとふたたび机に向かい、墨を磨《す》り始める。と、今度は隣の子が話しかけてきた。

「あの子とは絡まないほうがいいわよ。まったく高慢ちきったらありゃしない」

背が高く、とてもがっしりした体つきの子だった。見習い宮女たちが書いた手本が、その子のだけ小さく見えるほどだ。がさつな性格なのか、手にもチマの裾にもたくさん墨がはねている。

「私はボギョン」

そう名乗り、ドギムの視線に気づいたボギョンは照れくさそうに墨がはねた場所を手で隠す。

「大殿《テジョン》で王様に仕えることになるんだって」

それがどうしたっていうのよねぇという口調でボギョンが言うと、すかさずギョンヒから声が飛ぶ。

「静かにしろって言われたのが聞こえなかったの?」

ボギョンがギョンヒのほうへと首を回し、ふたりの間に火花が散る。何があったのかは知らないが関わると厄介なことになりそうだ。

ドギムは知らぬ顔を決め込み、筆を動かし始めた。


授業が終わるや、ドギムは本を片手に広い庭へと飛び出した。宮中の雰囲気に慣れるためずっとおとなしくしていたが、そろそろ限界だった。

芝生の上で本でも読もうか、それとも松ぼっくりでも拾おうか……そんなことを思いながら木立のなかへと入っていく。しばらく行くと、丈の低い草むらに子供が大の字に倒れているのを見つけ、ぎょっとした。自分と同じ服を着ているところを見ると見習い宮女だろう。

「あなた、大丈夫?」

ドギムが駆け寄ると、「うん、大丈夫」とその子は勢いよく立ち上がった。「私はよく転ぶんだ」と服についた草を払う。

棒のように痩せていて、なんだか存在感の薄い子だ。

「でも、泣いてたみたいだけど……」

頬に残った涙の跡を見つけ、ドギムがおずおずと訊ねる。

「転んで泣いたんじゃない。さっき文を習ったじゃない。ほかの子たちは簡単にできるのに、私だけ遅れをとっているのが悔しくて」

その子は布袋から教本を取り出し、「難しすぎるよ」と途方に暮れたようにつぶやく。授業以外でもひとりで勉強しているのだろう。教本はかなりくたびれていた。

「でも、頑張る」

吹っ切ったように告げたその表情がとても素敵で、ドギムは友達になりたいと思った。

「私はドギムというの。東宮殿の見習い宮女よ」と先に名乗る。

「本当？」とその子は目を丸くした。「私も東宮殿に所属してるの。私はヨンヒよ」

ヨンヒはふとドギムが胸に抱いた本に目を留めた。

「それは教本じゃないわね。はるかに難しそうだけど」

「これは……『仁顕王后伝』よ。お気に入りの本でときどき読んでるの。昔の王妃様の話なんだけど面白いのよ」

「あなたはそんな本も読めるの？」

題名すら読めなかったヨンヒは尊敬のまなざしをドギムへと向ける。

「すごい！　私にも読んでくれる？」

あまりにも切実な顔で懇願され、ドギムはうなずかざるをえない。芝生の上に並んで座ると、ドギムは本を読み始めた。

悪女に運命を翻弄される聖女の物語にヨンヒはたちまち夢中になる。いよいよ面白くなりかけたところで邪魔が入った。

「あなたたち、何してるの？」と話しかけてきたのはボギョンだった。

ドギムが返事をする前に、「小説を読んでるの？」とボギョンはチマの裾をさばき、ふたりの前に座った。「私も聞く！」

「ドギムはこんな難しいお話をすらすら読めるのよ」とヨンヒが自分のことにように自慢する。

「たしかにさっきの授業でも習う前から全部知ってるみたいだった」とボギョンもうなずく。「うちの村では語り部が来ると、家ごとにお金を払って話を聞いたりしていた。私は浮かれていつも一番前の席に座ったわ」

そう言ってボギョンは期待に目を輝かせる。ドギムはふたたび語り始めた。

「しかし、后のきわめて不幸たるは、天が定めた運命だった。冬に禧嬪《ヒビン》が第一子を産もうと――」

「『仁顕王后伝』じゃない」

またも邪魔が入り、ドギムはうんざりと本から顔を上げた。腕を組んで三人を見下ろしているのはギョンヒだった。

「あなた、本当にそれを読めるの？」

「びっくりした」と返したのはヨンヒだ。「何よ、ギョンヒじゃない」と笑みを向ける。

「ヨンヒ、あなたを捜してたのよ。うちの父の代わりに聞きたいことがあって」

「私に？　何を？」

「そんなに大事なことじゃないわ。ただの雑事よ。あとで話すわ」

ギョンヒはボギョンを横目で見て、そう言った。

「私とギョンヒは親等でいうと五親等の間柄なのよ」とヨンヒがふたりに説明する。「とはいっても苗字は違うし、身分も違うんだけどね」

「とにかく」とギョンヒはふたたびドギムに顔を向ける。「あなた、本当にちゃんと読めるの？」

見下すような物言いに、ドギムは立腹した。

「もちろん！」

「じゃあ、聞いてみようじゃない」とギョンヒがヨンヒの隣に腰を下ろす。

聞こえよがしにボギョンがつぶやく。

「仲間に入りたかったら入れてくれと頼めばいいのに……。『あなた、本当にちゃんと読めるの？』なんて、お高くとまって」

「なんか言った？」

ギョンヒが怒り顔をボギョンへと向ける。

「不愉快だって言ったのよ。それが何か？」

戦いの火ぶたが切って落とされ、ドギムは本を読む必要がなくなった。大声で言い争うふたりを眺めながら、ヨンヒに訊ねる。

「あの子たちは、なんであんなに仲が悪いの？」

「私もわからない」とヨンヒが首を横に振る。「もともとギョンヒは誤解されやすい性格ではあるんだけど……特にボギョンとはすぐにぶつかるんだ。ボギョンはそんなに短気な子じゃないのに」

いい加減終わらないかなとドギムがうんざりし始めた頃、「やめなさい！」とふたりの間に割って入ったのは、ソ尚宮だった。

「うちの子たちは本当に声が大きいわね。宮殿が押し流されそうだわ」

木立の向こうから突然現れたソ尚宮は、ふたりに向かって悪魔のような笑みを浮かべる。

「すみません、尚宮様」

ボギョンはすぐに謝ったが、ギョンヒは自分は悪くないとばかりに唇を結んだままだ。

「お前たちの師匠は誰？」

ソ尚宮はふたりをきつくにらみ、引っ立てるように連れていく。

「私たちも早く行こう。このあと礼儀教育があるじゃない」

ヨンヒはドギムを立ち上がらせると、そのまま腕を組んできた。

「今度、続きを聞かせてね」

腕に感じるかすかな温もりは、ドギムに村の友達たちを思い起こさせた。一緒に駆け回り、どろんこになって遊んだ懐かしい日々を、私はあの村に置き去りにしてしまったのだ……。

それは悲しくもあったが、その悲しみに沈む気もなかった。

一生をともに過ごす仲間をここで見つけるのも悪くない。

父への言葉は空言ではなかった。

ドギムは自分の友達はいつも自分で決めた。

「そうするわ」

ドギムはにっこりとヨンヒに笑い、ひよこの姉妹のように一緒に歩き出した。


そろそろ本性を現わしてもいいのではないだろうか。宮中の雰囲気もひととおり把握したし、おとなしく過ごす忍耐心もそろそろ限界だ。

何よりほかの見習い宮女たちのように、家族に会いたいとすすり泣くのはごめんだった。

宮女としての人生を選んだのだから未練などに意味はない。宮殿を自分の寝室だと思って、好き勝手にやったほうが精神的にもいいはずだ。

そう考え、ドギムはそれを実行に移した。

布で作ったヘビを持ち歩いて幼い宮女たちをからかうなど、最初は様子うかがいで簡単ないたずらから始めた。

ソ尚宮は、「お前のせいで十歳も年をとった気分だよ」と嘆きつつ、軽く言い聞かせるだけだったが、調子に乗ったドギムが徐々に騒ぎを大きくしていくとその叱責も真剣みを帯びてきた。

門限も過ぎた夜遅くに幽霊のふりをして宮女たちを驚かせたときには、烈火のごとく怒った。

「中宮殿《チュングン》のコ尚宮が厠《かわや》に行く途中、あなたのせいで気絶しそうになったのよ!」

その怒りっぷりがあまりにも滑稽で、ドギムは笑いをこらえるために、必死で悲しいことを考えなければならなかった。

うなだれた顔の下でドギムがそんなことを思っているとはつゆ知らず、ソ尚宮はなおも激しく責めたてる。

「手綱をほどいた子馬を弟子にしたからだと師匠の私までからかわれているのだ! 最初はおとなしかったのに、なぜ……」

ドギムは顔を上げ、ぬけぬけと言った。

「これが私の本来の姿なので、受け入れてください」

「なんだって?」

「ありのままの私を受け入れることこそ、真の愛情です」

不敵に微笑むドギムにソ尚宮は開いた口がふさがらない。

そんなある日のこと、何に使うのかわからないが尚宮たちが物置に巾着袋をたくさん用意していた。中身は豆がぎっしり詰まっているようだ。

この巾着袋に穴を開けたら、どんなふうに豆はこぼれ落ちるのだろう。ドギムはその様子が気になって仕方なかった。

「師匠の体面を考えて、ここ数日はおとなしくしてたものね……」

ドギムはそうつぶやき、針を手にする。

「本当に弟子として忠実だったよ」

だから、この程度のいたずらは大目に見てもらって当然なのだ。そんなふうに自分に言い聞かせながら積み重なった豆袋の前へと忍び寄る。よく見ると、豆袋のほかに福袋もあった。中を覗くと、煎り豆が赤い紙に包まれている。ちょうど小腹もすいているしと、ドギムは躊躇《ちゅうちょ》なくそれを口の中に放る。確かな歯ごたえとともになんとも言えない香ばしさが口にあふれた。

いやいや、つまみ食いをしにきたわけじゃない。

ドギムはさっそく積んである豆袋に針を突き立て始めた。袋は丈夫そうに見えたが簡単に穴が開き、ぎっしり詰め込まれた豆がそこから滝のようにこぼれ落ちた。

思った以上に面白い光景だ。ざーっという音を立てながら豆が落ち、床を転がっていくのを見ながらドギムはくすくすと笑った。

しかし、お楽しみの時間は意外に短かった。豆がこぼれる音を聞きつけた尚宮のひとりが物置に入ってきたのだ。

「これはどういうこと!?」

ひどい有様に尚宮が驚いている間に、ドギムはそーっと物置を出た。廊下に出たところで、「ちょっと、ドギム！」と声をかけられた。

ドギムはびくっと立ち止まる。

「あなた、明々後日も見習い宮女たちを集めて本を読んであげることにしたんだって？　ずっと捜し回ったんだから」と近づいてきたのはボギョンだった。

ドギムは安堵するが、同時に嫌な予感もむくむくと湧きあがってきた。というのも監察《カムチャル》尚宮に捕まるたびに必ずボギョンと会うのだ。いたずらを見つかったドギムとは異なり、ボギョンは尿瓶を割ったり、物干しひもを誤って切ったりと仕事での失敗ゆえだったが、いずれにしても並んで罰を受けるのは一緒だった。

「私、今ちょっと忙しいの」と背後をちらりと見ながら、「今度話そう、今度！」とドギムはその場を去ろうとする。

「駄目！」とボギョンが大きな体で壁のように立ちふさがる。「何を読むか事前に決めないと。最近、集まる子が増えて、読んでほしいと頼まれる本も多くなったじゃない」

きっかけはヨンヒ、ボギョン、ギョンヒの三人に『仁顕王后伝』を読んであげたことだった。三人はいたく感激し、その後も家から持ってきた本をいくつかドギムは読み聞かせることになった。

やがて噂が広まり、宮殿中の幼い宮女たちがドギムの読み聞かせ会に集まるようになった。退屈な日常に突如現れた語り手の少女に、みんなは熱狂した。

損する商売ではなかったので、ドギムも積極的に本を読んだ。不思議なことに、一度に読み切らず、ずるずると先を引き延ばすとせっかちな子たちの巾着はするすると開いた。小銭や玉、おやつが広げたチマいっぱいにのせられるようになり、ドギムはほくそ笑むのだった。

「今度は必ずこれを読んでね」

いつからそこにいたのか、ふいにボギョンの後ろからヨンヒが顔を出し、一冊の本を差し出す。

「いや、私はこれがいいわ！」とボギョンが別の本を差し出してくる。

「わかった。わかったけど、とりあえずちょっと……」

ドギムはいつ尚宮に襟首をつかまれやしないかひやひやだった。

「そんなの子供が読む本だって」

さらにギョンヒまでが加わってきて、ドギムは絶望的な気持ちになる。

「私のおすすめはこれよ」と高い鼻筋にふさわしい難解な本を差し出してくる。

「三冊とも全部読むから、今はちょっと別のところに行こう！」

ドギムが三人を振り切ろうとしたとき、「ソン・ドギム！」と鋭い声が背中に突き刺さった。

どう考えても、本を読んでほしいとせがむ宮女の声ではない。

「私が見習い宮女の名前を覚えるなんて滅多なことじゃない」

監察尚宮だ。

宮女たちの素行を監視して勤務評定を下す、宮殿の宮女たちが最も恐れる存在だ。

「今日はひとりじゃなく大勢だね」

「何が大勢ですか？」

状況を把握していないボギョンが訊ねる。

「こちらも見覚えのある子だね」

監察尚宮は眉をつり上げ、ボギョンはようやく自分の窮地を察した。

「尚宮たちが目をかすませながら夜を徹して作ったものを、あんな無残に！」

監察尚宮は転がる豆が床に散らばる物置へと四人を連れていった。

「何これ！　誰がこんなことをしたの⁉」

自分が巻き込まれていることも知らず、ギョンヒは思わず笑った。

「誰って、お前たちよ！」

監察尚宮の叫び声に、ヨンヒ、ボギョン、ギョンヒの三人はようやく状況を理解した。

ドギム！

三人の視線がドギムに突き刺さる。

「ついて来なさい」

「尚宮様、ちょっとお待ちください！」

ギョンヒが慌てて釈明しようとしたが、無駄だった。

「うるさい。早くついて来なさい」


四人は胸もとに『いたずら者』と書かれた紙を貼られ、両手を上げたまま三十分以上廊下に立たされ続けた。腕がもげるかと思った。その後、転がる豆をすべて拾い、新たに巾着を作らされた。

執拗な説教を最後にようやく解放されると、ボギョンはドギムを責め立てた。

「なんで私たちまで罰を受けなきゃいけないのよ」

「いやいや、そもそもあなたたちがあの場に現れなきゃ、私は余裕で逃げ出せたんだから」

ドギムも不満げに返す。

「だったら、あなたのせいね！」

ボギョンは突然ギョンヒに刃を向けた。

「わざわざこの子を捜そうと言ったじゃない。好きな本を読んでもらうためには、ほかの子よりも先に手を打たなきゃいけないって」

「あの子がこんな馬鹿なことをしでかしてたなんて、私がわかると思うの？」

また喧嘩を始めそうなので、ヨンヒが慌ててふたりを止めた。

「もう終わったことなんだからやめて」

しかし、もう導火線には火がついてしまった。

「あなた、友達がいないんでしょ？　だから私たちと一緒にいたくて、本を読んでもらうことを口実にまとわりついてくるんでしょ！」

ボギョンの挑発が的を射たのか、ギョンヒの顔が真っ赤になる。

「わ、私がどうしてあなたたちごときにまとわりつくの？」

「もう噂は広まってるのよ。ほかの子たちはあなたの傲慢で偉そうな性格にうんざりして、誰も近寄らなくなってるって」

「ボギョン、やめて！」

「外見だけ見て近づいてきて、勝手に失望して背を向ける子たちなんて、私もいらない！」

鋭く叫び、開き直ったようにギョンヒは言った。

「そう。少なくとも私は容姿がいいわ。あなたは？」

私だってあなたの痛いところをつけるのよとばかりに、ギョンヒは鼻で笑った。

「ほかの子たちは、あなたはぼさぼさ髪で身分の低い家の子みたいだって言ってるわ。そんな子が恋愛小説に目をきらきらさせるなんて、本当に滑稽だって」

怒りのあまりボギョンの顔が蒼白になる。

まずい……！

「ねえ、私が悪かった」と慌ててドギムが割って入る。「だから、もう……」

しかし、もはや手遅れだった。

導火線の火はすでに爆弾へと達していた。

ギョンヒはドギムを振り払うと、ボギョンを両の手で強く突いた。しかしボギョンはびくともしない。逆に押し返すと、体の厚さがボギョンの半分くらいしかないギョンヒはひとたまりもない。あっという間に床に転がってしまう。

ドギムはギョンヒが泣き出すと思ったが、予想は見事に覆された。美しい瞳に怒りの炎を燃やし、ボギョンに飛びかかっていったのだ。

ついに取っ組み合いの喧嘩が始まった。いつものドギムなら高みの見物を決め込むのだが、今日は自分のいたずらが原因という負い目がある。すぐにチョゴリの袖をまくり、もつれ合うふたりの間に飛び込んでいった。

「みんな、お願いだからやめて……！」

泣きべそをかきながらヨンヒが止めるが、こうなってしまったらもう収拾はつかない。仲裁に入ったドギムさえ、はずみでボギョンに殴られたのを機に積極的に喧嘩に加わっている。そのうちヨンヒまでもが誰かに髪の毛をつかまれ、巻き込まれていく。

激しい闘いが五分ほど続き、ようやく四人の体力が底をついた。床にぐったりと座り込み、はあはあと息を荒げながらもボギョンとギョンヒはなおもにらみ合う。

「あなた、私が大目に見てあげたのよ。本当だったら握りつぶされてるわよ」

「あなたこそ運がよかったと思いなさい。爪で顔を切り裂くのを我慢したんだから」

ドギムが負けずに割り込んだ。「我慢したのは私よ。私はうちの村では大将だったんだから」

「あなたたち三人とも私に気づかなかったでしょ」と最大の被害者、ヨンヒは涙ぐむ。「髪の毛がひと房もちぎれたわ。このままだとお嫁に行く前にはげ頭になっちゃう」

「宮女はどうせお嫁に行けないわよ、馬鹿」とギョンヒが返し、「そうよ」とドギムも相槌を打つ。

「ヨンヒ、あなたは髪がちぎれたまま私たちと一生一緒に暮らさなきゃいけないのよ」

思わずボギョンは吹き出した。体中からあふれるような大笑いだった。

笑いに伝染力があるというのは本当で、目に青あざを作ったドギムも右頬が腫れ始めたギョンヒも髪をちぎられたヨンヒも皆、一斉に笑い出す。

お腹が痛くなるほど笑ったあと、ドギムが言った。

「今日はごめんね。ちょっとここで待ってて」

しばらくして、チマを広げて大量の栗を抱えたドギムが戻ってきた。焼厨房《ソジュバン》にあったのをずっと狙っていたのだ。

四人は庭に出ると落ち葉を集めて火を起こす。

「盗んで食べるのが一番よ」

うそぶくドギムに笑い、四人で輪になって焼き栗をほおばる。

「熱、熱っ」と口の中を火傷しながら、あっという間に食べ尽くしてしまった。

「あぁ、おいしかった！　明日は栗を拾いにいかない？　また食べようよ」

ギョンヒにうなずき、「松ぼっくりも拾おう」とドギムがさらなる提案をする。「松ぼっくりを打って遊んだら面白そうじゃない」

四人は一緒に過ごす未来を思い描いた。

それはずっと前から決まっていたかのように、とても自然で心躍る未来だった。

やがて四人は疲れてくたくたになった体を引きずるようにして、それぞれの持ち場へと帰っていく。最後にヨンヒと別れ、ひとりになったドギムは鼻歌を口ずさみながら駆け出した。

すると、向こうから誰かが歩いてくるのに気がついた。ひと目で貴人の行幸《ぎょうこう》だとわかり、足を止めてわきに控える。

それは恵嬪のお見舞いに向かうサンだった。

「お前は……」

会うのは三本勝負以来だったが、サンは覚えてくれていたようだ。ペコリと頭を下げるドギムに、サンは言った。

「そんな顔だったか……?」

目もとに青あざを作り、頬を腫らしたドギムを見て、サンは首をかしげた。

「いえ。もとはこんな顔ではありません」

少し考え、ドギムは言った。

「友達ができたのでこうなりました」

「……友達?」

もし彼に訊ねられたら、全部話そうと思った。ヨンヒとボギョン、ギョンヒがどんな女の子かということを。殴り合いの喧嘩をしたが、仲直りするときはなぜかひと言の言葉も必要なかったことを。

ドギムはサンに自分の世界を見せることに迷いはなかった。

しかし、サンは何も聞かなかった。

肩をすくめ、そのまま去っていった。

暮れなずむ夕闇のなか、遠ざかっていくサンの背中をドギムはぼんやりと眺めた。彼の後ろ姿は、なぜだかとても寂しそうに見えた。

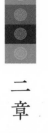

二章　分かれ道

ドギムが王宮に仕えるようになってしばらくの時が過ぎ、今ではその名は多くの人々の口にのぼるようになった。

理由は三つある。自由奔放な気質はますますひどくなり、厳粛であるべき宮中にあるまじき不良だという悪名が一つ。東宮殿の宮女でありながら中宮殿に頻繁に出入りしているという噂が一つ。そして、宮中でも折り紙つきの達筆だというのが一つ。

元服を迎えたとはいえ、世孫はまだ母の手がかかる。それゆえ恵嬪殿と東宮殿の境界が曖昧で、ドギムも何かと恵嬪の言いつけを聞くことが多かった。与えられた役割の多くは彼女のふたりの娘、チョンヨン郡主とチョンソン郡主の面倒をみることだった。

同年代の見習い宮女が鞭打たれながら宮中での仕事を覚えていくなか、ドギムは終始ぶらぶらと手を抜いているように見えたが、彼女への賞賛はやまなかった。というのも、ドギムの書く文字は上品でかつ生命力にあふれていたのだ。それだけではなく、難しい漢字と多様な語彙を扱い、文章を作る能力にも長けていた。

ドギムは宮女たちがそこここに貼る文言を書いてあげたり、手紙の代筆をすることで小遣い稼ぎをした。お金の多くは給金とともに実家に送っていたが、侍婢《じひ》（小間使い）に頼んで書店で本を買ってきてもらったりもした。

そのようにして一冊二冊と本を集めていると、文章への渇望が激しくなった。それは本を読むだけでは到底満たされることがない果てしなき渇きだった。

手に入れた筆写本を読みながら、ドギムはいつも自分ならこの文章をどんなふうに表現するか考え、拙い文章に出会うと舌打ちした。不明瞭で曖昧な文章には小さな筆で注釈をつけたりもした。

小説を読むことが趣味の恵嬪は、そのようなドギムの習慣を褒めた。

「経歴だけが立派な宮人よりもよほどましだ」

照れくさそうにしながら、ドギムは心の中で快哉《かいさい》を叫ぶ。

「お前、王妃様に会ってみないか？」

恵嬪はドギムにそんなことを訊ねた。

「字を書き写す宮女を探しているとおっしゃっていたのだ。お前なら推薦しても私の体面が傷つくこともないだろう」

願ってもない提案に、ドギムは一も二もなく承知した。


王妃は鋭い目をした美しいお方だった。自分とは十も離れていないだろう。

十五歳で英祖王に嫁ぎ、女主人に選ばれただけに虎のように厳しかった。継妃として王宮に入ってきたので、年配の側室に蔑《ないがし》ろにされ置物扱いされるかと思いきや、その若さに似合わぬ威厳で宮中の全女性、内命婦《ネミョンブ》を平定した。不仲の側室とは流血沙汰もあったという。無論、誇張交じりの噂が大半だろうが、その目を見るかぎり似たようなことはあったのかもしれない。

おずおずと前に立つドギムに王妃は言った。

「お前は美しい字を書き、書き写すのもとても速いと聞きました。よその宮女を私事に使うのは外聞はよくないのですが、訓閨禮《フンギュレ》を準備するのに人手が必要なのです」

訓閨禮は王妃が新たに考案した内命婦の行事だった。ますます乱れる外の風俗に対し、王室から模範を示そうという趣旨で、王妃と側室、貞敬夫人《チョンギョンプイン》の指揮の下、品階を受けた夫人たちが集まり、閨《ねや》訓書を読んだり、参禅をして心を整えるという健全極まりない活動である。

そのためには本がたくさん必要で、それは宮女たちが筆写せざるをえなかった。中宮殿の実力ある尚宮、侍女のすべてを使ってもまだ人手が足りなかったのだ。

王妃の命を受け、ドギムは筆写に邁進《まいしん》した。誰も彼女の課外活動に文句をつけなかった。ソ尚宮でさえ、問題だけは起こさないように釘を刺しつつ、「今の時期だからほかのこともできるのだ」と激励した。「本格的に内人《ナイン》見習いが始まったら、目が回るほど忙しくなるからね」

「もう十分忙しいんですけど」

ドギムが口答えすると、「簡単な書き物と礼法をちょっと勉強する見習いが忙しいだなんて！」とソ尚宮は嘆いた。

「あなたも私も今までずいぶん恵嬪様の恩を受けてきたが、そろそろ距離を置かねばなりません。入宮の事情はともかく、東宮殿の宮女として配属されたのだから」

宮女にとって主人はただひとりでなければならない。

「次などない」と自分に告げた少年が唯一の主人になるということにどんな意味があるのか、ドギムはじっくりと考えたが、よくわからなかった。

「お前にやってもらいたいことがある」

ソ尚宮がドギムにそう切り出したのは、それから数日後のことだった。

「恵嬪様がお前に世孫様の湯薬《とうやく》（煎じ薬）の世話を任せたいとおっしゃっているのです」

サンは昨年の仲冬（一年で最も寒い時期）から体調を崩していた。高い熱が出たり悪寒がしたり、腹痛やめまいを訴えることもあった。孫が長らく病床に伏していることを気に病み、王まで平常心を失っているという噂さえ流れた。母親の恵嬪の心痛はいかばかりであろうか。

とはいえ、できることとできないことがある。王室の人たちの世話はそのための多くのことを学んだ至密《チミル》宮女の役目だ。見習い仕事すらまともにできない自分などに務まるわけがない。

ドギムがそう言うと、「すでに用意はしておいた」とソ尚宮は温めた湯薬の膳を持ってきた。

「世孫様に向かってご挨拶をして、湯薬を差し上げ、そのあと口直しの干し柿を差し上げる。たったそれだけのことだ。簡単だろう？　さっさとやってきなさい」

「えー、尚宮様なら簡単にやれるでしょうけど……」

「あ！　干し柿は退膳間《テソンガン》の上のほう……あの、あそこよ、染みのついた棚の青い壺の中にあるから忘れずに持っていって」

「棚も壺も一つや二つじゃないじゃないですか」

「恵嬪様が特別にお前に頼まれたことだ」とソ尚宮はドギムがいくら困ろうがまるで気にしない。

「お前、世孫様を笑わせたことがあるんだって？　今度もまたそれを期待しておられるようだ」

そういうことか……ドギムはこの無茶な命令の意図を悟った。

あのときは初めて王宮に足を踏み入れた小さな子供だった。王家の方々がどれほど近寄りがたい存在なのかも知らず、ただ同年代の子供同士として接してしまった。しかし、王宮暮らしもそれなりに月日を経た今は、彼らの尊さや気高さを身に染みて知っている。

しかも、サンはすでに冠礼《クアンレ》（男性の成人の儀式）を終えた立派な大人だ。見習い宮女の端くれがわき腹をつつけるような相手ではない。そのような方のそばにうろうろ近寄るなど、宮中で細く長く生きていくためには決してしてはならぬことだ。

ドギムの憂慮を察したのか、ソ尚宮が言った。

「出る杭は打たれるということだけを常に念頭に置いておきなさい。目立たず、決して噂に上らないのが宮女の楽な生き方だ。ただ言われたことだけをやりなさい。それなら問題ないだろう」

要するに、命じられたこと以外は絶対にやるなということだ。

とにもかくにもドギムは湯薬の膳を持ち、東宮の寝殿へと向かった。途中、湯薬の世話をする見習い宮女なんて珍しいとぶしつけな視線を浴びたが、前もって恵嬪に言い聞かされていたのか、誰もドギムを止める者はいなかった。

幾重にも閉じた障子が開き、ついにドギムは寝床から身を起こしたサンの前に出た。

急いでお辞儀をし、顔を上げたのがドギムだと気づき、サンはつぶやく。

「なんとも無茶苦茶なことをしてくれるな」

早く湯薬を出して去れということかと解釈したドギムは、膝立ちで這い寄る。

「近くに来いと命じてもいないのに……」

不満げな顔をしつつ、サンはドギムを追い払おうとはしなかった。面倒なことはさっさと済ましてしまおうと思ったのだ。

湯薬の器を渡そうとしたとき、ドギムはサンの指先に触れてしまった。火に焼かれたかのように熱くて、ドギムは驚く。そっと視線を上げ、様子をうかがうとかなり顔色も悪い。

「厚かましくも誰の顔を見ているんだ」

鋭い声に、ドギムはびくっと目を伏せる。

「お顔がかなりやつれていらっしゃいます」

「見るべく値もない顔だ」とサンがつぶやく。「おばあさまが悲しそうに涙をこぼされた。チョンソン郡主の新郎に選ばれた興恩副尉《フンウンプウィ》のお顔は丸々と艶やかでとても健康なのに、なぜあなたはこのようにやつれてしまったのかと……」

サンの目に深い愁いの色が宿る。

「……心配してもらえるのは幸せなことだ」

なぜ「ありがたい」ではなく「幸せ」なのだろう……。

ドギムのいぶかしげな表情を見て、サンは我に返った。頭痛と熱のせいで普段なら絶対口にしないことを話してしまった。どうやら体が弱くなると心も弱くなるようだ。

「宮女を前に余計なことを言ったな」

「私は耳が悪くてまるで聞き取れませんでした。この年で耳が遠くなるなんて本当に悲しいことです」とドギムはしらを切る。

「とにかく湯薬を召し上がってください」

ドギムの振る舞いにサンは驚いた。

「……前代未聞の娘だと思っていたが、意外と細やかで機転が利くな」

「前代未聞だなんて。私が宮女の間でどれほどおしとやかで有名なのか知らないのですか」

褒め言葉にうれしくなって、つい図々しい合いの手を入れたが、サンは応えてはくれなかった。ただ黙って湯薬を飲み干す。

しかし、薬器を空にしても下がれとは言わない。どうも何かを待っているようだ。

しまった……！

口直しのおやつを忘れたことに気づき、ドギムは慌てた。

「あ、あの……湯薬のお味はいかがですか？」

もしかしたら口直しなどなくても大丈夫だという返事がくるかもしれないと、淡い期待を抱きながらドギムは訊ねた。

「苦い」

サンはぶっきらぼうに言って、ドギムの希望を打ち砕く。

このままだとまたソ尚宮に叱られる。

ドギムは懸命に知恵を絞り、ようやく思いついた。懐に手を入れるとそれはあった。

「お口直しをされてください」

差し出された手のひらにあるものをサンがじっと見つめる。

「……スモモか？」

いつもおやつを持ち歩いているボギョンが、今朝くれたのだ。小腹がすいたら食べようと懐に入れておいたのだが、まさかこんなところで役に立つとは思わなかった。

「どうしてそこからこんなものが出てくるんだ？」

サンはドギムのチョゴリを見ながら首をかしげる。

「というか、口直しなら普通ひと口大のものではないか？」

「どうして毎日同じものを差し上げられましょうか！」とドギムはいきなり大声を発し、必死でごまかす。「たまにはほかのものもお召し上がりにならないと！」

「わかったから声を低くしてくれ。頭に響く」とサンは頭を抱えた。

彼の苦痛はどうであれ、うやむやになったのは幸いだとドギムは胸を撫でおろす。

「……皮は嫌いだ」と手にしたスモモをぼんやりと見つめ、サンがつぶやく。

「嫌なら自分でむいて食べればいいでしょ」とのどまで出かかったが、ドギムはこらえた。お仕えする方に気持ちよく食べてもらうことが宮女の本分だ。

「たしかに皮は酸っぱいですもんね」と相槌を打ち、チョゴリの結びひもにぶら下げた小刀でスモモの皮をむいてあげる。

その姿を見ながらサンがつぶやく。

「以前は私が言う前に皮をむいてくれる方がいたんだ……。あの方も一時はお前と同じ宮女だったそうだが……」

「それはどなたですか？」

「私の祖母……」

言いかけ、サンははっと口をつぐむ。「熱のために頭が回らないようだ。ただの宮女相手に何度も失言をして」

渡された果物を食べ終えると、サンはふいにドギムに訊ねた。

「お前は何がそんなに楽しいんだ？」

「え？」

「あの日以来、ときどきお前を目にした」

「あの日というのは、世孫様が縄編みで大負けした日ですか？」

「いや、私が寛大にも引き分けで終えてやった日のことだ」

「世孫様が作った縄と縫い物がどれほどひどいありさまだったか、私はしっかり覚えてますよ」

ついいつものような軽口で応じたドギムは、サンの表情を見て「?」と口を閉じた。頑固さが和らぎ、なんとも柔らかな顔をしていたのだ。

ドギムのなかに今まで感じたことのない不思議な感情が生まれた。

「お前はいつも笑っていた」

「……」

「母上に仕えるときも、私の妹たちに付き合うときも、雑用をしているときも、ソ尚宮に叱られているときさえも……お前は笑っていた」

ふいにサンの顔つきが変わった。眉間にしわを寄せ、鋭いまなざしをドギムへと向ける。

「一体何がそんなに楽しいのだ？」

「……」

「話は聞いている。お前の父親は過ちを犯したにもかかわらず、私の母方と縁があったゆえに大目に見られたそうだな。それに加え、娘を宮中にまで押し込んだ」

本当のことなのでドギムは何も言えない。

「まあ、子供のお前は父親の事情など知るよしもなかったろう。お前はたしかに器量は悪くないが、結局のところ父親によって宮殿に放り出されたのだ」

サンの目の光が鋭さを増した。

「……なのに、どうして笑うことができるのだ？」

先ほど感じた、なじみのない感情が戻ってきた。それがどういうものなのかはわからなかったが、ドギムは彼が自分に何かを訴えようとしていることだけはわかった。

彼は今、私の話をしながら自分の本音を打ち明けているのではないだろうか。それも自分を産んだ母親はもちろん、宮中の誰にも見せることができない心の痛くて弱い部分を。

「好きで笑っているのではありません」

ドギムはサンに語り始める。

「父が情けない間違いを犯し、自分がこんなありさまになったからといって、毎晩布団をかぶって泣いていては何が変わるでしょうか」

「……」

「そもそも誰も私を宮中に投げ捨てたりはしていません。私が家族のために宮女になることを選んだのです」

「……自分で選んだ？」

「はい。愛する家族ですから」

「愛する家族……家族のためなら一生つらく寂しいとしても、喜んで身を捧げると？」

「身を捧げるって」

それほど大げさなものではないとドギムは笑った。「一生寂しいなんてことはないですよ」

「なぜだ？」

「たとえ離れて暮らしていても家族の縁は切れることはないですし、私はここに未来まで約束した友がいますから」

サンの瞳が揺れた。

「お前は……」

しかし、なぜだか言葉が出ない。

「老いて出宮《チュルグン》したら、貯めたお金で家を建てて一緒に暮らしながら、栗でも焼いて食べようと約束したんです」とドギムは微笑む。「とにかく、そんな感じで友と過ごしているうちに、世孫様のおっしゃるとおり、すべてのことが楽しくなって、いつも笑っています」

そんなドギムをサンは不思議そうに見つめる。

「あ、世孫様が私のことをそれほど熱心に見守ってくださっているとは気づきませんでしたが……」

「熱心に見守ったことなどない！」

サンは顔を真っ赤にして、声を荒らげた。「通りすがりにたまたま見ただけだ。お前の笑い声があまりに大きく、宮殿全体に響き渡っているからつい目が行ったのだ」

「あら、私がいつ大声で笑ったんですか？　世孫様は今も私をじっと見つめていらっしゃるくせに」とドギムは可愛らしく唇をとがらせる。

「目の前にいるから仕方なく見ているのだ！　お前を見なかったら何を見ろというのだ」

「目の置き場などどこにでもあるじゃないですか」とドギムが東宮殿の隅々を指さした。

「もういい。下がれ！」

ドギムとしてはありがたい命令だった。そそくさと退室しようとすると、「ところで」とサンがふたたび声をかけてきた。

「宮殿で湯薬の世話をするときは、まず銀の匙で毒見をしなければならないのだ。今回は母上がきちんと言い聞かせていなかったのだろうが、次からは許されないだろう」

「恐縮でございます」

頭を下げながらも、このままやり込められて終わるのは癪《しゃく》だとドギムは思った。

「しかし、次などないでしょう」

初めて会ったとき、サンに言われた言葉をそのまま返す。

不意をつかれ、あ然とするサンを見て、ドギムは溜飲《りゅういん》を下げるのだった。

＊

自分のことを気にかけていたと聞いてから、ドギムも宮中でサンを見かけると、つい目で追ってしまうようになった。

彼が寂しさを抱えているのではないかといういつかの印象は、半分正しく半分間違っている。まず彼が寂しいのは事実だ。サンはほとんどいつもひとりだった。正殿に侍坐《ジシャ》（王の隣に控えること）したり、年老いた師を相手に勉強するときを除くと、一匹狼のように寂しそうに見えた。彼は亭子でよく本を読んでいた。後ろ手を組んで物思いにふける姿もよく見かけた。何を考えているのかまるで読めない能面のような表情をしていた。

しかし、サンの寂しさは自らがそう仕向けている部分も多かった。同年代の内官や宮女とは、関わり合いを避けた。それどころか自分の邪魔をするなと邪険に扱うことも多かった。

王室の人たち、特に恵嬪はどうにかサンの頑なな心をほぐそうと試みたが、あまり効果はなかった。むしろ恵嬪がほかの人と交わらせようとするたび、サンは他人との距離をとるようになった。

冠礼を終えているとはいえ彼はまだ青年とはいえない若さだったが、その目は到底少年には見えなかった。あまりにも早く大人にならざるをえなかった複雑な感情で揺れていた。

そして、その瞳に見つめられると、なぜかドギムの感情も大きく揺れるのだった。

その日、ドギムは一日中、恵嬪殿にいた。

人懐っこい長女のチョンヨン郡主が去年降家《こうか》し、次女のチョンソン郡主まで今年初めに嫁いでいった。恵嬪の寂しさを埋めるかのように彼女の内殿にドギムがとどまる時間は増えていった。

用意されたおやつを食べながら恵嬪とおしゃべりをしていると、宮女がサンの訪問を告げた。

「正殿にいらっしゃらなければならない時間なのに……」といぶかしむドギムに、恵嬪が微笑む。

「この頃よく立ち寄ってくれるのだ。どうやら、娘たちを送り出した母が寂しがっているのではないかと心配してくれているようだ」

ドギムはすぐに辞去しようとしたが、サンがやってくるのが思いのほか早く、鉢合わせてしまった。初めて会ったときと比べるとずいぶんと背も高くなったサンから見下ろされる。彼の視線には得体のしれない熱があり、首筋がゾクっとした。

目が合ったのは一瞬だったのに、息が止まりそうになる。

サンの視線はドギムの顔を通りすぎ、菓子の屑がついたチマに向かう。ドギムは逃げるように部屋の片隅へと移動した。

「王様の侍湯《シタン》（薬の世話）をしてまいりました」とサンは恵嬪に報告する。「昨日よりだいぶよくなられました」

「それはよかった。そなたはどうだ？」

「もうすっかり快復しましたので、ご心配なさらないでください」

こけた頬には長く伏せっていた名残りがあるが、体調は悪くはないようだ。

「妹たちが降家し、そなたもずいぶん体が落ち着いてきたのだろう」

「はい」

「それで、王様がもう時がきたとおっしゃっていた」

「時とは？」

「そろそろ世孫嬪の笄礼を挙げ、正式に合宮《ハプクン》（床入り）をしてはどうかと」

サンは王家の慣例に従い十一歳の若さで結婚したが、嫁いできた妃も十歳と幼かったため、しかるべく年齢になるのを待っていたのだ。

ドギムが興味津々で耳をかたむけるなか、サンは言った。

「恐縮ですが、まだ時期尚早です」

「どうして？」と恵嬪は息子に身を寄せ、訊ねた。「嬪宮《ピングン》の容貌が気に入らないのか」

ドギムには恵嬪がそう訊ねる理由に思い当たる。通りすがりに嬪宮を何度か見かけたことがあったが、幼少時に病を得たのだろうか顔に痘痕《あばた》があった。さほどひどくはなかったが、おしろいでは隠すことはできないようだった。

「とんでもございません」

すぐにサンは母の言葉を否定した。「夫人の美しさは外見ではなく、心根と行いによって決まるのです。嬪宮は良い家庭でよく学んできた賢くてしとやかな女人で、まさに徳容にすぐれていると言えるでしょう」

「もちろんそうだとも」と恵嬪は強くうなずいた。「嬪宮はいつも私に優しく仕えてくれていたではないか。そなたのお父上の問題でしばらく私たちが王宮を出なければいけなくなった際には、実家に戻らず義母である私についてきてくれた。何も事情を知らない子供だったのにもかかわらず、私を慰めようとしてくれたのだ」

「そのとおりです。ただ……私にはまだ確信が持てません」

「確信とは？」

「彼女は私に合う人なのか――」

「合う人であろうとなかろうと！」と恵嬪がさえぎる。「そなたは慎重すぎるのだ」

「そういうことではありません」

「何が違うと！」と恵嬪の声が高くなる。「そなたは抑えているつもりだろうが、この母の目にはお見通しです。嬪宮は小心なところがあり、時にぐずぐずするのがもどかしいのでしょう？　でも、それはそなたによく見られたいという思いが先に立ってのことなのだ。優しく見ておあげなさい。夫婦というのは最初から合うものではなく、ともに暮らしながら合わせていくものなのです。最初から合わないと決めつけるのではなく、努力をしないと！」

恵嬪の説教はそのあとも延々と続いた。

「私の考えが足りませんでした」

恵嬪が息を整えるために口を閉じたとき、サンはかろうじて割り込んだ。自分の非は認めたものの納得しているようには見えなかった。

「それでも合宮はまだ延ばしたほうがいいようです。心配されるかと思い元気になったと申し上げたのですが、実はまだ私の精気は快復しておりません」

サンが伝家の宝刀を抜くと、恵嬪はがらっと顔色を変えた。

「まだ熱があるのだな」とサンの額に手を当てる。

「それほどではありませんが……」

「だから夜は本を読まずに早く床につくように申したではないか！」

母の狼狽ぶりに、病を持ち出したのは失敗だったかとサンは後悔した。

「申し訳ございません。まだ日課が残っているのを失念していました。私はこれで」

逃げるように退室しようとする息子に恵嬪は声をかけた。

「息抜きをしたければいつでも言いなさい。この子がそなたの話し相手になるだろう」と部屋の隅に立つドギムを指さす。

母親の指先を追ったサンの視線がドギムの視線とぶつかる。

「私は……」

内官や宮女とは交わりたくないという言葉が自分に向けられるのが嫌で、ドギムは先手を打った。

「私が尊い世孫様の友になるなんて、とんでもないことでございます」

一瞬、彼の瞳が揺れたと思ったのは錯覚だったのだろうか……。

そんなことを思いつつ、ドギムは不敬を働かないために目を伏せた。

すぐに冷たい声が耳に響いた。

「宮女ながらもっともなことを言う」

サンは恵嬪に向き直ると、「夕方またおうかがいします」と去っていった。

息子の姿が視界から消えると恵嬪はため息をついた。

「そなたといるときは、それでも少しは子供らしかったのに……」

そんな昔のことを言われても……ドギムはそう思ったが、もちろん口には出さなかった。


恵嬪殿を辞したあとは、授業を受けて簡単なお使いもした。怠けようとしたのだが、尚宮に見つかって小言も浴びた。そのあとで中宮殿に立ち寄った。

「思っていた以上に見事な仕事ぶりだったので、お前の分は増やしておきましたよ」

王妃様からのお褒めの言葉はうれしかったが、やはり仕事というものは熱心にやればやるほど増えてしまうのだ。

筆写すべき書物を腕いっぱいに抱え、ドギムは大きなため息をついた。

一日を終える前に挨拶をしようとふたたび恵嬪殿へと足を向けると、思いがけない光景を目撃した。庭にサンの姿があったのだ。しかも、いつものようにひとりではなかった。

一緒にいるのは同年代の女性だ。背が高く、ふくよかで、その装束からサンと同様の身分の高さがうかがい知れる。まごうことなき嬪宮だ。

距離があるので彼女がサンとどんな会話を交わしているのかはわからない。ただ、その顔ははっきりと見ることができた。たしかに痘痕面ではあるが、目鼻立ちは整っていて、その柔らかな表情は女性らしく、とても素敵だった。

「よくお似合いじゃない」

誰に言うでもなく、ドギムはつぶやく。

「私には届かぬ世界だわ」

ドギムは子供の頃に見た甘い夢を思い出した。

自分ひとりを愛し続けてくれる夫と出会いたかった。その夫とともに子供も育てたかった。

しかし、王様だけに仕えるべき宮女の道を選んだとき、その夢は粉々にくだけた。

ドギムは割れた夢のかけらを集め、無理やりそれを元に戻そうとするような未練がましいことはしなかった。そのままそっと胸の奥にしまった。心の底から悲しい日にだけ、そのかけらを使って、もしかしたらあったかもしれない違う自分の姿を思い浮かべることにした。

幸い、今日はそこまで悲しい日ではなかった。

代わりに両手で自分の頬をつまみ、滑稽な顔を作って笑ってみた。やがてそれは心からの笑いとなり、ドギムは仲むつまじげに並び立つサンと嬪宮に背を向けることができた。

そうして、自ら選んだ人生へとふたたびたくましく歩きだした。

＊

最近、恵嬪の機嫌が悪い。宮女たちは皆、顔色をうかがい、それはドギムとて例外ではなかった。恵嬪が苛立ちを見せるたびに言葉を慎み、身を引き締めた。

今朝などはご機嫌うかがいに立ち寄ったサンにさえ声を荒らげ、それにサンも応酬したことで宮殿は騒然となった。息子を溺愛する母と孝行者の息子がなじり合うなど尋常ではないことだ。

また合宮問題で意見が分かれたのだろうか……？

内心気になるところではあったが、一介の宮女にすぎない自分が関与できるものでもない。できるだけ恵嬪殿からは離れていようと、ドギムは王妃の筆写を口実に外に出た。

恵嬪の気分転換になるようなものはないだろうかと考え、思い浮かんだのが医女ナムギだった。ナムギは大殿と中宮殿に所属している純朴な内医女《ネイニヨ》だ。内医院《ネイウオン》で薬材として使ったものの余りや恵民《ヘミン》署《ソ》（庶民の治療を行う医療施設）から流れてきたあれやこれやを宮女たちに安価で譲り、小遣い稼ぎをしており、ドギムも常連客だった。ずいぶんといたずらの種を仕入れたものだ。

しかし、ナムギのところにも恵嬪を喜ばせるようなものはなかった。舌打ちするドギムに、ナムギは助言した。「恵嬪様の不機嫌の理由がわからないのであれば、おとなしくしていたほうがいいですよ。無駄に騒いで大目玉を食らわないように」

「顔色をうかがい、じっとしているのは性に合わないのよ」

「たしかに、宮中生活でどこにも波風を立てずに過ごすのは容易なことではありませんね」

お互い大変ねとうなずき合ったとき、「そうだ！」とナムギが膝を打った。「宮女様がお気に召すとっておきのものが一つあります」

ナムギから渡された布袋を手で探るとなんだか、ぐにゃぐにゃした物が入っている。

「これは一体なんなの？」

「実は雄牛の……」とナムギが耳打ちする。

それの正体を知ったドギムは吹き出した。

「牛は農民にとっては家族のようなもの。力を尽くして働き、死んでからもすべての部位が役立てられます。昔、嫁がこれを大切にすれば息子を産むと流行したこともありました。幼い未亡人が持っていれば牛のように精力のある男と再婚できるという話も」

「本当に？」

ナムギはうなずき、続ける。「最近はこれをお守り代わりに大切に保管すれば、雄牛の気運を得て財物を大きく稼ぎ、いい暮らしができるようになるともっぱらの噂です」

さすがお人好しの宮女相手に商売をしてきただけのことはある。その巧みな弁舌に、「いいじゃない」とドギムはすっかりその気になった。

「そうでしょう？　誰にでもお見せするものではないんですよ」

これを買いたい尚宮はたくさんいるのだとナムギはもったいぶりつつ交渉に入る。結局、持っていた五色玉と小銭を全部はたいて、ドギムは「それ」を手に入れた。

ドギムが部屋に戻ると恵嬪が捜していたと侍婢がいう。ドギムは持っていた本の包みと「それ」を放り投げ、あたふたと恵嬪のもとへと駆けつけた。

「お前に話がある」

ドギムの顔を見るや、恵嬪は口を開いた。

「お前が宮中に来てかなり経った。笄礼を行うには、そろそろ本格的に内人の見習いを始めたほうがいいだろう」

たしかに同期のなかにはすでにきちんとした仕事を任されている見習い宮女もいた。特に洗踏房《セダッパン》や洗手間《セスガン》のように仕事が大変な部署は常に人手不足だったため、幼い宮女も駆り出されていた。ボギョンとギョンヒも二か月ほど前から、それぞれ大殿の洗踏房と東宮殿の洗手間で働き始めていた。

「尚宮たちにはすでに知らせておいた。今までは実家の縁もあり私のそばに置いていたが、お前はあくまでも東宮の宮女だ。これからは東宮殿に仕えることに専念してほしい」

内人見習いとなると宮女の間では一番の下っ端となる。おそらくあちこちでこき使われることになるだろう。ドギムは憂鬱になった。

「これまでのように恵嬪様にお会いできなくなるのは残念です」

殊勝なことを言うドギムの内心を見透かし、「そうだろうね」と恵嬪はにやりと笑った。

「しかし、お前は私ではなく世孫に必要な人だという気がするのだ」

「え?」

「私にもよくわからないが、なぜかそう感じるのだ。お前があの子を心から笑わせた、あのときから……」

しばしの沈黙のあと、恵嬪は続けた。

「父親である世子様がお亡くなりになったあと、世孫は大きく変わった。もともと物静かであまり人に心を開かない子なので、ほかの者たちにはわからないだろうが、私の目にははっきり見える」

ドギムは黙って聞いている。

亡くなった世子に関して絶対に訊ねてならないという父の助言は正しかった。入宮以来、ドギムは彼を取り巻く宮中の不穏な気配を肌で感じた。ある種の禁忌であり不文律のように、世子の亡霊は宮殿の中を徘徊していた。

「しかし、最近はそんな私でも息子のことがよくわからないのだ」

恵嬪は消沈し、声を落とした。

「世孫について、しきりに噂が入ってくる」

「噂ですって?」

「あの子が最近めっきり女色に興味を持ったというのだ。ある宮女をいつも見ているとか、その宮女について何度も訊ねるとか……」

全くの初耳だったのでドギムは目をパチクリした。

「最初は信じなかった。あんな生真面目な息子が……と。なぜなら、嬪宮に女人として優しく接するように私が叱らなければいけないほどだったのだから」

恵嬪は大きなため息をつく。

「誰かがあの子に害をなそうと流した噂だとしたら大変だ。王様の耳に入ったら、とんでもないことになるだろう」

学問に力を入れるべき世孫が宮女を妾にするなど、王と朝廷から叱責を免れない行為だ。恵嬪の心配は痛いほどよくわかる。

「だが私は……それが噂ではなく事実なのではないかと恐れているのだ。あの子は決してそんなことをしてはいけない。絶対に亡くなった世子様に似てはいけない。絶対に王様に憎まれては……」

恵嬪は苦しげに胸をつかむ。目から涙があふれ、頬を濡らす。

「……私は二度とあのような経験をしたくはない」

どう慰めればいいのかわからずドギムは困惑する。恵嬪はどうにか自分を落ち着かせ、続けた。

「注意を払うべきだと思い、先に話を切り出したが、不本意ながら叱る格好になってしまった」

「今朝、世孫様が立ち寄られたときのことですか？」

恵嬪がドギムにうなずく。

「父上のこと、そのすべてを見ていたのにどうして自分がそれをわからないと思うのかと、あの子はひどく苛立ち、悲しげな顔をした。まだふさがってもいない息子の心の傷に、私は触れてしまったのかもしれない……」

「父上のこと」がなんなのかわからず、ドギムはもやもやする。

「王室で家族として暮らすのは本当に難しいことだ」

家族という存在を難しくなど思ったこともないドギムにはよくわからない言葉だった。恵嬪や世孫が語る家族は、自分が考える家族とは少し違うようだ。彼らの口から出るその言葉は、はるかによそよそしく冷たく感じられた。

「とにかく」と恵嬪は話を戻した。「お前は必ず世孫に心から仕えておくれ」

そう言って、恵嬪はチョゴリの結びひもで涙を拭いた。

「あの子の近くに信じられる人がひとりでもいると思うと、私も安心できる」

「最善を尽くします」

ドギムができる約束は、それだけだった。

恵嬪殿から戻ると、興奮したソ尚宮に迎えられた。

「お前は東宮殿の至密に配属されました。しかし、お前にどういう見習いをさせればいいのか、尚宮様をはじめとするすべての至密宮女たちはとても頭を悩ませたようです」

早口でまくしたてるソ尚宮に閉口しつつ、ドギムは訊ねた。

「それで？」

「ドギム、お前はその、なんというか……宮女の間ではかなり有名ですからね。なんでもかんでも任せてはいけないという結論に至ったようです。それで特別で重大な任務を与えることに」

「買いかぶりですよ」

謙遜するドギムから、なぜかソ尚宮は目をそらす。声もいくぶん小さくなった。

「それで、お前を宙合楼《チュハムヌ》近くの別館に行かせることにしたのです」

語感から宝物倉庫のようなものだろうと推測し、ドギムは目を輝かせる。

「王室の宝を管理する部署ですよね？　そうでしょう？」

「まあ、見方によっては宝が積まれているともいえるか……行ってみればわかるでしょう」

「この不肖の弟子はうれしくて卒倒しそうです」

ついに自分にも一人前の、それも素晴らしくやりがいのありそうな仕事が与えられるのだとドギムは幸せに包まれた。

歓喜するドギムを見て、ソ尚宮は慌てて釘を刺した。

「いや、もし思ったような仕事じゃなかったとしても、最も若い宮女に与えられる役目だから、あまりがっかりしないように」

「さっきは特別に任せる仕事だとおっしゃったじゃないですか？」

ドギムに鋭く指摘され、ソ尚宮はしどろもどろになる。

「ああ、特別な末っ子……じゃなくて、特別な宮女に任せる役目です。そのほか、若い宮女たちがする雑用もいくつか兼ねるからそのつもりで」

ソ尚宮の態度をいぶかりつつ、ドギムは詳しい仕事内容に耳をかたむけた。面倒な雑事もかなり多そうだ。説明を終え、ソ尚宮は言った。

「明日から実際に仕事にかかれば、すぐにコツもつかめるでしょう」

「待ってください。明日からですって？」

「当然、明日からですよ」

「気持ちを整理する時間もない。いきなりじゃないですか!?」

「気持ちの整理って……今までずいぶんとのんびり過ごしていたじゃないか」

「本当にのんびりできていたなら、こんなこと言いません」

口をとがらせるドギムに、ソ尚宮はぽろっとこぼした。

「もともと別館で働いていた子が後ろ盾を頼って転職したので、人手が足りないのよ。彼女が辞めてまだ三日しか経っていないというのに、もう別館はめちゃくちゃで……」

「王室の宝を管理する素敵な職場なのに、どうして後ろ盾まで使って転職するんですか？」

一瞬しまったという表情になるが、「最近の若い子は軟弱だからね」と慌ててソ尚宮はとりつくろう。「うちのドギムは根性あふれる武官の娘だから、そんなことにはならないだろう」

根性と武官の娘が、仕事とどんな関係があるのだろう……。

いぶかしむドギムから話をそらすべく、ソ尚宮は言った。

「それはそうとお前、あの包みの中身はなんだ？」

ソ尚宮が指摘したのは部屋に放りっぱなしにしていた牛の睾丸だったから、ドギムは慌てた。

「なんでもございません」

「お前、またいたずらをしようとしてるな」

「違います。友達からの借り物です」

「何を借りたの？　見せてみなさい」

「嫌です。私たちだけの秘密です！」

ドギムはすばやく包みをつかむと背中に隠す。

「ふざけたこと言ってないで、お見せなさい！」

こんなものを持っているのがばれたら百叩きだ。

「私、ちょっと出かけてきます！」

「見せなさいと言ってるのに、どこに逃げるの。もうすぐ門限よ！」

ソ尚宮が伸ばした手をすんでのところでかわし、ドギムは駆け出した。

うまく逃げおおせたのはいいが、さてこれをどう使おう？

どうせいたずらするなら反応が面白い相手にしたほうがいい。となると相手はギョンヒしかいない。驚くギョンヒの反応を想像し、ドギムは悪そうな笑みを浮かべた。


ギョンヒへのいたずらに成功したドギムが夜道を駆けている。気持ちよく仕事を終えたまではよかったが、ソ尚宮の言葉どおり門限ぎりぎりだった。早く戻らなければ叱られてしまう。

しかし、思わぬ光景に出くわし、ドギムはふと足をゆるめた。

美しい満月の下、小さな亭子に誰かの影が見えるのだ。最近、見習い宮女の間で月が満ちる夜に現れる鬼の噂が流れていたため、ドギムは興味津々で近づいていく。

鬼ではなく人だった。

しかも、サンだ。

見なかったふりをしてやり過ごそうと、ドギムはそっとあとずさる。そのとき、脳裏に恵嬪の涙がよみがえった。

月光の下、おぼろげに見えるサンの顔はいつも以上に孤独に見えた。

王宮で細く長く生きるためには余計なお節介などしないにこしたことはないとわかってはいたが、気がつくとドギムはサンに話しかけていた。

「あの……遅い時間なのに誰もお付けにならずに、どうしておひとりで？」

月を見上げていたサンの視線がドギムへと向かう。

「またお前か。誰が私に先に話しかけていいと教えたのだ」

やっぱり、見て見ぬふりをすればよかった……。

「それよりも門限だというのに、お前こそひとりで何をやってるんだ」

普段とは違う雰囲気に、退散しかけたドギムの足が止まる。話し方が不自然でろれつも少し怪しい。そして目つきも……。

「恐縮ですが、世孫様……ひょっとしてお酒をお召しあがりになられたのでは？」

ドギムは自らの疑問の重さを減らすべく、ぎこちなく笑った。

「まさか、そんなことはないですよね？」

質素で規律正しい生活を重視する王が朝鮮八道に禁酒令を下して久しい。酒好きの悪癖が治らぬ高官を見せしめとして処刑することもあった。王の在位が比類ないほど長くなり、酒甕《さかがめ》が渇く日々が続いているが、誰もが命のほうが惜しく、今や酒を造ったり飲む者はいない。

「……酒は飲まなかった」

特に怒ることもなくサンは言った。

「ただ……酒のようなものは飲んだ」

とても危険な発言なのに、彼の口調は淡々としている。

「松節茶を飲んだ。いつか王様に捧げようと東宮殿に寝かせておいたのだ」

ふいにサンはにやりと笑った。

「何かわかるか?」

「松葉の枝と根を……」

「そうだ。こうやってかき混ぜて乾かして煮詰めて飲むんだ」と落ち着きなく手を動かす。挙動不審なその態度に、ドギムはあんぐりと口を開けた。

「とはいえ、王様に捧げる松節茶はそういうものではない。関節痛の薬として服用される松節酒を松節茶と変えて呼ぶのだ。民衆には酒を飲むなと言っておいて、世孫様は酒を飲んでいるのではないかと、こんなふうな目を向けられるからな」

サンは手で目尻を上げ、くすくすと笑った。

「私も今日は足が痛くて、松節酒をちょっと飲んだ」

そう言ってぱんぱんと自分の足を叩くサンに、「そうだったのですね」と応えつつ、ドギムはこの場をどうやって去ろうかと思いをめぐらせる。

お酒のようなものを飲んだだけで、人はこんなにも豹変するとは驚きだ。

「それでは私はこれにて退き――」

「みんなが私を苦しめるから、足がとても痛い」

酔っぱらいはまんまと飛び込んできた愚痴の相手を簡単に手放すつもりはなさそうだ。

「私は王位を継ぐ者として模範的であろうと努力しつづけているのに、もっとうまくやれとうるさくてかなわん！」

サンが急に声を高めるから、ドギムは驚く。

「うまいことやったら褒めてくれたっていいじゃないか。なのに、なんだかんだ貶《おと》しめたり、もっと頑張れと戒めるなんて……。じゃあ、お前たちがやってみろというんだ。私がなし遂げたことの半分もできない大馬鹿者たちが！」

サンは欄干を蹴飛ばした。

「しかも、私の手柄を横取りする情けない奴までいる」

ドキドキしながらドギムがうかがっていると、サンは声を落とした。

「たしかに、おじい様に憎まれやしないかとか威理《チョンリ》たちを刺激しないかとか、心の中で計算ばかりして、じっと我慢している私が一番情けないのだが……」

ドギムは聞き流そうと努力し、返事をしなかった。にもかかわらず、矢が飛んできた。

「お前は私が酒のようなものを飲んで、軽率なことを言うのを聞いた。どこにそれを告げる？」

サンは笑いながらドギムに訊ねる。

「母上？　それとも一番高い駄賃をくれる官僚に？」

一瞬泣きそうになったが、ドギムはこらえた。酔っぱらいと口論しても時間を無駄にするだけだ。しかもその相手が至厳なる東宮となれば、ややもすると首が飛ぶことすらありうる。

「私は何も見聞きしていないので、誰に告げることもございません。前にも申し上げたように、私は少し耳が遠いもので」

嫌味をやめ、サンはしみじみとドギムを見つめた。

「……私はお前のことが本当にわからない。お前の言うことは一つも理解できない」

「……」

「親友、家族、愛、何も見聞きしていないという今の言葉……」

翼善冠《イクソングァン》の下の顔がひどく苦しげにゆがむ。しかし、その苦悩は彼のもので、それをドギムに分かつ気はなさそうだった。

「女人とは理解できないことばかり言うと習いはしたが……いや、だからこそ女人をそばに置くように言われたのかもしれない……」

どこに向かおうとしているのかわからないつぶやきに追いつこうと、ドギムが訊ねる。

「どんなお方ですか？　嬪宮殿にご案内しましょうか」

居心地の悪いこの状況からどうにか逃れようと、真っ先に思い浮かんだ名を口にした。

「いや、心を打ち明けられる女人じゃないといけないと申された」

「どなたがですか？」

「亡くなった私の祖母……」

そう言ってサンは口を閉じる。そういえば、以前も同じように言葉を飲み込んだことがあった。話を続ける代わりにサンは言った。

「もしかしたらお前なら……」

「私がなんですか？」

「お前」

ふいにサンが顔を近づける。じっと見つめられ、ドギムの鼓動が速くなる。

彼の視線は怖い。逃れたいが逃れられない。

無意識にあとずさるも、すぐに背中が手すりに触れた。

「私がお前の服のひもを解いたら、どう思う?」

聞き間違えかと思ったが、そうではなかった。

サンの右手がドギムへと伸ばされる。その手が腹部に触れた。ソクチマ(長襦袢)とチマで幾重にも包まれているのに、まるで素肌に触れられたように感じる。

チョゴリに垂れたひもの先を手の甲でもてあそびながら、サンがささやく。

「今夜、私がお前に承恩《スンウン》を下せば……それがお互いに〝ない〟と告げた、私たちの次になるだろうか」

いきなり罠にからめとられたようだった。甘さを感じる暇はなかった。体に触れるその大きな手に恐怖さえ感じる。

サンと自分はそういう関係ではない。

腹立ちまぎれに分別なく行った言動だ。酔いに流されていなければ起きやしなかったろう。

しかし、現実に今、サンの手はドギムの腹に置かれている。その手がすっと動いた。本当に服のひもを解き、ドギムの人生を根こそぎ揺さぶろうとする。

「いけません!」

「駄目だと」

サンは顔をしかめた。拒否されるなど思ってもいなかったのだ。

ドギムは自分が答えを間違ったのだと悟った。宮中の女に与えられた答えは「いいえ」ではなかった。畏《おそ》れ多くも国の世継ぎが施す一夜の恩恵を受け入れる「はい」のみだった。

しかし、ドギムは自分を曲げなかった。

「いいえ、結構です」と敢然と言い放つ。

ドギムは入宮したばかりの幼い頃、王様の寵愛を受けた側室、サンの祖母の義烈宮《ウィヨルグン》の亡骸を見たときのことを思い出していた。

記憶はぼやけているが、瞬間の感覚だけは胸に刻印されたかのように鮮明だった。殯宮《ひんきゅう》に足を踏み入れたときに嗅いだ死者の臭い。異質な冷たい空気。信じられないほど近くに感じた王の乾いた玉体。そして米と玉をくわえて永遠に眠る義烈宮の青白い顔……。

平凡な内人から正一品嬪《チョンイルプム》まで上り詰めたうえに、死後には王自らが哀悼文を作ってくださるほど尊い待遇を受けた女人にしては、なぜか幸せな永眠とはほど遠く、ひどく悲しげに見えた。

その日の記憶はドギムだけの秘密だった。思い切ってヨンヒに打ち明けたことがあるが、まるで信じてもらえなかった。たしかに歳月が過ぎた今となっては、ドギム自身も信じられない。居眠りして見た夢ではなかったかと思うたび、寝所の物入れの一番奥に隠した書『女範』を取り出し、やはり夢ではなかったのだと確認するのだ。

「どうしてだ？」

サンの声がドギムを現実に引き戻した。

「なぜなら……」

ドギムは唇を噛んだ。

側室の生活は決して楽なものではない。自分のお腹を痛めて産んだ子供を王と王妃の子として差し出し、母として生きられないのはもちろん、祭祀や各種行事でも隅に追いやられる。少しでも揚げ足をとられてはならないと食事や日常会話も慎重にならざるをえない。そんなふうに窮屈な暮らしに耐え忍んだとしても、いざ仕えている王が死ねば、出宮されるか奥へと退かされる運命だ。

いくら寵愛を受けた側室でも最期は悲惨だ。王妃は死後も勝者となり、王と同じ墓に入るのに対し、側室は寂しい墓地にひとりで埋められ、その存在すら忘れ去られるのだ。

老いた王が先に逝った後宮《フグン》を懐かしみ、彼女の祠堂をよく訪れているという噂を聞くたび、ドギムはなぜか気まずい思いにとらわれた。王がどれほど義烈宮を愛していたかを知れば知るほど、一つの不条理な疑問を抱かざるをえなかったからだ。

果たして彼女もまた王を愛していたのだろうか——。

側室を一列に並べ、誰がより王に可愛がられたのかを話題にする者は多いが、その側室は果たして王を愛していたのかと疑問を抱くのは禁忌とされた。王の手振り一つで躊躇なく服のひもを解かなければいけない時代なのだとしても、女は必ず王を愛さなければならないという前提は正当化できるだろうか。王が与えた美しい髪飾りは、側室の頭を押さえつけていた、ただの石ころにすぎなかったかもしれないという悲しい思いがしきりにするのだ。

「だから、なぜなら……」

しかし、それは危険な考えだ。うまく言葉にできないだけではなく、素直に吐き出した瞬間、首が飛ぶ可能性もある。

ドギムは本音を飲み込み、言った。

「嬪宮様がまだ世継ぎをお産みになってもいないのに、ただの宮女である私がそのような承恩を受け入れることはできません」

サンの底意がどこにあるのかはわからないが、これを持ち出せばどうにかなるだろう。大義名分がしっかりしているうえ、彼の体面も守りながら断ることができる。

「いっそ私を殺してください」

まさか本当に殺すことはあるまいとドギムは勝負に出た。

「実に感動的な答えだな」

虚をつかれたような表情を浮かべたあと、サンは感心したようにドギムを見た。

「理解しがたい無鉄砲な女人だとばかり思っていたが、お前には意外と賢い夫人の資質があるようだ」

やはりサンは私のことなどわかってはいない。とはいえ、わかってもらう必要もないので、ドギムは喜ぶ様子も照れる様子も見せなかった。

「ただ……」とサンは言葉を続けた。「嬪宮は私にとってそんな女人ではない」

「……」

「あの人は義烈宮がおっしゃった、たったひとりの人になることはできない」

聞き覚えのある言葉が耳をかすめたが、ドギムの頭はそれをとらえる余裕がなかった。

「でも、もしかしたらお前なら……」とサンがさっきの問いをふたたび投げかけたのだ。

「ひどくつらく苦しいときでも、私はそばにお前がいるのが嫌ではなかった」

「お前にいてほしかった」ではない。「嫌ではなかった」だ。

しょせんその程度の感情だとドギムは自分に言い聞かせる。余裕で無視できる小さな種ほどの想いにすぎない。そこから花が咲くどころか芽さえ出ないだろう。

ドギムは話の流れを変えることにした。

「世孫様は私の名前をご存じですか？」

「ソン・ドギンだろ」

全く知らないと思いきや、意外に近い。少し驚きながらドギムは言った。

「違います」

「ソン・ドグムだ」

「違いますって」

サンは焦りながら、言った。「ソン・ドグン」

ドギムに舌打ちされ、サンはカッとなった。

「名前などさほど重要なものではない！」

「私には大切なものです」

「自分の名を大切にする宮女は初めてだ」とサンは眉をひそめた。「いや、両班《ヤンバン》の娘のなかにもそんな者はいないだろう。普通、女人の名前はただ夫に従うだけだから」

たしかに歴史書にも女性の名前は記されない。父親から受け継いだ苗字と夫を通じて得た職位だけでその痕跡を残すのみだ。それすらも料理が上手だの裁縫が上手だの子供をどれだけ産んだだの似たような美辞麗句で飾られれば、誰が誰だか区別がつかなくなってしまう。

「そんなお前が本当に嬪宮を敬い、承恩を拒むと？」

痛いところを突かれ、ドギムは話をそらす。

「大事なのは、世孫様はそんな方ではないということでございます」

「どういう意味だ？」

「どんなに心を痛め、禁じられたお酒をお飲みになられたとしても、母后の心を痛めてまで宮女と戯れる方ではないという意味です」

サンははっとし、顔色を変えた。

「……お前が私の何を知っているというのだ」

「ええ、知りません。世孫様が私について知らないように」

あらためてどういう関係かと考えてもよくわからない。主人と下僕というには中途半端だし、男と女というには幼かった。人と人というには身分も置かれている状況も違いすぎる。

お互い気になりつつも距離を縮めることができないまま、ただ見守っていただけのふたりだった。

「でも、恵嬪様は世孫様について多くのことを話してくださいました。そのお話のなかの世孫様は、聖君を夢見る方のようでした」

ドギムの言葉に、サンは我に返り、羞恥で顔を赤らめた。

「恵嬪様が心配していらっしゃいます。ものすごく」

「知っている」

サンは目を閉じ、つぶやく。

「そのように心配されるので、いつも申し訳なく思う。しかし、時に……息が詰まる」

目を開くと、まだドギムの体に触れたままの手をじっと見つめる。

「……私はただ、お前のことを知りたかったのだ」

「え？」

「恵嬪宮に出入りし、妹たちと遊んでいるお前について、配下の宮女たちによく訊ねた。以前話したように、時にはお前を目で追ったりもした」

「……」

「お前の言うとおり、私はお前のことを知らない。だから、知りたかったのだ」

サンの素直な告白に、ドギムの心が揺れる。

「それだけだったのに……そんな些細な行動に尾ひれがつき噂がどんどん広まってしまった。私が女色に興味を持ち、宮女に近づこうとしているなど……」

ため息をつき、サンは自嘲気味に笑った。

ドギムは自分に触れている彼の手を見た。さっきは大きいと思ったが、違った。彼のまなざしほど熱くはない。何もかもをつかみとりたいと思っているのに、いざとなると何をつかめばいいのかわからない。そんな少年の手だった。

「世孫様は今、分かれ道にたどり着いたのです」

「分かれ道?」

「はい。必ずどちらかを選ばなければいけない道です」

ドギムは指で一方を指し、言った。「こちらへ行けば心が楽になるでしょう。他人の言葉に流され、すべてをあきらめる道です。王様の意思に反してお酒を飲み、王位を継ぐ者としての本分を忘れて宮女に承恩を与え、時に傷つくかもしれませんが、とにかく楽には暮らせるでしょう」

続いて、反対側を指し示す。

「こちらを選べば今までどおり苦しいでしょう。なぜなら、どんなに苦しくつらくとも、それに屈せず世孫様自身を守りながら歩いていく道ですから」

「どうなさいますか?」

サンの瞳が大きく揺れる。

「迷うべくもない。こっちだ」

サンが顔を向けたのは、ドギムがあとから示した方向だ。

「私が酔っぱらって分別を失ったからといって、浮かれた男だと思うな。私に与えられた道はただ一つだけだということを、私は忘れたことがない」

そう言って、サンは夜空を見上げた。白く丸い月が夜空に浮かんでいる。

「忘れたくもないし」

「ええ。それがお似合いです」とドギムは微笑む。「空の下の一万の河川を照らす月のように、立派な君主になりますように。その反対は全然似合わないですから」

それを聞いてサンも笑った。

「私のことをよく知らないと言いながら、さもよく知っているかのようだ」

「知ったかぶりが得意なんです」とドギムは肩をすくめた。

ふとサンが訊ねた。

「お前の道はどこだ？　私の道についてくるのか」

「それはどうでしょうか……」

少し考え、ドギムは全く違う方向を指さした。

「私が歩むべき道は宮女の道です。世孫様が歩く道よりははるかに取るに足らないと思いますが、それなりに歩くのが難しい茨《いばら》の道です」

「まあ、それがお前に与えられた道だろうな」

「いいえ」とドギムは首を横に振る。「私が選んだ道です」

たとえその違いをわかってもらえなくても、サンにはそう言いたかった。

「お前の前でまた情けない姿を見せた」

恥じ入るようにサンが手を引く。危なげな温もりがすっと消えた。

「次は絶対にこんなことはない」

サンが一歩退き、「ええ」とドギムがうなずく。

「それこそまさに、私たちの〝次〟でしょう」

これが自分だけの分かれ道ではないとサンも知っているようだった。

お互い知らない間柄として振る舞いながら、気になって見守りつづけた青き時代は今、終わりを告げたのだ。

別れを惜しむようにサンの唇がかすかに動く。しかし、今この時にふさわしい言葉など何一つないのだと気がついた。

彼は黙って踵を返し、歩き始める。

もう次などないと言った、初めての出会いのときのように……。

ドギムは月明りに照らされたサンの後ろ姿をじっと見送っている。相変わらず寂しそうに見えたが、そうして歩んでいくのは本人の言葉どおり彼に与えられた道だ。

これは、明日には覚えてもいないささやかな出来事だ。

サンは一夜の逸脱を反省し、より厳しく自分を鞭打つだろう。そうやって、あらゆる苦痛と禁欲に縛られた次期君主としての道を淡々と歩んでいくはずだ。

いっぽう、ドギムは幼き日々の巣を離れ、一人前の宮女としての役割を果たすべく、これから右往左往するのだろう。自ら選んだ道の光と影に泣き笑うのだ。

ただ、静かな月夜だけがこの日の出来事を覚えている。

そんなふうに終わるはずの話だった――。

三章　鬼の殿閣

興政堂東南側《フンジョンダン》。東宮イ・サンが暮らす殿閣をいつからか皆は「鬼の殿閣」と呼んだ。

最初は毎晩怪しい影が揺れたり、鳥肌が立つような鳴き声が聞こえるなど、怪異な出来事がよく起きるということでつけられた名前だった。

ところが最近はその意味が変わり、まるで別の理由で鬼殿閣と呼ばれ始めた。

鬼とはサンのことだった。

サンは内官と宮女をどうしても必要なとき以外は、近くに寄せつけなかった。近くに寄られると災いが降りかかると言って書を読むときなどは十歩離れるよう命じた。とりわけ内官よりも宮女に手厳しかった。内官はそれでも男ゆえ信用できる者もたまにいるが、宮女は余計なことばかりすると毛嫌いした。特に分別をわきまえずに度が過ぎる振る舞いには耐えられなかった。気性の明るい子が場を和ませようと冗談でも言おうものなら、ふくらはぎが裂けるほど鞭打たれるのが常だった。

そういうわけで鬼の棲まう殿閣には人が寄りつかなくなり、たちまち荒れ果て、まさにその名にふさわしい場所になってしまった。

そんなもの寂しい東宮殿閣の最も奥まった場所で、ドギムは働いていた。宙合楼を支える柱についた飯粒のように貼りつけられたそこは、別邸といえなくもないが、要するに東宮殿のすべてのガラク夕を押し込んでおく納屋にほかならなかった。いくら念入りに整理しても、翌朝には誰かが投げ捨てたゴミでいっぱいになり、整理整頓は骨折り損と同義だった。

そのような場所で、ドギムはすでに十年近い歳月を送っている。

そもそも至密宮女という仕事に就いたのが災いの始まりだった。宮女同士の縄張り意識が激しいのはどの部署も同じだが、至密のそれは特にひどかった。

至密の先輩宮女たちはドギムを当番の一員に入れてくれなかった。自分ももうすぐ笄礼を終え、内人になるのだからと先輩のチマの裾にしがみつき懇願したが、別間でもっと学んできなさいとまるで相手にされなかった。ゴミの整理で一日が終わる別間で一体何を学べというのか。

至密内人たちはやんごとなき王家の人々に仕えるため身分意識が高かった。至密以外の宮女たちは雑役婦にほかならないと見下し、それゆえ汚れ仕事は忌避した。下水溝のような別間など、取るに足らない見習い宮女に押しつけておけばいいというわけだ。

今日もドギムは閂《かんぬき》をはずす前に戸口いっぱいに積もったゴミを発見した。

「また誰がこんなことを!」

ドギムがゴミの山を蹴飛ばすと、隠れていたネズミが飛び出してちいちい鳴いた。

鈍くきしむ戸を肩で押して、中へと入る。腕まくりして窓を開けると、のどかな朝の光が差し、少しは気分がよくなった。箒《ほうき》でネズミを追い立てながら床を掃き、雑巾で拭く。舞い散るほこりのせいで手を動かすたびに咳が出る。墨で汚れた本を片づけているときに指を切り、舌打ちする。

掃除を終えるとやることがなくなった。窓際に座り、ぼんやりと眼下を眺める。やがて宙合楼の階下、別間と隣り合った殿閣から男たちの声が聞こえてきた。

午前中のこの時刻になると世孫への侍講《シガン》(講義)が始まるのだ。侍講官《シガングァン》たちに対し、次々と鋭い問いを発するサンの声に耳を澄ましながら、ドギムは古びた文箱から帳面と筆を取り出した。膝の上に帳面を置き、彼の言葉をすばやく書き写していく。

勉強熱心なサンへの昼夜を問わずの講義に耳をかたむけ続けたため、百歩離れたところからでもその声がわかるようになった。とても柔らかく、低いというよりも深いその声は、声変わりを経て青年となった男の声であり、まだ熟しきっていないさわやかな玉音だった。

日々聞いている女の声とは全く違うし、内官たちの妙に子供じみた声とは雲泥の差がある。それは生き生きと血がみなぎる男の形をしていた。あまりにも早く外の世界から離れてしまったドギムにとってはまだ経験したことがない男そのものだった。

ドギムは盛んに動かしていた手を止め、夢のようにおぼろげなあの月夜を思い出す。危険なほどに甘い温もりを慌てて振り切った、あの夜を……。

あれからもう十年近い時が経った。

あれ以来、ドギムはサンと会うことはなかった。彼は取るに足らない宮女にとっては遠くから盗み見ることすらできない尊い存在だったし、ドギムは下っ端の宮女としてそれなりに忙しかった。

ドギムが知っていたサンは、声変わりする前の玉音とともに欠けていった。今はもう彼の顔さえはっきりと思い出せない。

鬼と呼ばれる噂のせいで、なおさら彼のことがわからなくなってしまった。

「なんだ、静かになったわ」

ふと気づくと声はやんでいた。今日はいつもよりも早く終わったようだ。くだらないことを考えていたせいで、せっかくの講義を聞き逃してしまった。

残念に思いつつ、ドギムは筆と帳面を筆箱へと戻す。

さて、昼までやることがなくなった。溜まった筆写の仕事でもしようと思ったが、気が進まない。部屋に閉じこもって文章を写すには、今日は天気がよすぎるのだ。

そのとき、古い戸がぎしぎしと音を立て、開かれた。

「どなたですか？」

返事もせずに男が入ってきた。

初めて会う男だ。地味な紺色の武官服を着ている。袖が広いから別監《ピョルガム》などではないようだ。

男は鋭い目つきで別間の中を見回し、やがてドギムへと視線を据えた。

「お前がここを守る宮女か？」

その声に聞き覚えがあるような気がして、ドギムははっとした。

サンの声と似ている……。

ドギムは男をじっと見つめる。

背が高く、がっしりした体格で顔の線もはっきりしている。男らしくとがったあご。きりりと濃い眉。くっきりとした鼻筋。見る者を威圧する迫力のある目……好男子といえるだろう。

ぼんやりと記憶に残るサンの印象とは全く違う。サンはこんなに背は高くなかった。目鼻立ちもこんなにはっきりしていなかったし、肩幅も狭く、体の線も細かった。

この男とは手足が二本ずつある以外に共通点はない。そもそも国の世継ぎともあろう人がひとりでこんなゴミ捨て場のような場所に出向くわけがない。

同じように執拗な視線でドギムを観察していた男の顔に、一瞬不思議な感情が浮かんだ。

「お前は……」

衝撃を受けたような表情で男はつぶやく。

「まさか……まあ、全くないことでもないか」

その目にもどこか見覚えがあるような気がした。

「私が誰なのかわからないのか」と男はドギムに訊ねた。

ドギムは素直に答える。「わかりませんが」

それは男の期待する答えではなかったようだ。苛立たしげな顔になり、男は言った。

「お前がここを守る宮女かと訊いたのだ」

もしかしたら東宮の侍講官のひとりかもしれない。だから、声に聞き覚えがあるのだ。

ドギムは戸惑いつつ、うなずいた。

「いつからここにいるのだ？」

「いつからって……内人見習いを始めてからずっとおりますが」

「三日前の夜もここにいたのか？」

「見習いゆえに夜は仕事をしません」

男は冷静な目つきでふたたびドギムを観察し、別間の中を歩き回った。隅々まで見たあと、窓辺に立つ。外を見ながら、つぶやいた。

「やっぱり宙合楼のほうが丸見えだな。音もよく聞こえる」

男は別間の窓をすべて確認したあと、ドギムに訊ねた。

「最近怪しい者を見たり聞いたりしたことがあるか？」

遠回しな表現だが、ドギムはすぐに質問の意図に気がついた。

三日前の夜、何者かが東宮の寝殿の前庭に口にするのもおぞましい内容の匿名書を投げ込んだ。これに対してサンが激怒し、捕盗庁《ポドチョン》の兵を動かしたという噂がまことしやかに広まっていたのだ。

「ございません」とドギムは答える。

別間で怪しい人物といえば、東宮の侍講を盗み聞きする自分くらいしかいない。

「宮女たちが官僚や別監と特に親しくしている光景を見たことは？」

「よくわかりません」

「ひそかにこの周辺を覗き見している者を見たことは？」

ドギムは首を横に振る。

男は似たような質問をいくつかしたが、答えられるものはなかった。埃を吸いながらネズミを捕まえるしか能のない見習い宮女に何を望んでいるのだろう。何も成果が得られないとわかると男は眉間にしわを寄せた。その傲慢な態度にドギムは腹が立った。

「ところで、あなたは誰なんですか？　入ってくるやいなり質問攻めなんて」

男の周りを歩きながら、じっくりと観察する。

「着ている服は捕盗庁の軍服ではないし、ひげを生やしているところを見ると内官でもないし」

目を細め、男の顔にぐっと自分の顔を近づける。ドギムは男のあごくらいの背しかなかったが、男はたじろぎ、あとずさった。

「私は……」

男は答えかけたが、またすぐに口を閉じた。

「お前の知ったことじゃない」

男は腰のあたりを探り、「これで打ち明ける気にもなるだろう」と小銭を差し出した。自分の手のひらに置かれた小銭をドギムはじっと見つめた。

これは賄賂《わいろ》というものだろう。宮殿の外の人々が宮女を買収するためにお金を握らせてくるという噂をよく聞くが、なるほどこういうことか……。

ひと言ささやき大金を貯める宮女たちもいるらしく、うらやましくも思ったが、いざ自分が経験してみると実に不快だった。

「たったこれだけですか？」

「足りないか？」

ますます不機嫌になる男に、「こんなはした金！」とドギムは小銭を投げつけた。男の胸に当たって跳ね返った小銭がばらばらと床に散らばっていく。

「見たところ禄を食《は》むお役人様のようですが、ここは東宮の書庫です。なにゆえ世孫様のお住まいをひそかに訪ね、その宮女を買収しようとするのですか？　そんな無礼な者からはたとえ五万両に錦《きん》繍《しゅう》（華やかで美しい服）をもらったとしてもお話しすることなどございません！」

ドギムは自分より頭一つ大きな男を怒鳴りつけた。

「声に聞き覚えがあり、世孫様の侍講官のおひとりなのかと思ったけれど、あまりにも怪しい。もしかしてあなたも匿名書を投げ込んだ不穏な集団の仲間なのではないですか？」

「お前、侍講官の声を知っているのか？　匿名書に関することをなぜ？」

「ぽ、捕盗庁から出てきた軍卒たちがそのように騒いでいたのに、東宮の宮女が知らないほうが不自然です」

ドギムは侍講官の声についてさらに問われる前に、慌てて話を変えた。

「とにかく、とっとと出ていってください！」

しかし、男は動じない。ドギムが振り回す小さな拳を見ながら、何やらぶつぶつつぶやいている。

「なぜ金を受けとらないのか。本当に足りないからか、それとも信義を守ってのことか……宮女たちは東宮を鬼だと愚弄すると聞いたが……」

「本当にひどいお役人様だわ」とドギムは男の顔に指を突きつけた。「鬼でも乙女でもお化けでも知りやしません。あなたこそなぜ世孫様を辱《はずかし》める言葉を口にできるのです？　お役人様がそれでいいのですか？」

勢いのままドギムは男の背中を押す。みっしりと筋肉の詰まった硬い背中だった。手のひらに感じる男の感触に、一瞬顔が赤く染まる。

あきれ顔の男を別間の外へと追い出すと、ドギムは戸を締め、閂をかけた。そして、男の感触を消すためにぱんぱんと手を払った。

「あ、そうだ！」

ドギムは床に這いつくばり、小銭を拾い始める。これで本一冊くらいは手に入るだろう。せっかく返したのに受けとらなかったのだから、拾った私のものだ。

「ところで……まさか違うわよね？」

ドギムはしゃがんだまままつぶやき、男が去った戸のほうへと視線を移す。

いや、違う。あんな泥棒のような男がサンであるはずがない。声もそれほど美しくなかったし、少年時代の姿ともかけ離れている。何より、噂のように〝鬼の東宮〟だったら、ただちに激しい叱責を下されたはずだ。

ドギムはその後、数時間ほどそこで過ごしたが、午《うま》の刻（正午）を知らせる音が聞こえるや、もう疲れたからいいやと仕事を放り出し、別間から出ていった。

＊

今日は王妃から斡旋された筆写の約束があった。

王妃は訓闉禮《フンギュレ》の仕事が終わってからも、ずっとドギムを呼び続け、書き写してほしいと本を渡した。はじめは簡単な礼法本の筆写だったのが、『朱子大全』や『大学衍《えん》義補』のような政治、経済の本へと変わり、ドギムははたと怪しみ始めた。このような本は女性が読むようなものではない。ドギムはもちろん、王妃がこれを読むというのもおかしなことだった。

百歩譲って、性理学（朱子学の一派）の本を読むのはよしとしよう。難しくはあっても、宮女という立場でこのような貴重な本を読む機会など滅多にありはしないのだから。しかし、王妃が自分に読ませる目的で筆写の本を選んでいるのではないかという疑念を抱いてからは、その居心地の悪さに耐えられなくなった。

ドギムが理由を告げ、筆写を断ると王妃は笑った。

「私はお前が気に入ったのです」

表情は柔らかく、口調も優しいのに、有無を言わせぬ威圧感がある。ドギムはふたたび差し出された本を受けとらないわけにはいかなかった。

世孫の侍講を盗み聞きしているのも、それが理由だった。王妃から与えられる本を読みこなすにはたとえ盗み聞きしてでもさまざまなことを学ぶ必要があるのだ。

この王宮で目立つことなく細く長く生きていこうと決意したのに、なぜこんな苦労をしなければならないのかと疑問を抱きながらも、ドギムは与えられた仕事をこなしていった。頭を使いすぎ、へとへとになるたび、王妃の寵愛を買って悪いことはないと自分をなぐさめた。

しかも、困難な仕事ゆえその見返りも大きかった。王妃は宮殿以外の筆写の仕事も斡旋してくれた。高級官僚の妻たちが読む小説や見習い宮女の教育書の筆写をすれば、その報酬はかなりの額になった。

約束の時間が迫っていたのでドギムは後苑まで駆けていった。今朝、借陰閣《ソグムガク》の隅の池で拾ったカエルの卵が巾着の中で揺れる。カエルの卵はどんないたずらでも役に立つので、見つけたら拾うようにしていた。十年経っても、ドギムは相変わらずドギムだった。

生果房《セングァバン》に立ち寄ってもらってきた包みを胸に抱き、木陰を選んで走っていく。しばらくして細い水路に達した。小川のせせらぎを聞きながら、赤いテンギ（リボン）が風になびくのが楽しくて、ドギムは自分の尻尾を追いかける子犬のようにその場をぐるぐると回った。

「ドギム！」

声のほうに目をやると、鬱蒼とした木々の間、亭子の柱に寄りかかったギョンヒが目を見開いて自分を見ている。

「馬鹿なことはやめて早く来て！　私ひとりでどれだけ忙しかったかわかってるの！」

亭子の上で、ギョンヒが叫んだ。「おふたりの郡主様が来る前に準備を終えなければならないんだよ！」

「ごめんね、ギョンヒ。生果房の子たちを丸め込むのに時間がかかっちゃった」

抱いてきた包みをギョンヒに渡しながらドギムは申し訳なさそうな顔をしてみせる。

「私たちが郡主様に仕えていると知っていて、茶菓子を渡そうとしなかったというの？」

「それを口実によく夜食を持ち出したからね。私を信じてないみたい」

「よくやるわね、まったく」

ギョンヒはドギムを押しのけるようにして、亭子の真ん中に小さなお膳を六つ置いた。郡主ふたりが座る席には、牡丹唐草紋を刺繍した絹の座布団まで敷いた。ギョンヒが早く来て掃除をしたのだろう。床は埃一つなくきれいだった。ドギムはギョンヒの顔色をうかがいながら包みを開き、揚げ菓子や茶食《タシク》（練り菓子）、干し柿、松の実などを磁器に盛った。

「面倒なことはいつも私がやってるのよ！」とギョンヒの文句は止まらない。「ボギョンが遅れるのはまぁわかるよ。洗踏房は最近大騒ぎだからね。でも、ヨンヒはなんなの？　全部自分でやってるかのように振る舞っていたのに」

「朝の仕事が多いんじゃないかな」

「あの子は今日休みよ！」

怒りのあまり包帯を巻いた指の傷に触れ、痛さのあまりその場で跳ねる。

「休むべき人は私だって！　ゆうべも夜通し裁縫をしてたんだよ。誤って針を刺したところが治らないうちにまた刺して。うんざりだよ、まったく！」

ギョンヒは嬪宮殿所属で、服や布団などを作る針房《チムバン》宮女だ。笄礼を行うためには、くぼみ縫いと平縫いの布までは編まなければならないと最近は大忙しだった。

「私が来て助かったでしょ？」とドギムがちょんとわき腹を突くと、彼女は唇を突き出した。

乱暴な言葉づかいとは対照的に、ギョンヒは幼い頃の美貌そのままとても美しい娘へと成長した。卵のような形の顔に二重まぶたのくっきりした大きな目。すっきりとした高く形のいい鼻とよく実った梅の実を含んだような小さな唇。すらりと伸びたしなやかな手足――。

ただの宮女として終わるにはもったいないほどの美しさだ。しかし、性格も幼い頃そのままだったので、宮女の間では依然として人気がなかった。

「どうして私があなたたちみたいにのんきな子たちと関わったのかわからない」

忙しく手を動かしながら愚痴を吐きつづけるギョンヒの気をそらすべく、ドギムが訊ねた。

「お兄さんはどうなったの？　昨日、別試《ピョルシ》（科挙の科目の一つ）を受けるって言ってなかった？　そのために観象監《クァンサンガム》の内官に占いまでしてもらったって」

よく覚えていたわねと感心し、舌打ちまじりにギョンヒが答える。

「必ず受かると断言してたから期待してたのに、何が絶対合格よ！　試験の途中で落馬して、すぐに脱落したって。わざわざ足を折りにいったようなものよ」

前回の科挙試験で不合格だった兄は、今回も文字どおり無駄骨を折った。兄の足を直接折ることができなかったのが悔しくてならない。

「内官の占いなんて外れるに決まっているのに、ついついすがってしまう自分に腹が立つわ」

ギョンヒが占いに使ったお金を惜しんでいると、息を切らしたボギョンが木陰から飛び出してきた。驚きのあまり、ギョンヒは卒倒した。ボギョンは大柄な成年男子に劣らない体格をしているので、木陰から熊が出てきたのかと思ったのだ。

「あ、ごめん……」

ボギョンはみっともなく倒れているギョンヒをむんずと片手でつかみ、立たせた。チマについた埃も払ってあげる。ギョンヒの怒り顔を見て、ボギョンはすぐに言い訳を並べ立てた。

「ごめん！　仕事が終わらなくて遅れちゃった。衣替えが急務だから、服や布団を運んでは毎日消毒しているのよ。手入れするものもたくさん溜まっているし」

ボギョンが逃げるように膳のほうに行くと、「気をつけて！」とギョンヒが鋭い声を発した。「あなたがお膳をひっくり返したら、また床を掃くところからやり直しだわ」

「あなたは私にだけそんなこと言うわよね。私がまともに座れないとでも思うの？」

しかし、その舌の根が乾かぬうちにボギョンは肘をお膳に強くぶつけた。幸い茶碗には何も入っていなかったが、ぶつかった拍子で吹っ飛び、低い垣根を越えて茂みのなかに消えていった。

ドギムが茶碗の軌跡を追い、ぼそっとつぶやく。

「まあ、また掃く必要はないようね」

会えば喧嘩するギョンヒとボギョンの間柄は今や宮中の名物である。所属する部署も違うのに、なぜにこうも頻繁に衝突するのか。どこかで騒ぎが起こったら、誰もが真っ先にボギョンとギョンヒがまた喧嘩しているのだろうと考えた。

ボギョンは気が利かず、身だしなみも雑で、よく失敗もした。ギョンヒはそんなボギョンをいつも面と向かって責めたため、口論が絶えなかった。

皆、犬猿の仲だと思っているが、実は不思議なところがある。少なくともギョンヒはほかの宮女のようにはボギョンを扱わなかった。

ギョンヒが人から敬遠される理由の一つは、ほかの宮女たちがボギョンに対して熊とか侮辱的なあだ名をつけてくすくす笑うたびに、不細工なくせに人を見下すのかと非難するからだった。

とはいえ、ボギョンに対するギョンヒの配慮はその程度にすぎなかった。ギョンヒはその他のすべての部分で文句をつけた。まるでボギョンの存在そのものが容認できないかのように。誰にからかわれても乾いた笑みを浮かべるだけのボギョンが、ギョンヒとだけは口論になるのも当然だろう。

「ギョンヒとボギョン、また喧嘩してるの？」

東宮の洗手間から急いで駆けてきたヨンヒが、そこに割って入った。「今、何か飛んでいくのを見た気がするんだけど」

「なんでもないわ」とボギョンはしらを切った。

「なんで今になって来たの？」

ギョンヒはヨンヒへと矢を向けた。

「もううんざりよ」とヨンヒはまくしたてた。「いきなり殴られたんだから。夜明けに誰かがひどいいたずらをしたのよ。世孫様がそれを知って何かおっしゃったみたいよ。提調尚宮様が休みの子たちまですべて集めて、どれほどひどく叱られたか！　やっと抜け出したの」

ドギムはぎくっとした。いたずらをしたのがまさに自分だったからだ。明け方にむくむくと茶目っけがもたげ、水刺間《スラッカン》の小さな釜と洗手間の尿瓶を変えたのだ。

「犯人は捕まえたの？」とギョンヒが訊ねる。

「いいえ、結局捕まえられなくて、罪のない洗手間のみんなが一緒に罰を受けたのよ」

「とにかく」とドギムはすぐに話を変えた。「みんな集まったね。あとはおふたりがいらっしゃるだけ……。いつ来られるかな？」

「またずいぶん遅れるでしょう。時間どおりに現れたことなんてないじゃない」

「そんな言い方するもんじゃないわ」

ギョンヒの不平をヨンヒがたしなめる。

「事実でしょ」

果たして、時間が経つほどにギョンヒの言葉は事実であることが証明された。待つことにうんざりしたドギムが、右に左に体をひねりながら提案した。

「お昼も過ぎたし、お腹空かない？　これでも食べていようか？」

開かれた包みにはお膳にのりきらなかった茶菓子が結構残っていた。四人の宮女たちはためらうことなく手を伸ばす。ボギョンがもぐもぐ食べながら、言った。

「生果房と焼厨房の子たちはいいな。働きながらこんなものを毎日食べてるんじゃないの？」

「外の焼厨の部屋で祭祀料理を作る子は油の匂いを嗅ぎすぎて、煎油花《チョニュファ》の話を出しただけでも吐いていたわよ」とヨンヒが返す。

「そんな、もったいない！」

自分なら絶対に飽きないのに……ボギョンはそんな表情をしてみせる。

「私はドギムのように至密で働く子たちが一番うらやましい」とヨンヒが言った。「お偉い方たちのお世話をしたらおいしいこともたくさんあるって聞いたわよ」

「東宮の至密宮女であるかぎり、私の首は風前の灯火よ」

サンをめぐるあらゆる怪しい噂をほのめかし、ドギムが陰惨に答えた。

「あなたは別邸の外には出たこともないでしょ」

ギョンヒが憎たらしくも正しいことを指摘した。

「それでも至密で働くことは尚宮への一番の近道よ。大変な仕事もないし」

ヨンヒは夢を見続けている。ドギムとギョンヒの言葉は聞き流したようだ。

「私はこれからも今までどおり世孫様の目に留まらなければいいんだけど」とドギムが言った。皆は鬼の噂が理由だと思ったろうが、そうではなかった。誰にも話すことができない、あの月夜の思い出。それこそがその理由だった。

ドギムは照れくさそうに後ろ髪をいじりながら、冗談でごまかした。

「まぁ、ギョンヒが私を尚宮様と呼ぶなら、その犠牲は甘んじて受けるけどね」

ボギョンとヨンヒは笑ったが、ギョンヒはむっとした。お偉い人の悪口は危ないゆえに面白いのでヨンヒもすぐに乗ってきた。

「本当に、世孫様については恐ろしい話をたくさん聞いてるから怖いわ。どんなに気難しい性格なのかしら。馬が合う人なんているのかな?」

「ヨンヒも世孫様と会ったことないでしょ」

ギョンヒの鋭い指摘にヨンヒはしょんぼりした。

「言ってみただけよ」

「あなたは必ず人を気まずい気持ちにさせるわよね」

すかさずボギョンがギョンヒに言った。

「私は事実を言っただけよ。あなた、ものを食べながら話さないで。吐き気がする」

茶菓子を口の中にいっぱい詰め込んでいたボギョンは耳まで真っ赤になった。ボギョンが言い返す前に、「ちょっと待って!」とヨンヒが大きな声をあげた。

「これ、ドギムが持ってきたんでしょ。食べてもいいの?」

おそるおそるドギムに訊ねる。

「当たり前でしょ。生果房から持ってきたんだから」

「またひどいいたずらをしたんじゃないよね?」

ギョンヒとボギョンまで疑いのまなざしをドギムに向ける。

「遅れたらギョンヒに責められると心配で、そんな余裕なかったわ」

三人が安堵の息をついたとき、ドギムが付け加えた。

「揚げ菓子だけ除いて。それにはネズミの糞を入れたの」

思わずボギョンが口の中の茶菓子を吐き出した。

「冗談よ、冗談」

くすくす笑いながら、ドギムはボギョンの背中をさすってあげる。

「本当になんて子なの」とギョンヒはあきれた。「ソ尚宮様はほかの尚宮たちの口からあなたの名前が出るだけでもぶるぶる震えるって知ってた？　あなたのいたずらを代わりに収拾して回ったことは一度や二度じゃないでしょう」

「私が何をどうしたっていうの？」

ドギムがしれっと言うので、ヨンヒとボギョンが交互に被害のほどを語り出した。

「あなたが私のソクチマのひもを切ったせいで、私がどれほどひどい目に遭ったか忘れたの？」

「宮女たちの洗濯物に顔料を混ぜて、すべての衣服を真っ青にしたこともあったじゃない。あれを着たら肌にまで青い色が染みついて、全然消えなかったんだから」

「通りすがりの宮女たちを転ばそうとして、床に油を塗っていたこともあったし」

「あなたが監察府の壁に鳥の糞を塗ったせいで、監察宮女たちが報復として検問を行ったこともあるじゃない。私、苦労して集めた画帖をそのとき全部没収されたんだから」

「やっぱり、今朝のいたずらもあなたの仕業じゃないの？」

ヨンヒが疑わしげにドギムを見つめる。

「そういえば、あなたそんなにいたずらをしながらよく監察に引っかからないわね」

「それが処世術というものよ」

ドギムが意気揚々と言った。もう黙っていられないとギョンヒが割り込んだ。

「夜中にいきなり戸を開けて、私の部屋に牛の睾丸を投げ入れたこともあったでしょう」

ギョンヒを除いた三人が同時に吹き出した。

「そうよ。ギョンヒの顔にちゃんと当てたもの」

「あなたがどうして知ってるの？」

笑いながら漏らしたボギョンの言葉をギョンヒがとらえた。

「あ、いや、通りすがりに聞いたのよ……」とボギョンは目をそらす。

「そのおかげで私にどんなに屈辱的なあだ名がついたか知ってる？」

ドギムは言い訳も忘れて腹を抱えている。肩を大きく揺らしながら言った。

「医女から得た物のなかでも一番の傑作だったのに、ソ尚宮様に気づかれそうになったから早く片づけなきゃならなかったの。使わずに奪われたらもったいないでしょ」

「それで私の部屋に投げたの？」

「当然……」

いつもあなたの反応が一番面白いからと正直に言ったらただでは済まないと思い、ドギムはすばやくでっちあげた。

「どこの部屋でもいいと思って投げ捨てたのよ。ちょうどギョンヒの部屋でよかったわ」

「何がよかったっていうのよ！」

怒るギョンヒを無視し、ドギムは言った。

「ところで、ここ本当にいいわね」と亭子を見回す。

「王様が休んでいく東屋じゃないの。普通なら宮女たちは近づくこともできない場所よ。郡主様おふたりのおかげでこんな素敵なところでくつろげるなんて」

ヨンヒもギョンヒの怒りがさらに燃えあがる前に話をそらすのに協力してくれた。

「そんなにお偉いおふたりはいついらっしゃるの」

ギョンヒは空に昇った太陽の位置で時を計り、ふたたび愚痴をこぼした。

「やっぱり気に入らないわ。私はドギムを助けると言ったのであって、郡主様たちを助けるためにこの面倒事に首を突っ込んだわけではないもの」

「郡主様たちも一生懸命に頑張ったじゃない」とヨンヒが言うと、「一生懸命って何よ！」とギョンヒは声を荒らげた。「難しくて面倒な部分は私たちに任せておいて、ああしろこうしろと命令ばかり。そうやって、まるでふたりが筆写を主導したかのように振る舞っていたじゃない」

ヨンヒは辛抱強くギョンヒをなだめる。

「王様に捧げる本だから仕方ないわ。それでも私たちが写した本が御前に上るのは名誉なことよ」

「いいえ、実際はほとんど私たちの仕事なのに、王様に褒められるのは結局おふたりでしょ？」

「王様によく覚えていただいたら……承恩を受けられるのかな？」

にやにやするドギムに、ヨンヒが大きな声をあげた。

「八十歳の王様に対してなんてことを言うの！」

みんなまたくすくす笑った。ギョンヒでさえ笑いをこらえ、頬をぴくぴくさせた。

「承恩を受けたら仕事をしなくてもいいらしいわ」とボギョンが遠い目をして、言った。

「だったら何をするのよ。王様に承恩を受けても、興味をなくされたら終わりよ。後ろ盾で尚宮になった宮女より劣る厄介者のごくつぶしとして生きなければならないのよ」

ドギムが一喝したが、すぐにギョンヒが続けた。

「だから承恩を受けてからの振る舞いが重要なのよ。うまくやれば側室になることもできるけど、失敗したらそれこそすべてを失ってしまう。かつては王様が年老いてから宮女が承恩を受けることもあったらしいよ。伝説でしかないけどね」

ギョンヒは深く考え込むような表情になる。

「世孫様が即位したら、私たちの知り合いのなかからも後宮が出てくるかもしれない」

ドギムは複雑な気持ちになって、無意識のうちに膝を震わせる。そんなドギムの様子には気づかず、ヨンヒが言った。

「世孫様は宮女を嫌がられるじゃない」

「王様になれば変わると思うわ。美しくて尽くしてくれる女人を嫌う殿方はいないでしょう」

「じゃあ、それがあなたかもしれないわね？」

本音を隠すためドギムが軽口を叩く。ギョンヒはからかわれていることに気づいていたが、あえて挑発に乗った。

「もし私が承恩を受けるなら、みじめに終わったりはしないわ。私の父は中人だけど、資憲大夫《チャホンテブ》（正二品の官職）まで出世したし、私もなみの女ではない。いくら王様だとしても私を侮れないわよ」

高慢に突きあげたギョンヒの鼻が高々と天を向く。

「もちろん、そうよ。私は女なのに毎晩あなたを抱きしめる夢を見るし、あなたを見ただけで、ないものも立つようだわ。はは」

ドギムがよろよろとギョンヒに身を預けると、ボギョンとヨンヒのふたりは爆笑した。

「うるさい」とギョンヒがドギムを押し返す。

「何か面白い話をしているの？」

不埒な話題に気をとられているうちに、いつの間にか待ちわびていたふたりの郡主が侍女を連れて到着していた。宮女たちは焦ったように亭子の下へと下りていく。

「長く待たせましたか」

「いいえ、郡主様。私たちも到着したばかりでございます」

ドギムが丁寧に答えた。

それぞれチョンヨンとチョンソンという名前を持つふたりの郡主は、夭折した世子と恵嬪ホン氏との間に生まれた娘たちで、幼い頃はドギムとよく遊んだ。ただ、ふたりとも早くに結婚したので、今ではもう頻繁に会うことはかなわなくなっていた。

長女のチョンヨン郡主は、ふっくらとした体つきをしており、目鼻立ちが細やかで可愛らしい女性だった。いっぽう、二歳年下のチョンソン郡主は姉とは異なり、背が高くてすらりとしており、きりっとまっすぐ閉じた唇のせいか非常に厳格に見えた。

ふたりの郡主こそが今回の仕事、『郭張両門録《クァクチャンヤンムンロク》』の筆写の依頼人だった。

都で話題のこの小説を自ら筆写し、王様に捧げようと思ったのだが、思ったよりもはるかに分量が多く、ふたりでは到底こなせないとすぐにわかった。

どうしたものかと王妃に相談したところ、筆写にすぐれたドギムを紹介されたのだ。

ドギムはその仕事を引き受けたのだが、四十万字に達する分量はさすがに手に余った。親しい宮女たちに声をかけるとギョンヒ、ヨンヒ、ボギョンの三人が手を挙げてくれた。

四人がかりでも相当難儀な仕事だったが、ようやくその筆写も終わった。

「仕上がったんですってね。早く見せておくれ」

両手を擦り合わせるチョンヨン郡主の顔は期待感に満ちていた。

「忘れずに持ってきたよね？」

ボギョンが不安そうな声でギョンヒにささやく。あなたじゃないんだからとボギョンをにらみ、ギョンヒはきれいに束ねた本、十二冊をふたりの郡主に献上した。

チョンヨン郡主とチョンソン郡主はそれぞれ一冊ずつ手に取り、すばやく中をあらため始める。

ざっと目を通し、チョンソン郡主は微笑む。

「とてもいいわ」

チョンヨン郡主も満足そうにうなずいた。

「みんな、きれいな字を書くわね」

「と、とんでもないお言葉です」

落ちる直前の熟柿のようにヨンヒは顔を赤らめた。

「王様のお気に召すとよいのですが。内容が思ったより地味なので」

ドギムが少し心配そうに言う。

『郭張両門録』は唐の時代を背景に郭氏と張氏一族の栄華を描いた小説だが、正妻と妾の泥沼のような争いや糟糠《そうこう》の妻を懐かしむ男など、大昔から変わらぬお決まりの流ればかりで、やや面白みに欠けると筆写しながら思っていたのだ。

「いいえ、昔王様がこの本の前作『夢玉麒麟《モンオクキリン》伝』をとても面白く読んだとおっしゃっていたから」と
チョンヨン郡主が返す。

「よくご覧になれば間違った字も結構あります。ボギョンが全然下手なんですよ」

言わなくてもいいことを口走ったギョンヒをボギョンがにらむ。手が出そうになるが必死にこらえた。とはいえ、残念ながらそれは事実で、ボギョンとヨンヒはあまり役に立ったとは言えなかった。

本来、漢字や宮体を身につけるのは、宮女のなかでも身分の高い至密、針房、繍房《スバン》の内人たちだけだ。洗手間や洗踏房など雑用係の宮女たちは、日常会話の読み書きができればよしとされる。

「軽く読む本だから大丈夫だ。王様が気に入ったら、またお願いするかもしれない」

それだけはごめん被りたいとばかりに「えっ」と声を発したギョンヒの腕をつねって、ドギムが丁寧に答えた。「光栄にございます」

「とにかく今すぐお渡ししましょう。ねぇ、チョンソン？」

「ええ、この出来なら私たちも体面が立つでしょう」

「でも郡主様、どうして王様に小説を届けられるんですか？」

ボギョンが揚げ菓子を皿からそっと押しのけながら訊いた。

チョンヨン郡主が少し誇らしげに答える。「王様が新しく描いた御影（王の肖像画）を見せてくださるとおっしゃったのだ」

「神聖な御影を拝謁するのに、手ぶらで行くわけにはいかないではないか」とチョンソン郡主が言い添える。

年老いた王は小説を好んだ。政《まつりごと》を終えたあと、寝所に横になって恋愛小説を読みながら眠りについているということは宮殿内の公然の秘密だった。

「新しく……？　御影が描かれてからずいぶん経っていませんか」

宮殿内の事情に詳しいギョンヒが首をかしげた。

「……王様があまりにも忙しいので、私たちの番が延ばされたからだ」

チョンソン郡主がしぶしぶ答えた。王の御影披露の対象のなかで孫娘ふたりの順位はそれほど高くはなかったようだ。

ギョンヒは思わぬところで郡主たちの自尊心に触れた格好になった。いや、わざと触ったのかもしれない。堂々と他人の痛いところを突くのは彼女の得意技なのだ。

いっぽう、ボギョンは素直にうらやましがる。

「高官たちでさえ御影は簡単に拝謁することができないそうですから、本当に素晴らしいです」

チョンヨン郡主は満面に笑みを浮かべた。「お前は見る目があるわね！　ドギムが初めてあなたたちを連れてきたときは半信半疑だったけど、知れば知るほど本当にいい子たちね」

「いいえ、むしろおふたりに仕えることで多くのことを学んだのです」

ドギムの言葉は事実とはかなり違っている。

実際、ふたりの郡主は今回の筆写にそれほど貢献してはいなかった。チョンヨン郡主は何をやってもすぐに退屈してしまい、書机の前に長くいるのが難しかった。反面、チョンソン郡主は落ち着いてはいるのだが、ほかの心配事に気を取られることが多く、やはりあまり集中してはいなかった。

とはいえ、宮殿でお偉方の顔色うかがいを十数年してきたためか、ドギムは気位の高い者たちを喜ばせる方法をよく知っていた。ドギムの言葉に、チョンヨン郡主は子供のように手を叩いた。

「ではチョンソン、早く王様のところに行きましょう。大喜びされるに違いないわ」

しかし、チョンソン郡主はためらった。

「先に行きますか？　私はちょっと中宮殿に寄ってから向かいます」

「中宮殿？　なぜ？　駙馬《プマ》殿がまた何か問題でも……」

そう言いかけ、チョンヨン郡主は好奇心に満ちた宮女たちの視線に気づき、口をつぐんだ。体面が傷ついたにもかかわらず、チョンソン郡主は上品な態度で身なりを整えた。

「すぐに追いつきます」

チョンソン郡主が静かに去ると、妹の威信を損ねたのが申し訳なかったのか、チョンヨン郡主も何も言わずに立ち上がった。侍女たちに本の入った包みを渡し、軽やかに立ち去る。

取り残された宮女たちは言葉にできない虚しさに包まれている。

しばらくしてヨンヒが口を開いた。「私は正直、本に自分の名前を残す資格があるのかわからないわ。大したこともしてないし」

「私も」とボギョンも申し訳なさそうにつぶやく。「私が書いた分はドギムがすべて書き直さなきゃならなかったんだもの」

「私は自分の分はきちんとこなしたわ。あなたたちがわずか数文字でつらいと文句を言うたびに叱咤激励までしながらね」

ギョンヒはどこまでも偉そうだ。

「馬鹿げたこと言わないで」とドギムはヨンヒとボギョンをなぐさめる。「あなたたちがいなかったら、絶対、終わってなかったわ。とにかくあの長い小説を筆写したなんて信じられない」

「どうせだったらもっと面白い本だったらよかったのに」とボギョンが言った。「私は男と女の恋物語だけで十分。皇帝がどうとか反乱がどうとかの話になると頭が痛くなってくるわ」

「でも、ずる賢い妾が因果応報で死ぬときはかなり痛快だったじゃない」とヨンヒがかばう。『夢玉麒麟伝』と『郭張両門録』、そして『釵釧《チャチョン》気合《キハプ》』へとつながるこの三部作が大好きなのだ。

「私もこんな本は苦手よ。まるでどこかで聞いたような見え透いた内容なのはさておき、どうして小説のなかの男たちは皆、賢明な夫人を大切にせずに災いを招くような女に手をだすのかわからない」

ドギムが眉をしかめるとヨンヒがすぐに反論した。「それは狡猾な女のせいよ。邪《よこしま》な淫気で男たちの目を曇らせ、誘惑してるんだから」

「そうね、妾ひとりまともに選べず、何度も騙されてしまうようなのはただの馬鹿だわ」

辛辣なドギムの意見にヨンヒは憮然となる。

「男の情欲を利用して悪事を働く女のほうが悪いでしょ」

「女ひとり収められないのなら、妾なんて迎えるべきではないのよ」

「男が妾を置くのが問題だというの？」とボギョンが怪訝そうに割って入る。

「そういうことじゃなくて」

ドギムはぶっきらぼうに答えた。

「私はただ不幸の原因を女人の悪行のせいにするのはちょっと違うと思うのよ。与えられた状況がどうあれ、結局選択をしたのは男なんだから、その責任を回避してはいけないんじゃないかな」

この種の小説は、つまらない男のための言い訳めいたところに腹が立つ。自ら過ちを犯し、それを繰り返しておきながら、他人のせいにばかりして文句を言う姿が描かれるたび殴りたくなる。

ドギムは小説が好きだった。しかし、読めば読むほど違和感も募った。女性の感情をきちんと表現する文章は一つもなかったのだ。小説に登場する女性といえば、いつも我慢して耐えている賢淑な女性か、邪に悪事を企む妾だけで、その中間はなかった。このような通俗小説は主に女性たちが読むものだというが、とても女性のためのものとは思えなかった。

とはいえ、それをうまく説明する自信がなく、「とにかく」とドギムは立ち上がった。

「私は提調尚宮様の書庫に行ってみるわ。新しく筆写して、貸本屋に売ってもよさそうな本があるんじゃないかと思うの」

「ようやく終わったばかりなのにまた始めるの？」とギョンヒが顔をしかめた。「いい加減にしたら？こう毎晩徹夜を続けたら、体が先に壊れるよ」

「家族が科挙を目指す家というのはなかなか大変なのよ」

来年、別試が開催されないかぎり、次の科挙試験の年まで待たなければならない兄たちを思い浮かべながらドギムは話した。新しい本や家庭教師を探し、合格祈願まで行うためには、まとまったお金を手に入れなければならないのだ。

亭子を出たドギムが「早く」とギョンヒを手招く。「あなたなしでは行きつかないじゃない」

ギョンヒは面倒くさそうな顔をしながらも立ち上がった。ヨンヒとボギョンは去っていくふたりの友の背中に手を振った。

＊

提調尚宮チョ氏は宮殿内はもちろん、宮殿外の都にまで威勢を振るう宮女だった。彼女は王室の重要で極秘の大小事を司る栄誉を得ただけでなく、年老いた王の厚い信頼のもと殿閣一つを住処として使うなど後宮に準ずる待遇を受けた。おかげで大臣たちも賄賂が通じず、焦りを募らせた。

それほど大きな権力を握っていただけに、提調尚宮の書庫は規模がかなり大きかった。特に諺文《おんもん》で書かれた書物がたくさん置かれているため、地位の高い後宮たちもよく本を借りていったし、宮女たちからは仕事を怠けて隠れる場所として利用されていた。

ドギムも早くから提調尚宮の書庫に隠れては仕事から逃れることを繰り返してきたが、ギョンヒと友達になってからはその必要がなくなった。提調尚宮がギョンヒの家と親交があり、いつでも本を借りていってもいいとのお許しが出たのだ。

「これはどう?」とギョンヒが隅で見つけた『鄭秀貞伝《チョンスジョン》』をドギムに見せた。「最近、飛ぶように売れるんだって。どこの貸本屋でも在庫がないと大騒ぎだったわよ」

「いやよ。それは『紅桂月伝《ホンゲウォル》』の亜流じゃないの。内容がそっくりだもの」

「何を言ってるの。男装の女なんてみんな似たり寄ったりよ！　稼ぎさえすればそれでいいのよ」

手にした本を振りながらギョンヒは主張するが、ドギムは譲らない。『紅桂月伝』は幼い頃からの一番のお気に入りなのだ。代わりに、彼女はほかの本を手に取った。

「これ見て！　『玉簫仙《オクソソン》』じゃない」

『掃雪因窺玉簫仙』は妓生《キーセン》と両班家の青年が愛して添い遂げるという浪漫あふれる小説だ。昼夜を問わず書ばかり読んでいたソンビ（高潔な士族）が、恋人への愛しさで雪原をかき分けながら走る部分などは涙を流さざるをえないほど激情的な恋愛物語でもあった。

「私はその本、嫌いだわ。妓生とソンビが結ばれるなんてまともじゃない」

ギョンヒが嫌味たらしく花代を数える仕草をしてみせる。

「あなたは感性が乾いているからよ」とドギムがぶっきらぼうに返した。

十五歳ぐらいの頃、ドギムはこの本を読むという一念で、一晩中漢文を勉強したものだ。というのも『玉簫仙』は諺文本ではなく、また著者が両班であるだけに文章も難解で、最後まで読み通すにはかなり苦労した。

「うん。やっぱり、これにしよう」

才さえあれば『玉簫仙』を読んでみたいと嘆いていたボギョンのことを思い出した。筆写しながらついでに読み直すのもよさそうだ。

「まあ悪くないかもね」とギョンヒも考え直す。「有名な本なのに諺文筆写本はそれほどないから、うまくいけば分け前がしっかり手に入れられるね」

ギョンヒがふと唇をすぼめた。

「ところで賃金はちゃんともらえるの？　都のどの貸本屋と取り引きをするの？」

「実家から近い貸本屋。幼い頃、母についてよく行ってた店よ」

「たとえ行きつけだったとしても、いざ商売となれば薄情なのが商人というものよ」

自身も商人の家柄でありながらギョンヒはそんなことを言う。いや、商家の出だからこそ、その性根をよく知っているということか。

「賃金はしっかり計算してもらうから心配しないで」

「ぼうっとして騙されないでね。宮女たちは商売のことなどよくわからないと騙そうとする不届き者も多いから。特にあなたのように手紙だけで取り引きする宮女は標的にされやすいんだって」

「私のことを心配してくれるなんて……泣きそうになっちゃうじゃない」

ドギムが笑うと、ギョンヒは顔を赤らめた。

「もう行こう。遅すぎると、何か盗もうとしてるんじゃないかと思われちゃう」

隅々に立ち、目を光らせている宮女たちをちらりと見ながらドギムがささやいた。以前、本を盗もうとして捕まった子は死ぬほど鞭で打たれて放り出されたのだ。ギョンヒも黙ってうなずく。

最後にドギムは書棚に詰まった本の背表紙を名残惜しげに手で掃き、言った。

「でもいくら提調尚宮様でも、宮女が堂々と財物を集めるのは危険じゃない？　朝廷の大臣たちに訴えられたりしないのかしら」

「王様の寵愛があれば怖いものなしなんでしょ？」とギョンヒが訳知り顔で返す。

険しい顔の宮女たちが近づき、ふたりはしばらく口をつぐんだ。ギョンヒが『玉簫仙』を借りる手続きをしている間中、宮女たちは何か盗んではいないかとふたりの体をあちこち探った。

書庫から出るや、ギョンヒは解放されたように口を開いた。

「提調尚宮様だけど、若い頃は承恩を受けるところだったんだって」

「え？　どうして駄目だったの？」

「不細工だからに決まってるじゃない」

その毒舌にドギムはあきれた。「あなた、ひどいわね」

「本当だって！」

ギョンヒが怒った鷹のように眉をしかめた。

「おふたりの仲が盛り上がったとき、王様が急にほかの内人に心を奪われたんだって。提調尚宮様なんてまるで相手にもならないほど美女だったそうよ」

「それは誰？」

「義烈宮よ。私たちが入宮したばかりの頃に亡くなられた方」

あのお方か……。

ドギムは彼女のことを思い出し、胸が詰まった。

「宮女が承恩を受けて世継ぎまで産むなんて、本当に伝説のような話ね」

つぶやくギョンヒにドギムは訊ねた。

「それがそこまですごいのかな？」

「それって？」

「承恩を受けることよ。だって、死ぬまで王様の寵愛だけに頼らなければならないじゃない。言葉はいいけど、結局は自分の人生を他人の手に握らせる見かけ倒しの人生にすぎないわ」

月夜の分かれ道で向き合ったサンの顔は、時とともに薄れていった。しかし、そのとき抱いた疑問はドギムの胸の中に鮮明に残っていた。今はずっと明瞭に自分の考えを凝視することさえできた。

「王様が私のことを好きでも、私は王様のことがべつに好きではないかもしれないのに……」

そして明瞭になったドギムのその考えは、より厳粛な疑問へとふくらんでいる。

「あなた、おかしくなったんじゃない？」とギョンヒがドギムの腕をぴしゃりと叩いた。「宮女は宮殿の門を入った瞬間から無条件に王様を思慕しなければならないのよ」

ドギムは口をつぐんだ。

「とにかく、王様は義烈宮に夢中になり、提調尚宮様は意気消沈してしまったらしいの。その代わり、当時一介の尚宮だった彼女が提調尚宮になれるよう全面的に支援してくださったんだって」

相当な人脈と財がなければ、提調尚宮の座には挑むことすらできない。自分くらいの背景があってようやく手を伸ばせる地位なのだとギョンヒが言い出すから、ドギムは訊ねた。

「あなたも提調尚宮をやってみたいの？」

訳官として外国をよく出入りしてきたギョンヒの父親は、珍しい宝貨もよく集め、人脈も多く築いた。おかげで訳官とは別に始めた事業を国境地帯の向こうまで大きく拡張した。特に最近は絹や陶磁器貿易を独占し、朝廷のあちこちでその権勢を享受しているようだ。ギョンヒも実家で過ごしていたら、両班に劣らず堂々と暮らしていたはずだった。

「最近、私の父もそれを望んでいるの」

そう言って、ギョンヒは悔しげに唇を噛んだ。

「私が入宮した頃は、私の家もあまり裕福ではなかったわ。私が去ってから急に運がめぐってきて豊かになったんだから、どうしようもないわよね」

ドギムはギョンヒの傷心が思いのほか大きいことを感じた。ギョンヒは家族のために犠牲になったが、その犠牲はあまりにも早く簡単に無価値になったのだ。美しく、自尊心にあふれた彼女のつま先にも及ばなかった妹たちは、良い結婚相手を見つけ、子を産み、贅沢に暮らしている。一生子供を授かることのない姉に対しては同情のまなざしすら向けてくるようになった。

「ふん、あの子らの夫たちなどうらやましくもないのに。ひょっとして奪われるのではと必死に守る姿が滑稽だったわ。あの程度の男なんて荷車にいっぱい積まれてもいらないわ」

ギョンヒはドギムに憐れまれるのだけは嫌だった。

「私は自分でもっと素敵なものを手に入れるつもりよ」

ギョンヒの気持ちを察し、ドギムは冗談で返す。

「私が牛の睾丸をあなたに投げつけたおかげで金運が弾けたのよ」

「あれはもういいから！」とギョンヒは笑った。

「あなたはどう？　お兄さんたちを援助するのはいい加減うんざりじゃない？」

「私はまあ、そのために宮女になったから」

「本当にお人好しね」とギョンヒはまた顔をしかめた。「今回の筆写のことだって、私はいいとしてもヨンヒとボギョンはどうして引き入れたの？　邪魔になるだけじゃない。あの子たちが書いたものを直す分、あなたはもっと働かなければならなかったし、賃金だって分けてあげなければならなかったでしょ。暮らしの備えもないのに骨身を削るように働いて、そのうえ他人の面倒まで……」

忙しい時間帯のせいか、周りには油を売っている宮女の姿はない。ドギムとギョンヒは道の真ん中で向き合った。強い日差しの下、ギョンヒの白い顔はさらに妖しく輝いた。

「あなたのお人好しがすぎるから、私はしきりに小言を言うのよ」

「そうじゃないわ」

ドギムが靴の先で土を蹴った。心根を打ち明けるのは少し気まずかった。

「たしかにあなたの言うとおりよ。あの子たち、あまり役に立たないわ」

言葉尻をつかもうとするギョンヒをさえぎるように続ける。「でも私ひとりで頑張って儲けを出してなんの役に立つの？　どんなに大金を集めても、私は一生ここに閉じ込められたまま、死んでいくのに……」

遠くから禁漏官《クムルグァン》（時間を知らせる官吏）が時を告げる音が聞こえてきた。申《さる》の刻（午後四時）だ。

「宮女として生きるということは、選択肢をなくすということ。でも、ヨンヒとボギョンを仲間に入れることは、少なくとも私の意志で選択できることだったから」

ギョンヒは唇を曲げ、すねたような顔になる。ドギムの気持ちは痛いほどよくわかった。

「あら、あなたたちまた会ったわね！」

ふたりの宮女の沈黙を破り、背後から声をかけてきたのはチョンヨン郡主だった。

「あ、郡主様！　もうお帰りですか？」

「そうよ」とチョンヨン郡主がドギムにうなずく。「王様は大忙しだったわ。そうだ、謝礼をしなきゃ」

チョンヨン郡主が指示し、侍女が小さな箱をドギムに差し出した。ふたを開けると、中には銅銭や装飾品であふれていた。

「書写の報酬がどれくらいなのかわからず適当に入れたけれど、十分かしら」

「これは多すぎます」とドギムは箱を押し戻した。「お収めください」

普段は口を開けば不平が出るギョンヒさえ言葉をなくすほどの過大な報酬だった。

「いいえ、王様が大喜びされたわ。今夜すぐ読まなければと子供のようにはしゃいで」

「ですが……」

「遠慮なく受けなさい。ドギム、あなたの厳しい懐事情はよく知っている。次の筆写のための前金だと思いなさい」

チョンヨン郡主の微笑みに、ドギムはただただ恐縮するしかない。

用事も終わり、すぐに立ち去るのかと思いきや、チョンヨン郡主は興味深い目つきでドギムとギョンヒを見つめている。

「護衛をする者がいないから道中が退屈だわ。見送りをしてくれない？」と柔らかな笑顔のままドギムを指さした。

いっぽうで、ギョンヒには冷たく命じた。「お前は行ってもいいわ」

ギョンヒはその美しい顔立ちときつい性格のために反感を買うことも多かったが、これはそういう類いのものとはわけが違った。

王族や身分の高い両班たちはギョンヒの家のように、にわかに財を成した中人をあまり好まない。ある種の脅威と考えているようだ。必要に応じて手は握っても、普段はその低い身分を蔑視し、一線を引くのだ。

しかし、ギョンヒは王の孫娘にひるむことはなかった。血筋を除けば劣るものなど何一つないのだと内心で思いながら、慇懃《いんぎん》に礼をし、軽やかに立ち去った。

興化門《フンファムン》まで一緒に歩いていると、チョンヨン郡主は鼻歌を口ずさみながら話しかけてきた。

「幼い頃はあなたのいたずらのおかげでたくさん笑ったわ。今日も何か企んでるの？」

「疲れて、そんなは元気ありません」とドギムは適当に答える。

「宮殿に住んでいた頃は気楽だったわ。宮女たちと一緒に遊んで、内官たちにいたずらをして……なんの心配もなく過ごせていた」

「今は心配事があるのですか？」

チョンヨン郡主は肩をすくめた。

「そりゃそうよ。ないわけがない。もちろんかわいそうなチョンソンほどではないけど」

それについて話したくてむずむずしているようだ。

チョンソン郡主の夫である興恩副尉《フンウンプウィ》が宮殿の内外で頻繁に問題を起こしているという噂は、もうかなり前から広まっている。好奇心が湧いたが、ぶしつけな質問をするには相手が悪い。昔からの縁があるにしても線を引かなければいけない領域があることをドギムはよくわかっていた。

「あなたの悩みを話してくれれば、私の悩みがなんなのか教えてあげる」

ふいにチョンヨン郡主が妙な提案をしてきた。

「私の心配なんていつも一緒ですよ」とドギムが答える。「生果房に忍び込める入口をずーっと探しているんですけど、全然見つからないんです。本当に防備が厳重で」

「つまらないこと言わないで」

「一生宮殿の中で暮らす私に、ほかにどんな心配があるでしょうか？」

「男に会いたくないの？」

内緒話でもするかのようにチョンヨン郡主が声を低くした。

「ひょっとして気になる殿方がいるんでしょう？　絶対に口外しないから、言いなさいよ」

ドギムが苦笑いでごまかすと、チョンヨン郡主はすぐに身の上を嘆き始めた。

「もしかしたら宮女のほうが幸せなのかもしれないわね。結婚なんかしたって、つらいことばかりよ。子供は昼夜を問わず泣きわめき、旦那様は面白味がなくて、義理の両親は厳しくて……。ああ、

「もう子供の頃に戻りたい」

「それが郡主様の心配ですか？」

「そう。子供を産んでから生きるのが全然面白くないわ……」とチョンヨン郡主がつぶやく。「遠くへ、ふらりと旅立ちたい。ひとりで山に登って木々の枝を鳴らす風に吹かれたり、海辺で潮騒を聞きながらぼんやりして考えを整理できたら、また乙女の頃のように幸せを感じられるかもしれない」

傍から見れば、何を贅沢なことをと思ってしまう。チョンヨン郡主の夫である光恩副尉《クァンウンプウィ》は、朝鮮八道に彼より完璧な新郎はいないと言われるほどの好青年だ。王女の夫になった者は官職に就けないが、勉学を疎かにせず、女性関係も清廉潔白。国法上、妾を持つことができないとはいえ秘かに遊び回るのが常なほかの男たちとは違って、誠実そのものである。

しかし、その程度ではチョンヨン郡主の心をつかむことはできないようだ。

もしかしたら、彼女の人柄が以前とは大きく変わったという噂もその理由かもしれない。もともと活発なほうではあったが、それなりに慎重なところもあった。しかし、第一子を産んだあと、たがが外れたように遊び回るようになったらしい。王室と夫の実家が必死に醜聞をもみ消しているおかげで、まだ問題になっていないようだが……。

「ひとり旅は何かと大変なので、光恩副尉様とふたりでどこか旅行にでも行かれたらいいじゃないですか？」

「ふん」とチョンヨン郡主は鼻を鳴らした。「もちろん、そういう話もしたわ。そうしたら、ソンビたる者どうしてそのような贅沢ができるものか……ですって」

光恩副尉が誠実な男であることは間違いないが、女心はまるでわかっていないようだ。

「私も小説みたいな恋がしたい。うちの旦那様が『月下僊伝《ウォルハソン》』のチキョンの半分でも情熱的だったらどんなに素敵かしら」

『月下僊伝』も一世を風靡した小説だ。咸興《ハムン》監査の息子であるチキョンが美しい妓生、月下僊に恋をして、苦悩の末に妻をはじめとするすべてを捨てて、ふたりで逃げる。秘かな暮らしのなか懸命に努力し、科挙に首席合格したおかげで王の特別な聖恩として、妻とハソンのふたりと添い遂げるという物語だ。チキョンがハソンへの想いにあらがえず、咸興に駆けつける場面が最も有名だが、ドギムは読み終えるや、かわいそうな妻になんの罪があるのかと吐き捨てた。

「今はもう本を読むことだけが生きがいよ」

チョンヨン郡主はため息をついた。

「借りて読むよりはあなたに筆写してもらったものを読むほうがいいわ。貸本屋の本は重要な部分が破れていたりして、いらいらすることが多いのよ。これからも手伝ってくれるわよね？」

たくさんの賃金をもらえるのはありがたいが、何か問題に巻き込まれそうでドギムはすぐには返事ができない。もたもたしている間に、チョンヨン郡主が先に口を開いた。

「あら、ちょっと待って。あそこを見て」

前方に見える人影を指さしている。

「お兄様！　チョンヨンです！　世孫様！」

チョンヨン郡主はうれしそうに人影に向かって手を振った。

呼びとめられたサンは袞龍袍《コンリョンポ》に翼善冠《イクソングァン》という正装だった。やってきた方向から察するに、賓庁《ピンチョン》からの帰りなのだろう。

チョンヨン郡主が喜んでサンのところに駆けつけるので、ドギムも従わざるをえなかった。

唐突な事故のような月下での出来事――その記憶はもはやおぼろげだが完全に消えたわけではな

い。果たして彼も覚えているのだろうか。もし覚えているのだとしたら、私はどのように振る舞えばいいのだろう……。長い歳月を経ての再会に、ドギムの心は大きく揺れ始める。

「お前、最近どうしてこんなに頻繁に宮殿に出入りしているんだ？」

サンは妹チョンヨンへの親しげな挨拶すらなく、咎めるような視線を彼女に向ける。

「もう、お兄様ったら！　私と会えたのがうれしくないんですか？」

「お前はもう宮殿を出た人間だ。慎みなさい」

ドギムはサンが自分の記憶とはかなり違っていることに気づいた。顔をぶしつけに眺めることはできないが、昔よりはるかに背が高くなり、体つきもしっかりしている。

「今日は王様がチョンソンと私を呼ばれたので、来たのです」

「どういうことだ？」

声はたしかに壁越しに聞いていたものだ。そうなのだけれど……なぜか嫌な予感がした。そして、嫌な予感というものは得てして的中するものなのだ。

「王様が御影を見る聖恩をくださいました」

「お返しを差し上げたのか？」

「はい。小説を筆写して捧げたら、とても喜ばれました」

不機嫌そうな表情になるサンを見て、チョンヨン郡主が笑いながらドギムの腕をとる。

「とにかくお兄様は堅物だから、小説だとか野史だとかを本当に嫌がるのよ」

自然にふたりの会話に放り込まれ、ドギムはどぎまぎしてしまう。

「余計なことを言うな」とサンがぶっきらぼうに言い返す。

ドギムは頭を下げていたが、サンの目が自分に向けられていることがわかった。彼の視線にさらされた肌が火を押しつけられたように熱く感じる。

「お前はどこの宮女だ？　なぜチョンヨンに従うのか」

きつい叱責に思わずドギムは顔を上げる。次の瞬間、目が合った。彼の目は濃い栗色だった。

この人……!?

別間に勝手に入り込み、賄賂を渡そうとした無礼な男が目の前に立っていた。

ドギムの両目が驚愕で見開かれると同時に、サンの顔にも奇妙な表情が浮かんだ。葉が舞い落ち、穏やかな水面が揺れるように。噛み合った歯車に些細な亀裂が走るかのように……。

微妙に生じた顔色の変化に気づいた人は、ただドギムだけだった。

これは詐欺だ。素手で雄牛も捕まえられそうなこの風采から、あれほど朗らかな玉音が出るなんて。袞龍袍を着たその姿とあの声はまるで合わなかった。自分の耳で聞いて自分の目で見ながらも、ドギムは同一人物であることが信じられない。

しかし、別間で彼の声を聞いたとき、サンの声と似ていると疑ったのは事実だから、弁解の余地はなかった。根拠のない幻想に陥り、その直感を否定したのは自分だった。たとえその外見と全く調和していなくても、その声はたしかにサンのものだったのに……。

それにしても、何をどれだけ食べればこんなにも大きくなるのだろう。かつては自分と同じ目線だったあの華奢な少年だとは到底信じられない。男らしい顔立ちからはその面影を見つけるのは難しかった。

我に返り、ドギムは別間でサンに犯した無礼に気がついた。悪口を言い、差し出された小銭を投げ捨てた。説教さえもした。顔に指を突きつけ、手を振り回し、背中を押して追い出した。そういえば内官がどうこうとすら言ったような気もする。

厳しい叱責を覚悟したが、不思議なことにサンは静かだった。

もしかしたら、薄暗い別間ではなく明るい日差しの下なので、自分があの宮女だとは気づいていないのかもしれない。同様に子供の頃の競い合いも、酔いにまかせた月夜の戯れも全部忘れてしまったのだろう。それならあえて悟らせる必要はない。さっきわずかに表情が変わった気がしたが、それも宮女が自分と目を合わせるのは不埒だと気に障っただけなのだろう。

「お兄様は相変わらず無頓着ですね。この子は東宮の宮女です。幼い頃は恵嬪宮にも仕えて――」

「東宮に配属された宮女など数十人もいる」とサンは妹をさえぎった。

「……そして、本当に気づかなかったのは私ではない」

意味深な物言いにドギムの鼓動が速くなる。もう一度顔色をうかがいたいが、それはあまりにも無茶というものだ。

永遠に続くような沈黙のあと、サンは「ふん」と鼻を鳴らした。

「私は忙しいからもう行く。お前も早く帰りなさい」

そう言うと、彼は風のようにふたりの前を去っていった。

「追い出せなくてやきもきしているのね」

兄の後ろ姿を見つめながら舌打ちし、チョンヨン郡主はドギムを振り返った。

「あら、あなた、その顔はどうしたの?」

首でも絞められたかのようにドギムの顔は真っ赤だった。

「殿方を見ただけでそんなに恥ずかしがるなんて」とチョンヨン郡主は笑う。「ねえ、どうだった? お兄様は気難しいけど、男らしくて素敵な方でしょう」

チョンヨン郡主はからかうようにドギムのわき腹を小突く。

こちらはサンが自分に気づいたかどうかで生死が分かれるところだったというのに、のんきなものだ。恥ずかしいのではなく、驚きと緊張で吐きそうだったのだ。

そんなことを思いつつ、ドギムは首をゆっくり縦に振った。

「あなたを見ているとうちの旦那様と初めて会ったときを思い出すわ。我を忘れ、どんなにか私を見つめていたことか。ふふ」

その後、チョンヨン郡主は延々と自分語りをしていたが、ドギムの耳にはまるで入ってこなかった。


部屋に戻り、ドギムはサンとの再会に思いをめぐらせる。

よく考えると、恋愛小説のように劇的で心躍る出来事ではないか。身分を隠した男と何も知らない女人の出会いは鉄板の設定だ。この間もお忍びで街に出た大国の諸侯が自分になれなれしく接してくる女人に恋をして、王后として迎える物語を読んだ。軽挙妄動な男だと叱ったが、実は王様だったと知った女人が驚き、大罪を求める部分では本をめくる手が止まらなかった。

もし自分にもそのようなことが起きたらと数えきれないくらい妄想したが、実際に起こってみるとまるで楽しくなかった。連行され、厳しい罰を受けるのではないかとはらはらした。自分を内官とまで疑った無礼な宮女に世孫が惚れるなどありえない。すでに一度若気の至りに陥りかけ、それぞれの道を行こうと誓った仲なのでなおさらだ。

「ドギムはいるか？　いい知らせが……。おっと！」

あたふたと飛び込んできたソ尚宮は、暗くて寒い部屋にうずくまるドギムに気づかず、足を引っかけて倒れてしまった。

「また、なんのいたずらを！」といつものようにソ尚宮は怒鳴った。しかし、素っ転んだ自分に笑いもしないドギムに首をかしげる。

「灯りもつけずにどうしたの？　また何かやらかしたんじゃ……」

「ちょうど寝ようとしていたところなので……」

「服も脱がないで？」とソ尚宮は眉根を寄せた。寝ようとしていたわりには布団さえ敷いていない。

ドギムは慌てて話を変えた。

「何かおっしゃっていませんでした？　いい知らせって？」

「ああ、そうだ！　気絶するような知らせだ」

もったいぶるかのようにソ尚宮は少し間を置き、言った。

「お前は、明日から昼は別間で働かなくてもいい」

「また変な雑用でもさせるつもりですか？」

ドギムは不信に満ちた目でソ尚宮を見返す。この間も別間に行かなくてもいいというので期待したが、使われていない部屋に連れて行かれ、死ぬほど雑巾がけをさせられた。

「違う！　お前もようやく当番の仲間入りだ。これからは別間の仕事は朝だけで、昼からは内殿に入って世孫様のお世話をすればいい。お前があれほど望んでいた別間脱出じゃないか。どうだ、うれしくてたまらないだろう？」

「あ、いえ、急にどうしてですか？」

「詳しい事情はわからない。世孫様が仕える宮女を補充するよう命じたという話だけを聞いた。人手が足りなくて不便だったようね」

「……ご自分で命じられたんですって？」

「そうなの。いよいよ力を発揮できるわよ」

ソ尚宮は常日頃、愛弟子がまともな宮女の役割を与えられないことを悔しく思ってきたのだ。

「うれしすぎて言葉もないようだね」とドギムの肩を叩く。卒倒寸前の顔をここまで楽観的に解釈できるのは、ある種の才能だ。

「尚宮様、私はまだ準備ができていません」

「別間はうんざりだといつも愚痴をこぼしているくせに?」

「私をよくご存知じゃないですか!」とドギムは声を大きくした。「世孫様の近くでうろうろしてお怒りでも買ったらどうするんですか」

「およしなさい。世孫様はお前たちが騒ぐような恐ろしい方ではありませんよ」

話はおしまいとばかりにソ尚宮は自分の布団を敷き始める。彼女が床につくといつも、ドギムも寝なければならなかった。

「ところでお前、本当に今日一日はおとなしく過ごしたんだろうね?」

うつらうつらしながらソ尚宮が訊ねた。眠る前のいつもの質問だ。

「なぜおとなしく過ごしていると?」

「なぜって、そんな堂々と居直って……」

「今日はいたずらをする気にはなれませんでした」

眠気があっという間に尚宮を襲い、ドギムが付け加えた言葉を聞くことはなかった。

「まぁ、さっきまでですけど」

翌朝、ソ尚宮は足袋の片方に裸足を押し込んだ瞬間、その気色の悪い感触に悲鳴をあげた。

カエルの卵というのは本当に役に立つ。

四章　東宮と見習い宮女

東宮の主殿閣は噂とはまるで違っていた。何が鬼だけが棲まう場所だ。内官から別監、宮僚たちが忙しなく闊歩し、怪しい気配などみじんもない。

男にまるで免疫がないドギムは、その雰囲気に呆然とした。別監を見るたびに心臓が跳ね、司饔《サオン》（料理人）にさえもどぎまぎした。それでもひげを生やしたおじさんならまだましだ。ふいに目の前に現れる若い官僚たちはドギムにとってはお化け屋敷の幽霊と同じだった。真っ赤になった顔を見られないように頭を下げたまま、すばやくその場を立ち去るしかない。

外門に着いたとき、誰かが彼女の前をさえぎった。

ずっとうつむいたままなので青い文官服の端と靴を履いた足しか見えない。まだ若い官僚のようだ。ドギムは慌ててよけようとしたが、視界に入っていなかった門柱に肩をぶつけてうめき声をあげた。

「狭くてどちらかが横向きにならないと通れませんよ、宮女殿」

朗らかな笑い声にちらっと顔を上げた。なかなかの美男子だった。自分よりも頭二つ分くらい背が高い。白く澄んだ肌に赤い唇、顔の線が細くて秀麗だった。

無意識のうちに口をぽかんと開け、眺めていた。ドギムの熱い視線を特に気にすることもなく、男は余裕の笑みを浮かべている。

「先に通りなさい」

男はくるりと向きを変え、ドギムが肩をついた柱の壁に背をつけた。女に道を譲るなんて士大夫としては体面を崩す行動なのにまるで気にしていない。年頃の乙女の顔を躊躇なく見つめる視線は、その美しい外見ゆえ、なんだか危険な香りがする。

ドギムは息を整え、すぐに男の前を通り過ぎた。

「ドンノ！　そこで何をしている？」

背後から聞き覚えのある声がした。見なくてもわかる。サンだ。ドギムは顔を見られないように腰を直角に曲げながらひざまずいた。

「侍講院に行く途中でした、世孫様。先生が昨日宿題として出した一節は解けましたか？」

「早く見せたくていらしていたくらいだ。行くぞ」

サンは彼女に一瞥すら与えなかった。ふたりはすぐにその場を去ったが、ドギムはドンノと呼ばれた男が最後にふたたび自分を振り返ったと確信した。

サンに気づかれなかったのは幸運だったが、疑問も残った。ドンノという男、話の内容からすれば東宮の侍講官のひとりのようだ。だとすれば耳がすり減るほど盗み聞きしてきた声の一つだろうが、どうしてサンの声のように聞き覚えがなかったのだろうか……。

「ねえ、あなたが新しく番に入った見習い宮女？」

ドギムが答えを見つける前に先輩宮女に声をかけられた。その内人は腰に手を置き、値踏みするかのように上から下までドギムを見回した。

「はい！　宮女様。ソン・ドギムと申します」

恐ろしい歓迎式が行われないことを切に願いながら、ドギムは深々と頭を下げる。

「ソン・ドギム？　どこかで聞いたことのある名前なんだけど」

ドギムはごくりと唾を飲んだ。もしかしたら自分のいたずらに引っかかったことがある人かもしれない。自分を凝視するその視線に耐えられず、「ありふれた名前ですから」と言いかけたとき、内人が新たな質問をした。

「あなた、もしかして開川《ケチョン》の近くに住んでいた？」

「どうしてそれを知っているんですか？」

きょとんとするドギムに向かって、「やっぱり、そうだ！」と内人は顔をほころばせる。

「ドギム、覚えてないの？　私、ウォレよ」

喜ぶその顔をじっと見つめているとぼんやりと昔のことを思い出した。同じ村に住んでいたカン家の娘、ウォレのようだ。

宮女というのは一家が暮らしに困って宮殿に売り渡される場合がほとんどだが、ウォレは違った。父は軍官、兄は宮中別監だったゆえ、彼女の入宮は当然の流れであり、また一家は著名な大臣たちとの親交もあり、むしろ誉れと宮殿入りを喜んでいた。

そんなことも思い出し、「ウォレ姉さんが宮女になるんだと浮かれて去るのを見送ったのが、昨日のことのようです」とドギムも思わぬ再会を喜ぶ。「それにしても、どうして同じ宮殿にいながら、今まで一度も会えなかったんでしょう」

「宮殿は広いし、人も多い。しかも、私は見習い宮女の期間が短かったの。運よくほかの子たちより早く笄礼を終えたのよ」

「こんなふうにまた会えるなんて不思議です」

「私はあなたが宮女になってるのが不思議だわ。あなたのご両親とお兄さんたちは、あなたをとても大事に育てていたじゃない？」

「あれからうちは大変だったんですよ」

ウォレは思い当たるところがあるようだった。

「たしかに、あなたのお父さんは朝廷へとつながる綱を誤ったのね。仕えていた世子様が亡くなってその綱が切れたあと、うまく立ち回れなかったのかしら」

「よくわかりませんが、何か借りがあるそうです。そんな父も先日亡くなりましたけど」

「とにかく、会えてうれしいわ。次から次へと幼い頃のことを思い出しちゃう。見習い宮女というからちょっとからかおうかと思ってたんだけどね」とウォレが笑う。

その後、ここは本を置く貞隮堂《チョンセクダン》だ、あそこは休む惜陰閣だと覚える暇もない目まぐるしさでウォレに東宮殿内を引っ張り回された。初日はこの辺にしておいて、明日から本格的に仕事をすればいいと解放されたときは隠れて安堵の息をついた。


ドギムは部屋に戻らず、別間へと足を運んだ。心がざわめき、それを静める場所が必要だった。

ウォレとの再会によって図らずも芽生えてしまった郷愁は、真綿のようにドギムの胸を締めつけた。ただただ幸せだった幼き日々との邂逅《かいこう》は、決して愉快なものとは言えなかった。

美しい過去を反芻《すう》するたび、大きな瞳から涙がぽろぽろこぼれる。ドギムが己の悲しみに浸っていると、いきなり別間の戸が開き、ボギョンがぬっと顔を出した。

「まさかと思って来てみたんだけど、いたわね！　今日から外に行くって言ってたのに、どうしてここにいるの？」

ドギムは濡れた瞳をすばやく拭う。ボギョンはまるで気づいていないようだ。その鈍感さがありがたかった。

「初日だから早く終わって、整理しにきたの。ボギョンこそどうしたの？」

「本を借りにきたの。あなたがこの前新しく買った本！」

誰かに盗み聞きされるのではと辺りを警戒しながら、「『熟香伝《スクヒャン》』ね」とボギョンがささやく。

「あなた、まだ恥ずかしがってるの？」

「みんながからかうからよ！」

恋愛小説には目がないボギョンだが、残念ながら大きな難儀があった。その体でこんな甘い恋物語を読むのかと周りの子たちにからかわれるのだ。ギョンヒのように他人にどう言われてもいいというほどの度胸がないボギョンは、あちこちに小説を借りにいっているのを隠すのに忙しかった。

ドギムは、まだ手垢がついていない滑らかな新しい本を箱から取り出した。

「無視しろって言ったじゃない」

「お説教はギョンヒで十分。あなたにまで言われたくないわ」とボギョンは口をとがらせた。

「そうだ！　ついでに言うけど、しばらくギョンヒにちょっかいかけないでね。機嫌が悪いから」

「それはいつものことじゃない」

「今回は本当に危ないの。別監の誰かと薄暗い場所にしけこんでいたって、もう結構な騒ぎよ。しかも、それがギョンヒの耳にまで入っちゃって……」

周りに敵をたくさん作ってしまう性格ゆえ、ギョンヒは悪い噂には事欠かなかった。だとしても、今回の噂はあまりにも悪質だ。

「あの子も大変ね」とドギムは同情のため息をつく。

「とにかく放っておいて。下手に手を出したら裁縫道具を抱えてきて、痛い目に遭わされるかもしれない。針で刺され、のどを焼かれ、糸で首を絞められてしまうわ」

ボギョンは両手を体に回し、身を震わせる。

「忙しくて困らせる暇もないわ。仕事がいっぱい溜まってるから」

「ギョンヒの言うとおり、あなたは仕事をしすぎよ」

「財物は集められるときにしっかり集めなければならないのよ」

数日前、王妃が宮殿の外から手に入れた『春秋左氏伝《チュンチュチャシ》』を本箱から取り出しながらドギムは舌打ちした。王妃は単に書き写すのではなく、諺文に直しての筆写を望んでいるため作業はかなり大変だ。遅れたら、また召使いを通して催促されてしまう。

「じゃあ、私は行くよ。早く読みたくてたまらないわ」

ボギョンはうっとりと本を抱きしめ、出ていってしまった。

静寂が訪れると、ふたたび悲しい気持ちが頭をもたげてきた。ドギムは強く首を横に振った。こんな役にも立たない感傷にとらわれ、仕事を遅らせれば、誰が家族を養うことができるだろう。

自らを叱咤し、筆写の仕事を始めたとき、またも戸を開ける音が聞こえた。

「なによ、もうわからないところが出てきたの？」

ドギムは本に視線を落としたまま、言った。

「お前は私に指南するのが好きなようだな」

返ってきたのはボギョンではなく男の声だった。

驚きのあまり墨を含んだ筆を手にしたまま固まる。床に墨がぽたぽたと垂れる。おそるおそる振り向くとサンが戸口に立っていた。今回はきちんと銀糸で美しく刺繍された袞龍袍《コンリョンポ》を着ている。

「このまま立たせておくつもりか」

ドギムは弾かれたように立ち上がった。しかし、いい加減な掃除しかしていない別間の床は汚れ放題で、座ってもらえる場所が見当たらない。ドギムが手で払ったチマの裾から埃が舞い上がるのを見て、サンも座る気は失せたようだった。

「やはり、チョンヨンが従えていた宮女に違いないな」

ふわふわと宙を舞っていた埃がサンの肩に落ちていく。

「夜が明けるやいなや己の過ちを認め、謝罪に訪れると思っていたのだが……ひょっとして、知らぬふりをするつもりだったのか？」

「まさか覚えていらっしゃるとは……」

「どうして私の面前でわめき散らすお前を、忘れられるだろうか」

世孫はひどく粘着質で底意地が悪いという声をよく聞いていたが、あながち間違った噂ではないようだ。宮女が過ちを犯したなら、部下に鞭で打たせればいい話なのに、あえてここまで訪ねてくるなんて、自分の目の前にひれ伏し、謝る姿を見たいからに違いない。

「厳密に言えば、私のせいだけではありません」

「なに？」

「世孫様が先にお忍びの姿で欺いたのですから、私の愚かさだけが罪になるのでしょうか？　私は閑人を叱っただけで、世孫様に不遜だったわけではありません」

過ちを認めたら負けだと思い、ドギムはすぐさま反論した。しかし、サンの表情から今しがたのからかうような余裕が消えるのを見て、すぐに後悔した。

ただ謝ればよかったのに、私ったらなんて高慢なことを……。

「では、私のせいだというのか？」

「そうではありません」とドギムは慌てて否定する。「しいて言えば双方の過失というか、まぁそういうことでございます。いえ、どちらかといえば私の過ちが少し大きかったかと……」

ドギムはサンの顔色をうかがいながら言葉をにごす。

サンは視線を外すと、別間を見回した。彼の目つきを疑いと好奇心のどちらに解釈すべきかドギムにはわからなかった。

「あれはどういう本か？」とサンが山積みになっている書を指さした。「筆写をしていたのか？」

大変だ！

性理学の本を諺文に移すなんてもってのほかだし、そのうえ東宮の侍講を盗み聞きし、それを書き記していたのだと知れたら、どうなることか。

「お前、『春秋左氏伝』も読むのか」

下手なことを言わないようにとドギムは口をつぐんだ。サンは諺文で写された書を覗き、眉を寄せた。すぐさま彼はほかの筆写はないのかと探し始める。阻止することなどできるはずもなく、ドギムはただひたすら己の幸運を祈るしかない。しかし、ついにサンは侍講を書き写した小さな帳面へと手を伸ばした。

薄い帳面をめくっていたサンの目が次第に怒りの色を帯びていく。

「……誰の指図を受けたのだ？」

指図とは、あまりにも恐ろしい言葉だった。

「いいえ！」とドギムは否定する。「私が勝手にしたことです」

「はあ⁉　誰かの指図を受けたのではなく、ひとりで勝手にやったと⁉」

なぜかサンは爆笑した。

「いいだろう。なら、どうして私の侍講を盗み聞きして書き写したのだ？」

「文を読む声が聞きたかったからです」

ドギムは身を守る最良の方法は真実を告げることだと判断した。

「私は暇つぶしに筆写をするのですが、浅はかな知識では詰まることが多かったのです。それできちんと勉強をしたくて……」

「チョンヨンはお前が小説の筆写を手伝ったと言っていた。低俗な小説を筆写する女人が春秋学を学ぼうとしたという話を信じろというのか？」

激怒したサンはドギムの胸ぐらをつかんで引き寄せた。

「お金はもらわないだのなんだのと、偉そうなことを言うくせに！」

サンの目が自身の左手に握られた白く細い首筋をとらえた。少し力を入れれば折れそうなほどのか弱さだった。しかし、その表情は決して弱くなかった。襟が締まってもまるで動じず、じっと自分を見据えている。

「なぜ怖がらないのだ？」

お互いの鼻先が届く距離まで顔を近づけ、サンが訊ねた。その声はいつのまにか嵐が過ぎ去った海のように静かになっていた。

「私は鬼は恐れても、人は恐れません」

ドギムは心から言った。

私の襟をつかんでいるこの男は、宮女たちが騒ぐように感情も慈悲もない化け物ではない。怒りを抑えるのが下手な血の気の多い性格なだけで、爆発したあとで後悔する。激怒して思わず首もとをつかみあげ、そのままの体勢ですぐに後悔の目つきに変わる様は、むしろ人間味にあふれている。

「度胸があるな」

サンはふっと手をゆるめた。

「たしかに、お前は昔から肝が据わっていた」

「え？」

「世孫に三度も勝負を挑んだし、宮女のくせに承恩を退けたではないか……」

覚えていたんだ……。

ふいにドギムの脳裏にサンとの思い出がよみがえってくる。

美しい月の夜、酒ではなく、酒に似たようなものを飲んだという彼の息吹。チョゴリのひもの端にくすぐられていた彼の手の甲、危うく肌に触れそうだったその温もり……。

「私が誰なのか知らないと言っただろ？」

サンが腹立たしげにつぶやく。

「いいえ」とドギムが返す。「忘れたことなどありません」

長い分かれ道をそれぞれ歩き、そして今また道が重なった。

今度はどんな関係であるべきなのだろう……？

「私もお前のことを覚えている」

サンは首を小さく横に振った。

「しかし、度胸以外はずいぶん変わったようだ」

冷たいその目つきに、過去の瞬間は砕けた。

「いや、お前が歩くと言っていた道が、結局お前をありふれた宮女にしたんだろう」

サンの誤解を解くべく、ドギムは言った。

「世孫様、私は匿名書事件とはなんの関係もありません」

「私を偵察した証拠がここに残っている」

「もし私が密偵だったら、退屈な侍講など追いかけたりしません。王様を拝謁するときを狙うでしょう。読んでみてください。侍講院の役人たちと私事に交わした対話も書き留めていません」

「それでうまく言い逃れたつもりか」

「私はただ勉強を……」

「宮女ごときがなんの勉強をするんだ！」

サンの偏見は根深い。「よし。ではその理由を告げよ」

「素養を積むのにどんなに理由が……」

「いや、筆写がどうこう言っていたではないか。なんの筆写を、誰がさせたのだ？」

王妃の名を告げると大事になる可能性がある。サンの外戚である豊山《プンサン》ホン氏と、王妃の外戚である慶州《キョンジュ》キム氏が不倶戴天《ふぐたいてん》の仇敵の間柄であることは幼い子供でも知っている。暇さえあればお互いを朝廷から追い出そうとあらゆることをしているというが、血は水よりも濃いという。サンが自分を王妃の密偵だと疑えば、手に負えない軋轢《あつれき》に陥りかねない。

「知恵を絞ろうとする音がここまで聞こえる」

燃えるような目つきから見て、サンの忍耐心は底を尽きかけている。

「本当のことをお話ししますので、一つだけ約束してください」

「断る」

「公明正大に聞くとだけ言ってくだされぱいいのです」

「私はもともと公明正大だ」

「しかし、世孫様は宮人と女人には特に厳しいと……」

「もういい」

苛立たしげに言って、サンはその場を去ろうとする。ドギムは慌てて口を開いた。

「お、王妃様が筆写の仕事をくださいます。ですが、難しい本の注文が多いのです。私が知らない成句や故事があまりにも多く、勉強をしなければならなかったのです」

「……王妃が？」

サンの目つきが変わった。

「絶対に密偵のようなことではなくて……」

ドギムが言い訳するもサンは聞いてはいなかった。そこに新しい何かを見出そうとするような目で舐めるようにドギムを見回す。

「お前に対する処分は当分先送りにしよう」

「お許しくださるんですか？」

「挽回するために最善を尽くせという意味だ」

そう言って、サンは背を向けた。

「お、お待ちください！　私にもうかがいたいことがあります。なぜ私を世孫様の近くに呼び寄せたのですか？」

ドギムは自分を東宮殿の番に加えたのはサンの仕打ちだと確信した。それ以外に、宮女に対して無関心な彼が自ら補充令を下した理由は考えられない。

「いや、お前が勝手にまた私のところに来たんだ」

取り付く島もなく、ドギムを混乱の中に放り出したまま、サンは出ていった。

嵐が去り、別間に独特の静寂が戻る。

彼が小さな帳面を持ち去ったことにドギムが気づいたのは、しばらく経ってからだった。

＊

守鋪軍《スポグン》の松明が静かに揺れる亥《い》の刻（午後十時）。サンは自ら捕盗庁に赴き、従事官の言葉に耳をかたむけた。

「匠手《チャンス》のキム・ジュンドクと兵曹書吏《ピョンジョソリ》のハ・イクリョンを取り調べたところ、自白しました。宮女と内官を惑わし、匿名書を持って世孫様の寝所にまで潜入したと」

「誰の命令だと？」

「自分で決心して企んだとしか言いませんでした」

まぁ、そう言うだろうなとサンは失笑した。いつもそうだ。絶対に背後には誰もおらず、恨みを抱いた小者どもが勝手に事を企てたとことになる。

「世孫様、ハ・イクリョンといえば、左議政《チャイジョン》の家に出入りする部下です」

後ろに控えていたホン・ドンノがささやいた。

ドンノは昼夜を問わず世孫に仕える兼司書《キョムサソ》で、豊山ホン氏一門の異端児。とはいえ、その能力はずば抜けている。世孫が寵愛する友であり、深い信頼を寄せる右腕でもある。東宮のホン・ドンノと言えば知らぬ人はいなかった。宮殿の内外に通じている彼の言葉に間違いはない。サンは異論なくうなずいた。

「これは謀反の罪に値する。夜が明けたらすぐ王様に告げなければならない」

今回は単なる匿名書だったが、似たような事件は数年前から絶えなかった。寝床に横になった際、外を正体不明の影が横切ったり、締めたはずの閂がいつの間にか開いていたりというような些細な出来事なら数知れない。しかし、直接サンに害を加えようとする試みはなかった。サンは王の嫡流の正当な後継者であり、その名分に異議を申し立てることは困難だからだ。ただ、自分たちの思いどおりに動かなければ覚悟するようにというわずらわしい警告は多々あった。

サンがこのような一連の事件で到底我慢できないのは、醜聞には常に内官と宮女が絡んでいるという事実だった。彼らはあまりにも簡単に外の勢力と結託して、サンの足を引っ張った。自分の周りに信じられる者がいないとなれば、サンが彼らを遠ざけるのも致し方ない。

そこへ戸が開き、ひとりの男が入ってきた。ずんぐりとした体格だが人を寄せつけない威圧感がある。それは彼がこれまで過ごしてきた長く苛烈な歳月が与えた年輪のようなものだった。

「こんな時間に捕盗庁にどのような御用で？」とサンが男に冷たく訊ねた。

ホン・ジョンヨはサンの外従祖父（外祖父の兄弟）にあたり、朝廷を牛耳るほどの権勢を誇る。軽薄な性格で軽率な言動も多いが、欲しいものを手に入れるためには躊躇しない辣腕家でもある。左議政という高い地位に就き、豊山ホン氏の権勢の一翼を担っている。

ホン・ジョンヨはサンの問いには答えず、言った。

「心から申し上げることがあります。お前たちはみんな外に出るように」

従事官は黙って退いたが、ドンノは躊躇した。しかし、大丈夫だというサンのうなずきに仕方なく部屋を出た。

「捕盗庁を動かしたそうで？」

「はい。犯人たちは捕まえましたので、明日王様に告げて鞠問《きくもん》を求めるつもりです」

断固たるサンの言葉に左議政は眉をピクリとも動かさない。口元に笑みさえ浮かべた。

「これは王様の手をわずらわせるほどの大事でしょうか？」

「大事かどうかは王様が判断することです」

いつものようにサンは言葉を慎んだ。宮僚たちはあまりにも口数が少ないのが欠点だと諫言《かんげん》することもあった。そのたびにサンは留意すると答えたが、侍講のとき以外は口をつぐみ、文だけを読む習慣を固守した。そんな彼を沈着で寡黙な男だと考えることもできたが、決して真実ではなかった。

彼はただ口を開くべきときを静かに待っているだけなのだ。

「王様に上疏《じょうそ》するには匿名書の中身までお見せする必要がありますが、世孫様にはその覚悟がおありですか？」

サンはうまい返事が思い浮かばない。無論、そのことを考えないわけではなかった。匿名書の内容は、単に世孫に対する侮辱を越え、老王までも誹謗しており、それをむやみに見せるとかえって自分が怒りを買う可能性もある。この頃、王は老いのせいか分別なく腹を立てることが多かったのだ。

「鞠問まで行ったのに罪人として捕らえた者たちが刑場で前言を翻したり、あるいは舌を噛んだりしたら、その後始末はどうするのでしょうか」

ジョンヨは明らかにサンに圧力をかけていた。灯蓋の明かりに映るその顔が怪しく揺れる。

「世孫様の外戚として、その身を案じて申し上げる諫言です。処罰は捕盗庁に任せ、世孫様はこの辺でお退きください」

返事など聞く必要もなかろうというようにジョンヨは去っていった。サンは固く拳を握りしめ、心中の怒りをどうにかなだめる。

この国が腐敗している理由はさまざまあるが、その中でも最も大きな問題は外戚の勢力だった。いわゆる戚臣《チョクシン》と呼ばれるこの者たちは儒学でも軽蔑に足るとされ、朝廷の根幹である朋党《プンダン》政治を害する癌のような存在だった。士大夫と呼ぶこともできない戚臣の端くれたちは、年老いたゆえに聡明さを失いつつある現在の王を担いで手に入れた権力をたてに、多くの先賢たちがなし遂げた性理学の根まで蝕んでいた。

戚臣のなかで最も悪質なのは、恥ずかしいことにサンの外戚たちだった。母方の祖父は領議政《ヨンイジョン》であり、外従祖父は左議政であるため、一見、世孫であるサンが権勢を誇っているように見える。

しかし、彼らはむしろサンの敵だった。サンが思惑どおりに動かないだけでなく、自分たちを冷遇しようとしていることに気づいた瞬間から彼らは背を向けた。したがって、王とサンを仲たがいさせようとするのはもちろん、サンに対するありもしない噂を広めるなどの悪辣なことを仕掛けてくる可能性も十分あった。だが、今それを追及するとあとあと面倒なことになるのも事実だった。とはいえ、不純極まりない戚臣への妥協はサンとしては許しがたいことだ。

「世孫様、一歩退いてください。左議政があんなふうに強硬に出てくるということは、何かしら考えがあるのでしょう。……いや、ややもすると逆風にさらされるかもしれません」

外で盗み聞きしていたドンノが、ジョンヨが去るやいなや諫言した。

「……従事官に告げ、捕盗庁で治めるように伝えろ」

サンは苦虫を噛みつぶしたような顔でそう指示した。

ドンノの言葉が正しい。左議政の威勢に立ち向かう力は自分にはまだない。

宿直だというドンノと別れ、寝殿に戻ってからもサンは自らの無力さと敗北感をなぐさめることができなかった。ざわつく心を抱えたまま夜が更けていく。

「あのとんでもない女も問題だ」

もう一つの心配事を思い出し、サンはつぶやく。

ずきずきと痛む頭を手で覆い、耳を澄ませた。草むらに隠れている虫の鳴き声が聞こえた。その間をつま先立ちでゆっくり歩き回る奸悪な宮人たちがどれだけいるか考えてみた。

誰も信じられないし、時には自分自身さえ信じられなくなる。サンは孤独だった。変わらないのは外と内を分ける古い壁だけだ。

「ユンムクはいるか?」

外に向かってサンは声を発した。

賢明で口が堅いイ・ユンムクは東宮の内官のなかでも数少ない信頼できる人物だ。ユンムクは音もなく寝殿に身を滑らせてきた。

「兼司書に伝える書札がある。宿直中だから今から届けてきなさい」

サンが差し出した分厚い封筒を大切に袖に入れ、ユンムクはふたたび闇の中へと消えた。


翌朝、サンは中宮殿を訪ねた。ご機嫌をうかがい、昨日の侍講では何を学んだのかを詳しく伝えると、香りのよい茶と落雁が差し出された。

「捕盗庁で世孫に匿名書を送った罪人を捕まえたと?」

気まずい話題を先に口にしたのは王妃のほうだった。

祖母として仕えてはいるが血縁があるわけでもないし、王妃はサンにとって扱いが難しい人だった。そもそも何を考えているのかよくわからない。中宮殿から出ることのない王妃がどうしてこうも耳が早いのかということは気にしても仕方がない。サンにはすでに多すぎるほどの敵がいて、王妃は必ず自分の側に引き込まなければならない人だった。

「投書には口にするのもはばかられるほどの根拠のない誹謗中傷が書かれていたのに、罰する法がなく、強盗の罪しか与えられなかったのはもどかしかったです」

「取るに足らない者たちが執拗に世孫を攻撃しているのは心配だ。王様が禁酒令を再度強調したときも、世孫を狙ったものだという噂がまことしやかに流れたではないか」

王妃は手をつけていない茶碗をじっと見ながら付け加えた。

「そなたが匿名書事件の真相を暴こうとしたのに左議政が大したことではないと横槍を入れ、王様に申し上げることもできなかったとか」

サンの肩を斜めに見ながら王妃はつぶやく。

「左議政の威勢がさほどのものとは……」

今の朝廷は党派を超えてそれぞれの領域を築きあげた戚臣たちの綱引きで大変だった。世孫の外戚だけでなく、老いた王の寵愛を受ける後宮の兄がはびこるなど、さまざまな面で混乱していた。

そんななか、王妃と彼女の外戚である慶州キム氏だけが豊山ホン氏と対抗できる唯一の勢力だった。彼らは若く意欲にあふれ、領議政と左議政を筆頭とする腐ったホン氏の戚臣を追い出そうとした。王妃自体は分別があり、政に直接関わろうとはしないが、巧みに王を誘導し、その恩寵を思うがままにすることが多かった。

敵の敵は味方とはいえ、王妃がどのような態度を取るかは自身の将来に大きく関わってくる。果たして、キム氏がホン氏を討ち取ることで終わるのか。あるいはそこからさらに進んで世孫を脅かす新しい外戚勢力になるのか……。

その心中を探るためにサンは話題を変えた。

「そういえば東宮の宮女に筆写を任せていると聞きました。私は知らなかったのに……」

「ああ、世孫はやっとあの子に会ったのか」

まるでその言葉を待っていたかのように王妃は平然と答える。

「雑用をさせるにはもったいない才気あふれた子なので、いつも気になっていた。あの宮女もようやく世孫の世話を任されるようになったのだな」

小銭のために仕えている主人を平気で売り渡し、御前で尻を振りながら要望するなど、どうしようもなく浅はかなのが宮女だ。ドンノが内密に宮廷を探るために宮女を使おうといくら要請しても、信じられないという理由でサンはいつも退けてきた。

しかし、その宮女は自分の知る宮女とはまるで違っていた。

実に不思議な女人だった。

サンは初めての出会いを鮮明に覚えている。彼女はサンにとってなぜか目を離すことのできない少女だった。宮殿がどんなところなのかもわからず、無邪気な興奮で顔を染めていた。サンがひと言投げかけるたびに、戸惑った表情で突拍子もない答えを返すおかしな子だった。そんなじゃじゃ馬と一緒に彼は藁をこすり合わせ、針を手に握った。心の中の秘めごとさえ吐き出した。

彼女を最後に見た月夜はさらに鮮明に心に残っている。

その日はとてもつらいことがあり、素面《しらふ》では到底耐えられなかった。捕まったら苦境に立たされると知りつつ、自暴自棄になって松節茶をがぶがぶ飲み干した。ひとりでいなければならなかったし、ひとりでいたかった。それで闇に身を隠した。

そこに彼女が現れた。

そうして、あの全く宮女らしくない表情を向けてきた。

いつもひとりでいたいと思っていたが、不思議なことに彼女と一緒にいるのは嫌ではなかった。逃げ出したいという本音をさらす表情も、まるで飾りけのない言動も、家族や親友、愛についての理解できない言葉も、本当に全然嫌ではなかった。

それが、初めての出会い以後、しきりに彼女に視線が向く理由でもあった。

だから……ふいに承恩という言葉が口をついた。

考えれば考えるほど衝動的で間違った言葉だった。本当に事に及んでしまったら、翌日死ぬほど後悔しただろう。しかし、そんな機会はなかった。

彼女が断ったからだ。

「いいえ、結構です」と。世孫嬪がまだ世継ぎを産んでもいないのに嫡流を乱すことはできないという理由を挙げていたが、それが本心ではないようだった。

感情に流されて世迷い言を言ったとしても、その程度の嘘を見抜くことができないほど泥酔はしなかった。しかし、サンは彼女の理由を受け入れることにした。なかなか利口だと思った。少なくとも男に恥をかかせず、おとなしく引き下がれるような言い訳ではあったから。

ただ、真の理由がなんなのかは少し気になった。彼女の言葉どおり、お互いによく知っている仲だったら指摘できたのではないかと残念だったのだ。

いずれにせよ、一介の宮女が世孫であるサンの承恩の申し出をきっぱり断ったという事実は、この上なく衝撃的だった。知りうる宮女とはまるで違う格別な気概に感服した。さらに、彼女は自暴自棄になった彼を、分かれ道に立っただけだと叱咤さえしてくれた。彼が歩かなければならない道を、誰よりもはっきりと思い出させてくれた。

その恥ずべき夜が過ぎてから、サンは二度と彼女を見ることも、捜すこともなかった。正直に言えば、一瞬でも自分を揺さぶった女人という存在が怖かった。ふらふらとした足取りをつかみ、しゃんとさせてくれたのはありがたかったが、それを否定したかった。遠ざけたかった。恵嬪から、養女のように面倒をみていた見習い宮女を東宮殿に出したということを小耳にはさんだくらいだ。

それから、いくつもの月日が流れた。しかし、サンは忘れなかった。

別間で思いがけず再会したとき、サンはすぐに気づいた。彼女は昔の印象よりも小柄で、見た目も幼かった。しかし、格別な気概は相変わらずだった。彼がためしに渡したお金を投げ捨て、説教までしてみせた。自分を鬼などと言いながら陰でくすくす笑っている者たちとは比べるべくもない。

それなのになぜ……。

いくら考えてもわからなかった。彼女が私を偵察していた……？

自分を入宮させてくれた豊山ホン氏と手を組んだのか、筆写を隠れみのにして慶州キム氏と結託しているのか、まるでわからない。

問いつめたらまともな言い訳もできずに、あっさり本音を打ち明ける間抜けで純真な娘だった。

何が彼女の本当の顔なのだろう……。

次はまたどんな顔を見せるだろうか？

自分が必要以上にその宮女を気にかけているという事実に、サンは愕然とした。

「女人の身の程を過ぎることはわかっているが、良書を読むのが好きなのだ」

揺れ動くサンの瞳を黙って見守っていた王妃が言葉を続けた。

「そのうちにその子に諺文の筆写を任せるように」

動揺を抑えながらサンが言った。

「単なる宮女ではありませんか？」

「数年前から働きぶりを見ているが、並みの尚宮よりもよほど優れておる」

王妃の内心を読み取ろうと、サンがじっと見つめる。

「朱子学書をむやみに諺文に移すのが不敬であることは知っておる。それでも王妃の暇つぶしだと思って、知らんふりをしておくれ」

「私がどうしてその楽しさを奪うことができますか」とサンが返す。「配下の宮女だと思って、好きなだけお使いください」

しばらく探るように見つめ合ったあと、王妃が言った。

「あの子は世孫にとっても使い道があるだろう」

何げなく付け加えたようで、とても意味深長なひと言だった。

しかし、王妃は明後日に行われるお月見へと話題を変えてしまった。それ以上は追及することもできず、サンは楽しく相づちを打ち、冷めた茶を飲み干して、中宮殿を辞した。


「それで終わりですか？」

夜明け前からサンを待っていたドンノは、サンの話を聞き、拍子抜けした。

「左議政についても、それ以上お話はありませんでしたか？」

「うむ」とうなずき、「王妃様のお心は簡単にはわからないと言ったじゃないか」とサンは口を曲げる。しかし、しばらく考え込んでいたドンノは、やがて自信に満ちた声で語り出した。

「王妃様は明確に意中を示したのかもしれません」

「なに？」

「神様は世孫様に手を差し伸べたものと思われます」

ドンノは戸の外でぶらぶらしている宮女たちをちらりと見て、声を低くした。

「詳しい内幕はともかく、王妃様がその宮女を寵愛しているのは明らかで、その宮女は東宮の宮女です。おふたりをつなぐ連結点になるのです」

「それのどこが神の采配なのだ？」

「その宮女は世孫様の母方の親戚であるホン氏一門と縁が深いそうですね。それにもかかわらず、王妃様が近くに置いているということに意味があるのではないでしょうか？」

サンは渋い表情をした。

「世孫様、まずは王妃様を信じてみましょう。あのお方はいつも世孫様の肩を持っていらっしゃいました。世孫様にはいつも良い言葉だけを伝え、兄の左承旨《チャスンジ》に世孫様に味方する上訴を書かせたこともあるじゃないですか」

ドンノの忠言は常に高く評価しているが、今回だけは彼が状況を楽観的に見ている気がした。たかがひとりの宮女が、王妃と世孫との結び目になるなどてんで話にならない。ドンノはいつも自信満々で、大胆すぎた。それはドンノの長所であり、弱点だった。

「私は誰も信じない。王様とお前以外はね」

「光栄でございます」

主君の寵愛を当然のことと受け止め、ドンノは恭《うやうや》しく頭を下げた。

「とりあえずは見守ろう。どうせ今のところは身を大事にし、身内ではない大臣たちと親しく過ごしながら、私の立場を固めるしかないのだから」

さほどすっきりした結論ではないが、やむをえない。

「昨夜、内官を通じて送った帳面は見たか」

ドギムから奪ってきた帳面は、見れば見るほど見苦しいものだったが、助詞一つさえ抜かず、その詳細な書き込みには舌を巻くほどだった。

「はい、世孫様。速記の実力は大したものです」とドンノが答える。

「殿閣のあのわびしい別間からは、私たちの声がはっきり聞こえるようだ」

「ひょっとして今も……？」

別間のほうをうかがうドンノにサンが言った。

「かまわぬ。別間の外に引きずり出したから。とにかくお前の目にはどう映った？」

「私談は一つも書き留めておりませんでした。密偵ならそのような話こそ、役に立つ情報だと思うはずですが」

「私も分別のない宮女が何も考えずに書き留めたものだとは思うが……」

忘れたことなどなかったと頬を赤く染めた彼女の顔が浮かび、サンは慌てて首を振った。

「それでもちょっと探ってみてくれ。無邪気そうに見えるが、ずる賢い女人かもしれない。王妃様とまで親しくするなど、簡単には信じられない」

「はい。筆写というのも、もしかしたらキム氏たちの資金洗浄かもしれませんからね」

ドンノの忠義にあふれた答えに、サンはようやく笑みを見せた。

書筵《ソヨン》のときにまたとドンノが去ると、サンはいつものように本を開いた。しかし、なぜかドギムのことばかり思い浮かび、まるで内容が入ってこない。

素直にぽんぽんと吐き出された言葉。無邪気さを隠そうと勝気に見せた顔。手に触れていた柔らかな体の感触。そして、こちらを見上げていた瞳……。

とりわけ黒目が丸く、大きなその目に自分の顔が写っているのを見た瞬間、言葉では説明できない初めての感情が胸の中で沸き起こった。

そんなことがつらつらと思い出され、サンは困惑するのだった。

サンと王妃が自分のことを語らっていたなど夢にも思わず、ドギムはひたすら忙しい一日を過ごしていた。世孫の朝食を退膳間で温かく整える要領を学び、湯薬を温めて、そして冷ます練習もした。そのほか細かい雑用はいくらでもあった。あっという間に正午を過ぎた。

「ついてきて。もうあなたの番よ」

ウォレがいきなりドギムを引っ張った。

「私は別間に行かなければなりませんが」

「別間は五日に一回だけ行けばいい。あなたは思ったより仕事をしっかりこなしていたから、もっと重要な任務を任せることにした」

「なんですか?」

「書筵の間、世孫様のお側を守るのよ」

ドギムは青ざめた。まだサンに言われた「挽回するために最善を尽くせ」という言葉の意味もわからないというのに、いきなり背中を押されて彼の前に押し出されるなんて……。

「もう世孫様の近くで働くんですか?」

「簡単よ。ただ立っていればいいんだから」

そう言いつつ、ウォレは目をそむけた。

「でも、気をつけて。世孫様が鬼のような方だということは知ってるわよね?」

鬼とは違う意味で怖くなったサンを思い浮かべ、ドギムは力なくうなずく。ウォレはドギムをある殿閣に押し込むと、あっという間に姿を消した。

その殿閣には見慣れない風景が広がっていた。内官と内人が歩き回るどころか、ネズミ一匹いないかのように静かだった。廊下の角ごとに本がぎっしり詰まった書棚が据えられている。

ドギムは様子をうかがいながら、かすかに人の声が聞こえてくるほうへと歩いた。薄暗い廊下の突き当りの部屋から男たちの声が漏れていた。

「……女人の不徳とは、三代が興ったときには賢粛な后妃がいて、滅びたときには妖女がいたことから生まれた言葉です。貞淑な淑女を選び、天下の母たちの手本を示すのは六宮を正しくする――」

どうやらサンがこの部屋で宮僚たちと勉強をしているようだ。

「新しく来たという子があなたなの？」

部屋と廊下を隔てる障子が静かに開き、ドギムより年上の内人が顔を出した。

「中に入れば上座に世孫様がいらっしゃるから、十歩離れてじっと立っていればいい。絶対に音を立てたり、口を開いてはいけない。世孫様が水をくれとおっしゃったりするときだけ動いて。書筵が終わったら、後片づけをしておいて」

指示に従い、中に入る。がらんとした広い部屋にサンと三人の宮僚がいた。ドギムが入ってきたのにまるで気にせず、男たちは本に没頭している。ところが、内人に言われたとおり、サンから十歩離れて壁にもたれるように立つと、突然サンがドギムへと視線を移した。

「ちょっと待て。舗徳《ポドク》、止めてくれ」

すらすらと文章を読んでいた舗徳の声が止まった。

「お前は誰だ？　いつもの顔じゃないな」

世孫は頭を下げているドギムをじっと見つめる。露骨な警戒心に満ちた視線だった。

「当番が新しく組まれ、私が補充されました」

ドギムが顔を上げ、サンはようやく気づいた。

お前だったか……。

今日は明るい日差しの下なので顔がはっきり見える。美しい額と大きな瞳は水墨で描いたように上品で、ふっくらとした鼻先はとても可愛かった。全体的に淡い印象だが、それが実に好ましい。

サンはドンノへと視線を移す。ドンノは小さくうなずいた。

突然集まった男たちの視線にドギムは緊張してしまう。

「えぇ……子曰く――」

幸いにも鯆徳が朗読を再開し、サンはふたたび本に目を落とした。

「宮殿の中が厳粛で、王妃には夫婦円満の徳があり、側室たちは容姿を飾らず、その美しさで男を弄《もてあそ》ぶようなことがなく、また秩序が堅く守られ、些細な恩恵をたよりに特別な計らいを望むような者がいない、そのような状態となってこそ初めて家は安泰であると言えるのです」

自ら心を正しくして周りの人と天下に行き渡らせる道理を読んでいると、それまで一節一節に熱心な態度で臨んでいたサンが、突如不満の声を漏らした。

「女人を愛することによる害は言い尽くせないので、女人に近寄るべきではないのではないか」

「妖しい女人は遠ざけるにかぎるが、すべての女人を近づけないというのであれば、天下の人倫が途絶えるのではないでしょうか」とドンノが用心深く反論する。

「全く近づけぬというわけではない。文王の后妃のように夫婦円満の徳があれば、私も何も言わない」

「后妃の徳は君子がどのように扱うかにかかっております。すべては君子次第かと」

「家を治める責任は男にあるが、夫人の性格と行いが変わらなければどうしようもない」

同席している翊衛司《イグィサ》もドンノの側に立つ。

「堯《ぎょう》や舜《しゅん》のような聖君でさえ珍しいのに、周の文王の妃のような賢女を簡単に見つけることができますか」

「翊衛司の言うとおりです。夫人が賢くなくても、男が修身斉家の道理を尽くして導いてやれば、女人も十分にいい方向に変わるはずです」

この場に集まった三人の臣下たちは皆、世孫の寵愛を受ける宮僚たちであり、サンが奇妙なほど女人を遠ざけている事実を知っていた。今年で二十四歳にもなるというのに子がいないだけでなく、嬪宮を長い間放っておいているという噂も広まっている。宮僚たちは、サンにソンビを大事にすると同様に、夫人を大事にする道理も教えなければならない責任があった。

「通じない理論だ」とサンは認めない。「それなら、呂后《りょこう》や褒姒《ほうじ》、妲己《だっき》、武則天のような者も変えることができて当然であろう」

三人の宮僚は言葉を失った。

「……世孫様、褒姒や妲己など千年に一度出るか出ないかの妖女たちです。五百年に一度出る聖人と比べても仕方ありません」

「そうです。褒姒と妲己よりはややましな呂后の場合だと、高祖《こうそ》が生きて家を治めているときには呂后も悪事をすることができませんでした。家を治める男によって感化された事例です」

宮僚たちの説得をサンは断固として退けた。

「いや、到底通じない言葉だ」

部屋の隅で聞いていたドギムは笑いをこらえるのに必死だった。たまに盗み聞きしただけであれほど怒るのだから、どんなにお偉い勉強をしているのかと思ったら、単なる女人の話ではないか。もっとも、幼い内官たちも彼らだけになると女人の話で盛り上がるらしいから、士大夫だからと言ってもそこは変わりないのだろう。

ドギムからすれば、サンの主張など馬鹿らしくて話にならない。女人全体を論じているはずなのに褒姒や妲己という類まれな妖女たちの事例を挙げ、自分の正しさの根拠とする。経験もなく、書物だけで女人を学んだとしか思えない。もっとも、女人で転ぶのを防ぐために、わざとそうしているのかもしれないが……。

だったら、真夜中に宮女を捕まえて、承恩がどうこうなどと言わなければよかったのに。

自分だけが知っている世孫の恥ずかしい過去を思い出し、また笑いがこぼれそうになる。酒が悪いのか、それとも男というのは本来矛盾した存在なのか、いや若さゆえの過ちか……。

ドギムはしばし考える。そういえばあのとき、誰かが世孫に心を打ち明ける女人がいなければならないなどと助言をしたと言っていたが、それは誰だったのだろうか?

国の世継ぎとはいえ愚かなところもあるものだと目を細め、こっそりと顔を上げたのが間違いだった。サンと目が合い、ドギムはぎくっとした。

特に何も考えずに視線を向けたのだが、サンはドギムの口元に浮かぶ笑みを見逃さなかった。途端にその表情が微妙に変わった。チョンヨン郡主のせいで出会ったあの日のように、無表情な仮面に小さな亀裂が走った。

ドギムは慌てて目をそらした。

「もうこの話題はやめよう」

しつこい説得に苛立ったようにサンは三人に言った。

単調な朗読は半刻（一時間）を超えて続いた。世孫は書筵官《ソヨングァン》の質問にはっきりと答えたが、さっきのように執拗に自分の意見を貫こうとはしなかった。弱点を指摘されると謙虚に受け止め、褒められてもそれを真に受けることはない。女人の話だけ、ああもむきになるのはとても不思議だった。

一日分の勉強をすべて満たすと、サンは書筵を終えた。ほかの者たちは急いで退いたが、ドンノは最後まで残っていた。サンに用事があるようだ。

いっぽう、ドギムは慌ただしく働いていた。座布団を重ねて箱に戻し、使用した書机も片づけた。早くここから出たかった。サンと目が合ったことがとても不安だった。

もしかしたら、笑っていたのを見られたのではないだろうか……。

「お前はどう思う？」

ふいにサンが声をかけてきた。ひとり言ではない。ドギムに向けての明らかな問いだった。まさかという思いでドギムは顔を上げた。

サンはドギムを見ていた。

「果たして女人は男によって変えることができると思うか」

「浅はかな私に何がわかるでしょうか」

ドギムはそう返し、何を考えているかよくわからないサンの顔と興味深げに見守るドンノの顔を交互に見た。

「素養を積むためにひそかに私の勉強を盗み聞きしたお前じゃないか。女人の害を弁解することができるか？」

サンが公明正大な人と自称したことを思い出し、ドギムは鼻白んだ。害あるものと扱われることには耐えられても、この執拗さには耐えられない。

「世孫様はすでに答えを決められているのに、どうしてほかに言うことがございましょう」

「私の意見を論破してみろと言っているのだ」

サンの物言いにかちんとなり、ドギムは口を開いた。

「良妻賢母をそばに置いても傍若無人にふるまう殿方は妲己や褒姒よりよほど多いはず。なのに、女人の過ちだけを責めたがるのですから、もし私が殿方だったとして夫婦円満の徳を備えた夫人がいても同じように変えることができないと言えば、世孫様はお怒りになるでしょう」

ついつい頭の中の考えそのままの、生意気な言葉が飛び出した。青ざめてしまったドンノ同様、ドギム自身も驚いた。

しばしの沈黙のあと、サンは言った。

「分別を知らぬ女人だ」

「世孫様、つまらない宮女が――」

ドンノが慌てて割って入ろうとするのをサンがさえぎる。

「男と女は場合が違う。また、お前の答えは論旨を外れた」

覆水盆に返らず。言ってしまった言葉を引っ込めることはできない。ならば相手をするまでだ。

「人が変わることにおいて性別は関係ありません。それよりも変わろうとする人の意志こそが大切なのです。中国の高祖は妻の呂后をなだめようとしましたが、結局彼女を変えることはできませんでした。ですが、徐敬徳《ソ・ギョンドク》は黄眞伊《ファン・ジニ》をいい方向へと変えました。一方、詩人の許蘭雪軒《ホ・ナンソロン》は家に寄りつかない夫をまっとうな人に変えることはできませんでした。でも、高句麗の王女、平岡《ピョンガン》は温達《オンダル》を立派な男に変貌させました。つまり、黄眞伊と温達には相手の徳を認める気持ちがあり、自ら変わろうとする意志があったからこそ可能だったのです。ゆえに、まるで女人はすべて生まれつき性悪であるかのように責め立てるのは間違っています」

ふたたび重い沈黙が訪れた。サンは黙ってドギムを見つめた。鋭い視線を浴び、腹の奥底で情炎が燃えあがるように体が熱くなり始めた。

「お前は出てくれ」とサンがドンノに言った。

「正殿に行かれなければなりません」

「すぐに行くから、外でしばらく待っていてくれ」

助けようとはしたんだよと同情めいた目をドギムに向けてから、ドンノは退いた。もう部屋にはふたりきりだ。重苦しい空気を無視しようとドギムは必死だった。

「お前の名前」

「え？」

「ソン・ドギムだろ」

かつての彼は私の名前を知らなかった。彼が幾度も言い間違えたときも、私は自分の名前を教えなかった。でも、今の彼は私の名を知っている。

いつ、どのように知ったのかはわからないが、それはふたりの新たな関係の第一歩のようにドギムには感じられた。

サンはふたたび何かを言おうとするかのように唇をぎゅっと閉じた。眉間にしわを寄せ、立ち上がり、ゆっくりドギムへと近づいた。

「お前はとんでもない女人だ」

彼は背が高すぎた。目を合わせるためには首を後ろに深く曲げなければならない。ドギムはいずれ王となる方の目を見ずに済むことに安堵した。

サンはドギムの前で立ち止まらなかった。肩が触れ合うほど近い距離を通り過ぎ、黒い袞龍袍の裾だけが彼女の前合わせをかすめた。

「だから、気に障る」

小さなささやきを残し、サンは部屋を出ていった。

ドギムはその後ろ姿をぼんやりと目で追っていたが、すぐにはっと我に返った。

どっちが気に障る人よとぶつぶつ言いながら、チマの裾で書机についた墨を拭くことに没頭した。

「特別な関係はなく、きれいなものです」

半月ほどかけたドギムに関しての調査の結果をドンノがサンに報告している。

筆写以外に王妃との交流はないという話は事実だった。恵嬪ホン氏との縁故も家の事情についても情報どおりだった。貧しい中人の家の出身で、父親は亡くなり、特に目立った親戚もいない。兄たちは科挙の試験に落ち続け、ろくな役職に就けず困窮を極めていた。

「筆写に関しては字も美しく、しかも仕事が早いので注文が絶えないそうです。一か月の間に何冊も仕上げるなど、普通の宮女では到底不可能です」

ドギムが筆写した本だとドンノが持参したものをサンはめくってみた。几帳面な彼の目にもとても使えるように見えた。しかも、筆跡が意外だった。臆することなく意見を主張する強気な性格とは異なり、慎ましくも美しいその文字はまるで天女が書いたようだった。

面白くないとサンは舌打ちをした。

書筵の場ではどう出るか見てみようと執拗に問いかけた。世孫嬪のことを考えて承恩を受け入れることができないと大人の振る舞いをしたときのように、きれいごとを言い張り、切り抜けることもできたはずだ。しかし、彼女は声高に自分の考えを主張した。

最近はこちらの顔色をうかがうようにこっそり通ってくるが、やはり気に障る。わけもなく視線が行く。絶対に答えられない難しい問いを投げかけ、ぐうの音も出ない様を見てやろうと意気込んでしまう。

こんな気持ちはどうにも不愉快だ。なぜだか危ない気もする。どうしても彼女を遠ざける理由を探さなければならないようだ。

「本当に潔白な宮女なら、こんなふうに金を貯める必要があるか。これだけの仕事をこなせば、結構な財を集めているだろう。やはり怪しいじゃないか」

「勉強する兄たちとその家族、未婚の弟の面倒までみているのです。いくら稼いでも何も残らないでしょう」

しかし、世間知らずの世孫には理解できないようだった。元気旺盛な若者が田畑に縛られず勉学のみにいそしむことが、一家の生計にどれほど大きな負担になるのか、科挙の世話をするためには財物をどれだけ注ぎ込まなければならないのかを、ドンノは苦労して説明した。

「大の男が女人に面倒みてもらうなんて情けないことだ」とサンは嘆く。

「父親は生前、末端の手下でもなかったろう。子供たちに残したものはないのか」

「実はそれがちょっとおかしいのです。その宮女の父親をめぐって一時いろいろと噂が飛び交っていましたが、本当のことを知っている人は誰もいません」

「国に進上する供物を持ち出し、窮地に追い込まれたという話をちらっと聞いたが」

「ええ。でもその事件にも釈然としないところがあったので、さらに調べてみたのですが……」とドンノは調査結果を記した紙に視線を落とす。

「彼はかつて亡くなった世子様の側近だったようです。閑職を転々としていましたが、翊衛司に配属されたあと勢いに乗り、世子様が患って崩御するまでそばを守ったそうです。名前はソン・ユンウ。もしかして覚えていますか？」

「……わからぬ。幼い頃のことだから」

サンには三十歳になる前に夭折した父親に対する記憶は多くはないが、いつも切なく心に抱き、懐かしんでいた。とはいえ、世子の病と死が鍵を握っていることは否定できなかった。無意識のうちに不機嫌な空咳が出る。

「とにかく、ソン・ユンウは数年前に死んだので、正確なことを知るのは難しいでしょう」

全く気に入らなかった。母方の親戚であるホン氏との縁もうれしくないのに、亡くなった父とも関連があったとは……。

ソン・ユンウというドギムの父親が、果たしてそのふたりの間でどれだけうまく綱渡りをしていたのか疑問だった。母の一族ホン氏と世子だった亡き父は結局、最後までうまく交わることができなかったのだ。

幼き日の傷に触れ、彼はすぐに首を横に振った。いつかは必ず明らかにしなければならないことだが、今はまだその時ではない。

その代わり、サンはドギムのことを考えることにした。実に奇異なことだった。互いに生まれる前から親同士に縁があった。まるで人倫としては治められない何かが新しい時代という名前で懐妊し、時を待つかのようだった。

「問題は彼女をどう使うかだな」

「宮女を手足として働かせると得られるものがあります」

半月前と同じ争点に戻ってしまった。

「そうかな。あまりにも信じられない一族だが」

彼が今まで本で読み、また直接見てきた女人という存在は一様に禍《わざわい》だった。笑いと涙で男の心を乱し、機嫌を取る相手に会ったとすれば、そこで聞いた話をすべて外に広めてしまう。実に信じられるものではない。

ただ、彼女は違ったではないか……。

彼女は己の口から出た軽率な言葉を何も聞こえなかったと言った。承恩はいいから、母上のことを考えて、しっかりしろと言った。

しかし、あれから長い歳月が過ぎた。自ら選んで歩くと言っていた宮女の道が、彼女をどのように変えたのかわからない。

簡単に信じてはいけない。たとえ信じたくても。

「その宮女を取り込めばもっと掘り返すことができるでしょう。許していただけますか？」

その瞬間、サンはとても奇妙な気分に包まれた。ドンノをドギムに近づかせたくなかった。

ドンノは滅多にいないような美男子で、多くの宮女たちが彼の秀麗な顔を盗み見しようと必死になっていることを知っていた。彼がどのように宮殿内に蜘蛛の巣のように緻密な情報網を構築したのかも知っていた。薄っぺらな宮人たちの歓心を得て、気持ちを吐かせるのだ。そのために政敵に近しい後宮の宮女を籠絡し、重要な情報を手に入れていた。ドンノは女人の心をつかむのは簡単で、その心を利用するのはもっと簡単だと言い放った。

わけもわからず胸が痛んだ。

心の中で名づけようのない感情が暴れまくる。

返事を待つドンノに早口でサンは言った。

「お前がそこまですることもないだろう。今、ここに呼ぼう」

外に向かって手を打つと尚宮が入ってきた。

「ソン・ドギムを連れてこい」

ソ尚宮はとうとう来るべきときが来たと覚悟した。

「ひょっとしてあの子が何か悪いことでも……?」

おそるおそるサンに訊ねる。

「小言が多い」

ほかの宮女だったらぶるぶる震えていただろう。しかし、ソ尚宮は不惑を超えた老練な宮女であり、サンが歩き始めた頃から仕えてきたので動揺はしなかった。

「恐縮ですが、その子は今朝、謹慎処分を受けたので五日は外に出ることができません」

「誰が罰を与えたのか?」

「師匠である私です」

「なかなか厳しい罰を下したな。どんな罪を犯したんだ」

「申し上げるのが恥ずかしくて……」

ソ尚宮は不快そうに唇をすぼめた。サンがふたたび迫ると、やむをえず告げた。

「宮女たちが物干しひもに干しておいた月経帯を編んで作った旗を、内侍府《ネシブ》の庭に立てようとしていたところを、私が捕まえました」

遠くの戸口に立っていた宮女たちの間でくすくす笑いが起こった。ソ尚宮が鋭くにらみつけると、ぴたりとやんだが、揺れる肩までは隠すことができなかった。

このことはソ尚宮としては大変な収穫だった。ドギムはいつもずる賢く罪を犯すので、心証だけあって物証がなく、罰を与えることができなかったのだ。ただ、裏返せばドギムがいつまでたっても、いたずら好きな性分が直らないという苦々しい証しでもあった。

「特に他意もない子供みたいないないたずらなので、あまりお気になさらずに」

それでも可愛い弟子ですからと、ソ尚宮はひと言付け加えた。

「うむ……わかった。退きなさい」

世孫として生きてきて以来、今さっきのように動揺したのは初めてだった。

サンはまだ収まらない動悸を感じながら、そう命じた。ソ尚宮は落ち着きのない宮女たちの頭にげんこつを食らわせてから退出した。

「まあ、さすがにそれは王妃様の策略ではないでしょうね」

ドンノが冗談半分に言った。

もちろんサンは少しも笑わなかった。

五章　お前のことを考えている

冬風が吹き始めている。冷たい風は刃のように鋭く厳しかった。

最近、サンは機嫌が悪かった。寒さのせいではなく、多くの戚臣たちの自分への反抗的な振る舞いがその主たる原因だ。

八十歳を過ぎた王は政を執るには困難なほど老いてしまった。それで世孫に代理聴政《テリチョンジョン》を任せると命を下したのだが、重臣たちはそんなことは受け入れられないと大騒ぎした。特に左議政のホン・ジョンヨが憤慨した。彼はサンを党派からはもちろん、朝廷からも遠ざけるなど厳粛に対応した。甚だしくは王命が伝わらないよう都承旨《トスンジ》の行く手を阻むことさえした。

当然のごとく、サンの腹の中では彼らへの怒りが積もりに積もっている。

「今朝もしきりに文句を言うから、顔を洗う水を六回もお捧げしたのよ」

ヨンヒが冷たい水であかぎれた痛々しい手を友に見せる。宮女たちは、隠れ家としている鬼殿閣の裏庭、別間側の隅に固まり、集めた落ち葉に火をつけたところだった。

「どうして私たちに腹いせをするのかしら」

憤慨するヨンヒに、たき火で栗を焼きながらドギムが言った。

「意地悪じゃなくて顔にできものができたからよ。水が熱すぎたり、冷たすぎたりするともっとひどくなると侍医から言われているの」

「あなたが私ではなく世孫様の味方をする日が来るなんて！」とヨンヒは目を丸くした。

「味方だなんて！」とドギムは慌てて否定する。「ただ、そういうことよ」

「そういえば、あなた最近世孫様のそばによく付いて回ってるわね？」

面白そうな話題だとギョンヒが加わってきた。

「付いて回りたくて付いて回ってるんじゃないわ。みんなが私に押しつけるのよ」

ドギムがある程度仕事に慣れると、ウォレを筆頭に先輩宮女たちは、東宮の身の回りの世話を担当してほしいと懇願してきた。

サンは何かと面倒なのだ。

まず彼は意外と細かく、しかも自分でまめに動いた。少しでも気になることがあると我慢できないようで、自ら書庫の整理をしたり、硯を研いだりする。宮女たちにとっては仕事が減って楽だろうと思ったらとんでもない。ご主人様が雑用をしているのを遠くから見守るのが平気なお付きがどこにいるだろうか。代わろうとすれば誰がそんなことを頼んだと追い返される。宮女たちはいつも、忙しく働く姑を見る嫁の心情で気を揉まなければならなかった。

気まぐれな性分も厄介だった。兼司書や寵臣たちが部屋に入ると目障りだと追い払うが、いざ出ていくとなぜ護衛の者がひとりもいないのかと愚痴をこぼした。のどが渇くと冷たい水を所望するくせに、それほどでもないときは冷たい水は胃に悪いと小言を言う。息苦しいから窓を開けろと自分で言ったくせに、窓から冷風が吹き込むや、寒いのになぜ開けっぱなしにするのだと叱られる。十年以上仕えた尚宮さえもお手上げで、とにかく顔色をうかがいながら行動せよと注意するしかない。

そういうわけで宮女たちからの評判はたいそう悪く、できれば世孫の世話はしたくないと思っている宮女がほとんどだった。

いっぽう、ドギムはそれとは違った理由でサンには近づきたくなかった。

自分に対する態度が怪しいのだ。宮女とは一切言葉を交わさないというサンが、なぜか自分にはよく話しかけてくる。宮女たちの番の規則だとか、別監と宮女はよく交流しているのかとか、実家の物品をいつどのように持ち込むのかというような質問を、本を読みながらぽんぽん投げてくるのだ。

どう答えたものかドギムは悩んだ。おそらく宮殿の中で起こっている出来事を知りたがっているのだと思うが、なぜそれを自分に訊ねるのかがわからない。ドギムが当たり障りのない答えでごまかすたびに、サンはとても不機嫌な顔になった。

「宮女の皆様、書簡です！」

背後から声をかけてきたのは侍婢のモクダンだった。青黒く染めた服を着た彼女の頬は、外の冷気で真っ赤になっていた。

「ここにいるとどうしてわかったの？」

ドギムがたき火から立ちのぼる黒い煙を手でかき混ぜながら訊ねる。

「焼き栗の匂いがしましたから。昼間から鬼の殿閣で栗を焼いて食べる人はドギム様だけじゃないですか」とモクダンは肩をすくめた。

「とにかくありがとう。早くちょうだい！」

うれしそうに手を差し出したのはギョンヒだった。その手に二通の書簡と小さな包みが渡される。ボギョンとヨンヒもそれぞれ実家から送られてきた書簡を受けとった。

「私のはないの？」とドギムが訊ねる。

「ドギム様には……何も来てないですね」

モクダンは袋の中をもう一度見て、首を横に振った。

今月末に笄礼を行うと何度も書簡を送ったのに、まだ返事がないなんてどういうこと⁉

モクダンが去ると、ドギムはたきつけ用の小枝で栗をざくざく刺した。意気消沈しているドギムを見て、ギョンヒが言った。

「お兄さんたちは大丈夫なの？　どうして便りがないの？」

宮女たちも村の娘たちと同じように笄礼を行う。見習い宮女が正式に内人に認められる日であり、新郎のいない婚礼を行い、王の女として公式に認められる日だ。法度によると入宮から十五年を経てようやく笄礼が行えるのだが、人手もギリギリだし、年頃の処女たちを幼い子供扱いするのは恥ずべきことだという理由で、近頃は十八歳頃になると笄礼が許される。

そして、ついにドギムとその友の宮女たちも笄礼を行うことになった。ここ数年、凶作だから支出を減らさなければならないだの、時期が悪いだのさまざまな理由で延期され、二十歳をはるかに超えた今になって、ようやくその時が来たのだ。

笄礼のときは、宮女の実家で本当の婚礼のように豪勢な膳を作って宮殿に差し入れるが、たいていその膳は宮女の主人にまで上がることになる。すなわち、家族が用意した料理が東宮のお膳にまで上がるという意味だ。サンはかなり好き嫌いも多いので、どのような料理なら口に合うのかを考えるだけで憂鬱になってくる。

しかし、まずは金銭的な問題が優先である。お膳をみすぼらしくすると顰蹙《ひんしゅく》を買うというが、ない袖は振れぬ。もしかしたら、兄たちも金銭問題を解決することができずに、返事を書くことができないのではないだろうか？

「うちの母もお膳をどう準備したらいいかわからないって。おこげでも大丈夫かと言うんだけど、どうすればいいのかしら」

貧しさでいえばドギムと大差ないヨンヒも悩んでいるようだ。

「あなたの家は準備しなくていいわ。父に言っておいたから」

ギョンヒに言われ、ヨンヒは驚く。

「あなたの家で私のお膳まで用意してくれるの？」

ギョンヒは澄ましたように答えた。「私たちは五寸（五親等のいとこ）じゃないの」

五寸なんて他人も同然だ。ギョンヒの家は代々訳官を務める中人なのに対し、ヨンヒの家は畑を耕しながら慎ましく暮らす常民《サンミン》で、そもそも苗字も違う。

それなのに……。

「ありがとう、ギョンヒ！」とヨンヒはギョンヒに抱きついた。

「なによ！　邪魔くさい」

ヨンヒを押しのけるギョンヒの顔は照れて真っ赤だった。

「ボギョン、あなたは大丈夫？」

「うん」とボギョンはギョンヒにうなずく。「多少の貯えがあるんだって」

ボギョンの家族は市場で物売り台を置いて商いをしているが、例年より稼ぎがよかったようだ。

それなりに準備を終えている友人たちを見て、ドギムはさらに憂鬱になる。笄礼の膳を用意できなかったのだから、見習い宮女としてずっと残れと言われたらどうしよう。

「本当に大変そうだったら言ってちょうだい。あなたの分まで用意してあげる」

普段の傍若無人さはどこへやら、ギョンヒは優しくドギムに提案した。

「いいえ、もう少し待ってみる」

家を出て、兄たちと離れてもう十年以上経つ。父の喪礼ではわずかの時間しか会えなかった。長い歳月の間に兄たちがどれほど変わったかはわからない。それでも妹の一生に一度の日を台無しにする人たちではないとドギムは信じることにした。

「笄礼をする前に試験があるというのは本当かな。洗踏房の宮女様たちは不合格になると宮殿を出されると怖がってたけど」

重くなった雰囲気を変えようとボギョンが言った。

「真っ赤な嘘よ」とすぐにギョンヒが否定する。「それが本当なら、今までなんのために時間と財をかけて子供たちを教えてきたのよ」

「でも、通過儀礼があるのは事実じゃない」とボギョンは言い返す。「私は繡房の子と組んで、世孫嬪様の唐衣を作らなければならないわ」

「なんで繡房の子と組むの？」とドギムが訊ねた。

「ご主人様に捧げる初服は華やかであればあるほど福を受けるんだって。模様を多彩に入れて、飾りもたくさんつけるの。だから服は私が作って、飾りを繡房の子がつくるのよ」

「あなたの相方は誰？」とドギムはギョンヒへと顔を向ける。

ギョンヒが答えないのを見て、ヨンヒは眉をひそめた。

「もしかして、繡房の子たちもあなたを仲間外れにしてるの？」

「そうよ。誰も私とは組もうとしないもの」

「あなたが繡房は針房に来られない人がいるところだと言ったからでしょ」とボギョンがギョンヒを逆撫でする。

「あの子たちが先に言いがかりをつけたのよ！　私のこと、尻が軽い女だと言ったんだから！」

ギョンヒが殴りかかってきたので、ボギョンは慌ててヨンヒの後ろに隠れた。

「私が手伝ってあげようか？」

ドギムがたき火から焼き栗をとり、ギョンヒに投げた。チマの幅で熱い栗を受けとり、ギョンヒはドギムに言った。「あなたの裁縫の腕では助けにならないわ」

「そうね。でも何か考えるわ」

「ああ、私も！　砧《きぬた》打ちはできるわ」

熱い栗を皮ごと食べながらボギョンが手伝いを申し出た。

「結構よ。あなたたちは自分のこと心配なさい」とギョンヒが話を終わらせる。その自尊心の高さゆえ、ギョンヒは自分のために友をわずらわせるのは嫌だった。ドギムはそんなギョンヒの気持ちがわかるから、ここはいったん退くことにした。あとで何か考えるとしよう。

「ところでこれは誰が送ったの？」

ボギョンがギョンヒの膝の上に置かれた書簡を指さす。ほかの書簡とは違って、華やかな絹の封筒だった。ギョンヒはボギョンが吐き出した栗の皮を避けながら封を開けた。

ざっと目を通し、ギョンヒは喜びの声をあげた。

「私、提調尚宮様の船遊びに招待されたわ！」

「え、本当!?」と皆が声をそろえる。

提調尚宮の花見と舟遊びは、掌楽院《チャンアグォン》の楽士が美しい音楽を奏でるなか、美しい妓生や召使いたちが数多く従う。いつも大臣たちが遊んでいる川辺の東屋や閑静な離れを丸ごと借りて遊興を楽しむという。その威勢を世に知らしめるような豪華絢爛な催しだ。

もちろん、そのような素敵な宴に誰もが参加できるわけはない。たいていは後ろ盾がしっかりしている宮女や、特別な才のある宮女だけが招待状を受けとれる。

「なぜ私は呼んでくれないの?」とドギムが悔しげに叫んだ。「筆写から代筆まで誠心誠意捧げたのに!」

「そりゃ当然よ」とギョンヒが笑いながら返す。「あなたは……悪名高きソン・ドギムだからね」

「ところで、行ったらどんなことをするの? 花を見て、船に乗って帰ってくるだけじゃないよね。どうして妓生を連れて行くの?」

ヨンヒの質問にギョンヒが答える。

「誰も知らない。提調尚宮様の遊びに参加した人たちは、なぜか口をつぐむのよ」

信じられないほど淫蕩なことが起こるのだという噂だけが流れていた。最近、都で流行している春画の素材であり、淫乱な風俗の震源地が提調尚宮の遊びだとまことしやかにささやかれている。

「もちろん、行ったら全部話してくれるわよね?」とボギョンが目を輝かせてギョンヒに頼む。ギョンヒは元来かなりの自慢屋だが、このときは特に鼻が天を突くほどだった。

「考えてみるわ」

誰も自分と組みたくないというみじめな現実は、すっかり忘れてしまったようだ。

「ちょっと待って。静かに!」

ドギムが突然、鋭い声を発し、たき火を体で覆い隠した。残りの三人もすぐに真似する。

「世孫様と兼司書様よ」

よからぬことを話し合っているかのようにぴったりとくっついているサンとドンノをドギムが指さす。ふたりともひどく深刻な顔つきで何やら話をしているが、その内容まではわからない。どうやら鬼殿閣の裏庭は、宮女だけの隠れ家ではなかったようだ。

「どうしてあんなに親しげなのかしら?」

ボギョンの疑問に、ギョンヒが答える。

「世孫様が頼れる人は王様と兼司書様だけだからよ」

支持基盤が不安定で、常に戚臣たちにその地位を脅かされている世孫は、老いた王の絶対的な寵愛なしには生き残れない運命だ。人柄がおおらかで頭も非常によく回るドンノの存在のおかげで、薄氷の上のような危うい場所でもかろうじて立っていられるのだとギョンヒが説明していく。

しかし、ボギョンはいまいちピンとこない。

「でも、そうは言っても世孫様はお世継ぎだし、結局は玉座に上がるわけでしょう。左議政がどうして権勢を振るうことができるのかしら?」

「必ずしもそうなるとはいえないわ」とギョンヒはさらに声を低くした。「亡くなった世子様の庶子たちが私邸に住んでいるでしょう」

ヨンヒは真っ青になった。ギョンヒは話を続けようとしたが、すぐにドギムがさえぎる。

「滅多なこと口にしちゃ駄目よ」

いっぽう、サンとドンノはひそひそ話をしながら快活に笑い出した。

その笑顔にドギムは驚く。笑うことなど知らないかのようにいつもむっつりと押し黙っているのに、この優しい笑顔はなんなの……。

三日月のように柔らかな曲線を作る目、豪快に広げられた大きな口からは白い歯がこぼれている。

寂しい後ろ姿の少年にも初めて友ができたのだろうか? 友という存在がよくわからないと言っていた若き日のサンの残像がふとドギムの脳裏をかすめた。

「兼司書様って格好よすぎじゃない?」

ヨンヒはドンノに目を釘づけにされたまま、顔を赤らめた。

「そう！　あんな美男子はどこにもいないわ。私、恋愛小説を読むたびに兼司書様を思い出しちゃう」とボギョンも強くうなずく。

「あなたはどう思う？」とヨンヒがギョンヒをうかがう。

「男は米二俵を背負えるくらいじゃないと。あんな弱々しい男にその力があるかしら」

男のことなど何も知らないくせにギョンヒが偉そうに言う。

「なんだか見た目もお似合いよね」

ボギョンの言葉には一理あった。女人と見まがうような色の白さと美しさを持ったドンノに対し、サンは背が高く、男らしい風貌なので、見た目のよい対のようだった。

「だから、男色だと噂されるのよ」

赤裸々なギョンヒの言葉に、「あなたってば、本当に！」とヨンヒはまた青ざめた。

「公然の笑い話よ。世孫様は兼司書様と付き合ってるから嬪宮殿を訪ねる暇がないとか、そういう噂を聞くでしょう」

「嬪宮様はどんな方なの？」とドギムが好奇心をあらわにギョンヒに訊ねる。

「とても静かな方よ。ただ、ああも生気がないのはどうかと思うけどね」

東宮夫妻の仲は、実はそこまで悪いわけではない。サンは嬪宮にいつも丁寧に接しているし、結婚十三年目にして子ができずとも妾を持たないのは、むしろ誠実な夫だと賞賛されもしている。

ただ、だからといって親密な仲というわけでもない。ふたりの間には共通点がまるでなかった。無愛想な世孫の機嫌をとるには嬪宮は小心で口下手だった。夫婦の会話は天気や目上の人に対する心配がすべてで、その話題が尽きるとあとにはただ沈黙が残った。

「合宮のときは特に最悪だって」とギョンヒは下世話な方向へと話を持っていく。「世孫様は適当に終えて東宮に帰ろうと必死だったそうよ。まあ、それさえもやめてずいぶん経ったけどね」

王室の合宮は礼曹観象監《イエジョクァンサンガム》で決めるが、女性の月のものに吉日を合わせるため、月に一度がせいぜいだ。血気盛んな二十代の男がその一度の機会まで投げ捨てていたのだから、よほど苦痛に思っていたのだろう。

「あなた、至密でもないのにどうしてそんなことを知ってるの？」とボギョンはあきれた。

「宮殿は案外狭いのよ。噂が出ないわけがない」

ギョンヒは足先で熱の残った栗の皮をつつきながら続ける。

「私が世孫様でもあまりうれしくないと思う。賢淑な夫人だとかなんとか言われてるけどさ、言葉を謹んでるだけのおとなしい奥さんが最高だなんて！　オウムのように相づちを打つだけの女になんの面白さがあるかしら？」

「じゃあ、どんな女だったら面白いの？」

「そうね。とにかく嬪宮様はそうじゃないってことよ」

「あなたのお眼鏡にかなう女なんているのかしら」

「私は事実を言ってるだけよ」

ギョンヒは澄まし顔でボギョンの揚げ足を打ち返した。

のんびりした時間はそこまでだった。

「ソン・ドギム！　どこにいるの！」

裏庭全体に鳴り響くウォレの叫び声にドギムは仰天した。ちょっと休憩が長すぎたようだ。

それよりも問題は、彼女の声のせいで、サンとドンノも車座に集まっていた宮女たちに気づいてしまったということだ。凍りついたように固まる友の背中をドギムが押した。

「私がなんとかするから、あなたたちは逃げて！　早く！」

我に返った宮女たちはそれぞれ違う方向に散った。ひとりその場に残ったドギムはそっとサンの顔色をうかがっていたが、そこにウォレがやって来た。ドギムの耳をつかみ、「お隣に遊びにきてたのね？」と引っ張りあげる。痛みに顔をしかめながら、ドギムが言った。

「与えられた仕事を全部終えて、ちょっと出てきただけです」

「あら、私がなんて言った？　仕事が終わったらおとなしく世孫様のそばにいなさいと……あ！」

サンとドンノに気づき、ウォレは絶句した。

「またお前か？」

サンがあきれたようにドギムを見つめる。

「小腹が空いたのでちょっと……。お話ししていたことは全く聞いておりません」

サンに対して警戒心があるわけではないが、また偵察していたのではと疑われてしまうかもしれないとドギムはすぐに言い訳をした。サンは面倒くさそうに「行け」と手を振る。

ウォレがドギムの首根っこをつかみ、引きずっていく。サンの姿が遠くなったところでようやく手を離すと、ウォレはしみじみとドギムを見つめた。

「ソ尚宮様のおっしゃるとおりだった。あなたのように世孫様が気兼ねなく接する宮女は初めてよ」

「え？　どういうことですか？」とドギムはきょとんとする。いつの間にか「気兼ねなく」という言葉の意味が変わったようだ。

「でも、気をつけて。ここは宮殿よ。命綱をきちんと持っていないと真っ逆さまよ」

「私に命綱はありますか？」

「よく考えなさい。親切にしてくれるからって、甘えちゃ駄目よ」

彼女は不安げに後ろを振り返った。並んで歩くサンとドンノの背中が見える。

「兼司書様には特に気をつけなければいけないわ。あのきれいな顔に惚れて血を見た宮女はひとりやふたりじゃないんだから。淑儀《スギ》様の配下にいた娘も兼司書様にたぶらかされて、主人についての秘密を漏らしたそうよ」

淑儀ムン氏は老王の後宮だ。八十歳の王を蕩《とろ》かし、まるで二十歳の青年のように夢中にさせた房中術は早くから有名だった。

「その内人はどうなりましたか？」

ウォレは手で首を切るふりをして見せた。

＊

サンは頑強な士大夫も泣くほど厳しかった。法度に反する行動は一切せず、面倒くさくて誰も従わないような些細な規則も守った。いい加減にやり過ごすということができない性分だった。

そのような厳しさが彼自身だけに限られていたら幸いだが、残念ながらサンは自分の周りの人々も完璧であることを望んだ。彼は厳しい姑のように、一日に数十回も宮女たちに文句を言った。編んだ髪が乱れている、埃が溜まっているなど気になる点もさまざまだった。遅刻などしようものなら容赦なく棍杖《コンジャン》（罪人の尻を打つ平たい木の棒）で叩き、訊かれたことにすぐ答えなければ厳しく叱った。

しかし、サンには気弱なところもあった。棍杖で叩いたあとは内医院を呼んで手当をさせ、火のように怒ったあとは、時間を置いてからそっとなだめたりもした。そして、こんな自分の気性を直さなければならないと思ってはいるのだが容易ではないという嘆きを謝罪に代えた。

その融通の利かない性格にもかかわらず内官と宮僚たちがサンを慕うのは、彼の厳格さは首尾一貫しており、理由のない無茶やわがままを言うことがないからだった。

しかし、深く物事を考える必要のない宮女たちにとっては関わりたくない相手であり、ドギムはそんな宮女たちの世界の最下層にいた。というわけで、今日も世孫の部屋で番をするのは彼女だった。

息を殺し、そーっと部屋に入ったとき、サンは本を読んでいた。

「服のひもがほどけている」

顔も上げずにサンが言った。頭にも目がついているのか。ドギムは驚き、すぐにひもを結ぶ。

「あの……午時（正午）になりましたが、お昼をお持ちしましょうか？」

「そのつもりはない」

サンはとても小食だった。特に好きな食べ物はないが嫌いな食べ物はものすごく多かった。のどが詰まる餅や木の実は苦手で、辛くてしょっぱい食べ物も嫌がった。甘いお菓子も好まないそうだ。よく食べるのは辛い汁物とご飯だが、ご飯にしても数口でやめるのが常で、一緒に出てくる赤飯には見向きもしなかった。

食生活も不規則だった。朝は胃がもたれるからとよく膳を退け、昼と夕方は勉強をするとか気が進まないとか言って食事を抜いた。ひどく空腹を感じてようやく匙をとるのだが、そのときは逆に食べすぎる。そうして、胃もたれすると愚痴をこぼしながら、消化をよくするためにと煙管《きせる》を長々とふかすのだった。

「やめないか」

本をめくりながらサンが突然言った。

「どうしてむやみに見るんだ」

ドギムの視線が気になって本に集中できないようだ。

「せっかくお声をかけていただいたついでに、一つだけうかがってもよろしいでしょうか」

サンは黙っていた。沈黙は肯定だと勝手に解釈し、ドギムは訊ねた。

「好きな食べ物はなんですか？　ずっと見守ってきたのですが、わからなくて」

「知ってどうするつもりだ？」

「笄礼膳の準備がありますから」

笄礼膳は福を分かち合うという意味で、宮中皆で分けて食べるのだが、顔色をうかがわなければならない人はただひとりだ。

「そうか、笄礼が今月末に決まったそうだな？　今年、東宮の至密のなかで笄礼をする見習い宮女はお前ひとりだけだと聞いた。ということは、試験はお前にだけ下せばいいんだな」

「試験ですか？」

「本来、笄礼の際はその主人が試験を下すのが法度だ」

そんなはずがない。以前ウォレに何度も聞いたのだが、東宮の至密には特に通過儀礼はないと両親の名にかけて断言した。

これは私をひどい目に遭わそうとする企みだ。

「そうおっしゃるならそうなのでしょう」

私が何を言おうが聞く耳をもたないのはわかっているので、ドギムは素直に受け入れた。

「私と女人と君子に同時に教える文を持ってきなさい。それが試験だ」

まるで意味がわからなかった。複雑にひねったなぞなぞのようだ。

「手がかりもないんですか？　私の頭にはあまりに難しすぎます」

「だから簡単にしてほしいというのか」

「はい、世孫様！」

厚かましく要求するドギムに、サンはあきれるように笑った。

「合格しなければ三か月分の給金を減らすからな」

「そんな……」

必死になってすがるドギムをサンはすぐに振り払った。

「私は集慶堂《チプキョンダン》に行く。お前は貞賾堂《チョンセクダン》でも片づけておけ」

老王が政をしている間、侍座するためだ。部屋を出るとき、肩を落としたドギムをちらりと振り返り、サンは言った。

「私が一番好きな膳は酒だ。手に入れることができるならやってみなさい」

禁酒令が相変わらずの状況で酒が好きだと堂々と言うなんて……。

どうやら本当に私を懲らしめたいらしい。

「ちなみに松節茶は駄目だ。人の答えを真似るのは簡単すぎるからな」

笄礼の話は持ち出すべきではなかったとドギムは深く後悔した。

言いたいことだけ言って去っていく憎らしい背中に、ドギムは拳を振り回した。

本を愛するサンは宮殿のあちこちに書庫をたくさん作っていた。そのなかの一つである貞賾堂は、特に大切にはしていないが特に悪くもない本を収める書庫だった。

心の中でサンに罵詈雑言を浴びせながらドギムが書棚の雑巾がけをしていると、いきなり誰かが入ってきた。

「ここの書架は空けて、取り出した本をあちらに移して」

常に世孫を影のように追いかける美男子の兼司書だった。指示を終え、去ろうとしたドンノは、ふとドギムに気づき、「あ！」と足を止めた。

「宮女殿だね。いや、まだ見習い宮女殿かな？」

「私を知っているのですか？」

「私も宮女殿もいつも世孫様のそばに付いて回ってるじゃないか」

奇妙な笑いが彼の言葉尻に続いた。

「宮女殿がとても興味深いことを言ったことも覚えているよ」

ドンノは親しみを込めた表情で近づいてきた。

「あのときの話からすると本をよく読んでいると察したが。官婢の出ではないんだね」

「ええ、違います」

「家族はちゃんと禄を食んでいるのか？」

「食べていけている者もあれば、そうでない者もいます」

「兄上たちは仕官できなかったのかな？　一家を支えるのは大変でしょう」

愛想なく返答したにもかかわらず気にせず話しかけてくるドンノを、ドギムは警戒するようにじっと見た。

「私に兄たちがいるとどうしておわかりになるんですか？」

秀麗な容貌に配慮ある言葉づかいまで加わり、かえって危険だ。世孫のようなわかりやすい性格とは異なり、このような類の人物ははるかに暗くて陰険なのだ。すでに答えを知っている質問をしながら媚びてくる物言いも気になる。

ドギムは辺りを見回した。ほかの内官や宮女たちは遠くのほうで片づけに忙しそうだ。人目を気にしなくてていいのがわかると、ドギムはきっぱりと宣言した。

「私にはかまわないほうがいいと思います」

「どういうことですか？」

「ほかの宮女たちのように兼司書様に惚れて、秘め事を打ち明けたりはしませんから」

ドンノは声をあげて笑った。

「本当にこの顔に惚れない自信がありますか？」とドギムの目の前に自分の顔を突きつける。

限りなく軽薄な態度だったが、その裏に巧妙に隠された緻密な策略にドギムは緊張した。

ドンノは美男子なだけではなく変わり者としても有名だった。宮中のど真ん中でひとり歌いながら踊ったり、市井の無頼漢たちとも気兼ねなく付き合っているなどの噂もある。そんな男が四角四面な世孫の心をとらえたとなると、決してただ者ではないだろう。

「妓生のような殿方は好みません」

ドギムはその怪しげな魅力にとらわれないよう身を引き、辛辣な言葉を放つ。しかし、ドンノは余裕の笑みを崩さない。

「初めて見たときは私の顔から目を離せなかったでしょう。いつの間に度胸をつけたのかな？」

狭い裏道ですれ違った日のことを覚えているようだ。

「妓生のような殿方は嫌いだなんて、もしかして猛虎のような男がお好みか？　世孫様のような」

薄笑いを浮かべながらそんなことを言う。明らかに私をからかっている。

「でもね、私のような男のほうが女人の気持ちがよくわかるのです。もちろん、女人の体が望むこともね。どう？　一度試してみたいと思わないかい？」

低いのによく通る甘い声が耳朶《じだ》をくすぐる。鼓動が高鳴り、目の前から背景が消え、視界にはドンノしか映らなくなる。

こんな男の思うようになってたまるか……！

ありったけの自尊心をかき集め、ドギムは反撃に出た。

「もうやめましょう」

「どういうこと？」

「あなた方がそれとなく探っていることです。私は王妃様とはなんの関係もありません」

柔らかかったドンノの目つきがふいに氷のように冷めた。

「まさか先に王妃様の話を持ち出すとは……」

「あの……もしかして、世孫様の侍講官でいらっしゃいますか？」

ふたりの神経戦に突如割り込んできたのは、初めて見る内官だった。

「王様が世孫様の綱目を持ってくるよう命じられました」

思いもかけぬ邪魔が入り、ドンノは戸惑う。

「え……綱目？　いや、急になぜそれが必要なんだ？」

「王命と言ったではないですか。早く！」

ドンノは直感的に異変に気づいた。今頃、世孫は正殿で王のそばに座っているはずで、きっと何か事がこじれたのだ。

綱目とは『資治通鑑綱目《しじつがんこうもく》』の通称で、士大夫なら読まなければならない必読書だが、宮廷でむやみに取りあげることは難しい禁書同然の本だった。老王は綱目の内容にある「爾母婢也」、すなわち

「あなたの母親は召使いである」という一節をひどく嫌っていた。母后が賤民の出だったからだ。そのような本を持ってこいとは、いい理由のわけがない。

ドンノは落ち着いて今の状況を推理しようとした。少し前に本棚の隅で見つけた『三方撮要《サムバンチャリョ》』を数日間かけて楽しく読み終えたサンは、箸休めで簡単な文章を読み直そうと綱目を手にとった。一昨日の朝も読む姿を目にしたからこれは間違いない。もしかしたら、最近どんな本を読んでいるのかと王に問われ、特に考えもせずに綱目を読んでいると答え、怒りを買ったのかもしれない。

「その本は宙合楼にありますので、そこへ行きましょう」

とりあえず時間稼ぎをしようと、内官にそう言った。

「貞頤堂に置いたと世孫様はおっしゃっていましたが」と内官が返す。

「そうですか。勘違いだったのかな。じゃあ、探してみましょう」

「いや、この宮女が持っているのがそうじゃないですか」

ふたりの会話を何げなく聞いていたドギムはいきなり自分に振られ、驚いた。ちょうど雑巾で拭いていた本が綱目だったのだ。詳しい理由はわからないが、何やら曰くありげなようでドギムはどうすればいいのかわからない。

決断を下したのはドンノだった。

ドンノはドギムの手から綱目を奪うと、問題の部分を破ってから笑顔で内官に渡した。内官はあっけにとられたように本を受けとったが、何も言わずに去っていった。

しばしの静寂のあとドギムは我に返った。

「どういうことです!?」とドンノの無茶な振る舞いの理由を訊ねる。

「あぁ、大丈夫です。内官も宮人です。今すぐ崩御してもおかしくないほど年老いた王様と、将来玉座を継ぐ世孫様のどちらにつけば自分の利になるかの判断くらいできるでしょう」

「でも、世孫様が破られた本を見て、もっと怒られたら……」

「ああ、宮女殿は綱目も読まれましたか？　まぁたしかに、読むなと言われたらもっと読みたくなるのが人の性ですからね」

軽くあしらわれた気がして、ドギムはむっとした。

「本当に世孫様の影なんですよね？」

「違います。私は世孫様の影ではありません」とドンノは胸を張った。

自分と同じくらいの背格好なのに、その瞬間、なぜか泰山よりも大きく、後光のようなものさえ見えた気がしてドギムは圧倒された。

「私は世孫様を導く明るい太陽になる男だ」

ドンノの目は自分の前に広がる輝かしい未来だけを見ていた。

「それが私と宮女殿との違いだ。あなたは影の役割をするくらいがせいぜいだろうが、私はそうではない」

「私が誰の影の役割をするというのですか？」

「あなただってもうわかっているでしょう？」とドンノは快活に笑った。「世孫様は自分が使うと決めた人を絶対に手放すことはない」

この前聞いたウォレの忠告がふと心に浮かび、ドギムは無性に怖くなった。

「鍵は宮女殿が世孫様の歓心をどこまで買ったかということだ」

「私は何も……」

「うーん……私にもよくわからないのだ」とドンノは首をかしげた。「宮女殿からは私と似た匂いがするが、世孫様は私たちふたりを同じようには見ていないようだ。宮女と宮僚という根本的な違いはさておきね。もしかしたら上しか見られない私と違って、あなたは下まで見ることができる目を持っているからかもしれない」

「独り言はひとりでいるときになさってください」

軽く受け流し、ドギムはドンノから逃れようとした。しかし、がしっと両腕をつかまれた。信じられないほど強い、男の力だった。

「宮女殿が世孫様に立ち向かうのを見て、妙な気分になった」

ドンノはそう言いながらドギムを書架のほうへと押しつけた。背中が冷たい棚に触れ、ドギムの体は彼の両腕の間に閉じ込められた。

「私が何を考えていたのか知りたくないか？」

笑顔を消した彼の目は、あまりにも扇情的だった。

「あのとき、世孫様も私と同じことを考えていたようだけどね。あなたは気づかなかった？」

ドンノの顔に笑みが戻る。しかし、さっきまでの明るい笑顔とは違い、暗い陰が宿っていた。

「まぁ、世孫様ご自身も気づいてはいらっしゃらなかったが……」

「放してください！」

「気をつけなさい」

抗うドギムを押さえつけながら、ドンノはささやく。

「堅物な男ほど、心の中に抱く欲望は熱くて危険なものなのだ。もしその欲望に火をつけてしまったら、一夜限りの情炎でのやけどなんかよりよほど大きな代価を払うだろう」

つかまれた両腕が感覚を失っていく。

そのとき、思ってもみなかった救世主が現れた。

「ドンノ！　ここにいるのか？」

書庫に入ってきたのはサンだった。いつもの厳粛な彼らしくなく、かなり興奮していた。

驚き、ぱっと離れたドンノとドギムを見て、サンは固まった。ふたりの男女の間に流れるおかしな空気を察し、自分が何かを妨害してしまったと思ったようだ。

「世孫様、どうしたんですか？」

ドンノはすでにいつもの落ち着き払った表情に戻っている。

気を取り直し、サンは口を開いた。

「お前じゃなかったら大変なことになるところだった」

さっきまでの興奮がよみがえったのか、サンは早口で話し始める。

「ちょうど御医《オイ》が王様の脈をとるなどしていて、気をとられていた。ふいに王様から最近何を読んでいるのかと聞かれて、つい綱目と答えてしまったんだ。気づいたときには後の祭りだ。例の箇所は読んでいないと言っているのに、王様の目つきがどんなに冷たかったことか。まったく！」

「神が機転を利かせてくださったようですが、通じましたか？」

「そうそう！　王様がその部分だけ破れていたのをご覧になって、やはり我が孫は祖父の意を破るはずがないとむしろ褒めてくださった」

サンはドンノの体を抱きしめ、感謝の意を表す。

「それだけではない！　やっぱり私に代理聴政を任せなければならないと繰り返し口にし、重臣たちの反対はすべて退けてやるから黙って待てとおっしゃったのだ！」

「ひと安心でございますね。王様の意志が強ければ、恐れることはございません」

「早く尊賢閣《ジョンヒョンガク》に行くぞ。対策を立てなければ」

抱き合って喜ぶふたりの男たちの邪魔にならぬよう、ドギムは背を向け、書架に積もった埃を落とすふりをした。

サンと一緒に書庫を出ていく際、ドンノは自分に向かって片目をつぶってみせた。どういう意味なのかはわからなかったが、その顔は埃のように簡単には頭から振り払うことができなかった。

*

たとえ仕事場で仲間外れにされたとしても、ギョンヒはひとりで難関を乗り越えていける才の持ち主だった。

「世孫嬪様は私が捧げた唐衣を一等にお選びになったの。みんなが見ている前で着てみせたんだから。褒美で絹二反とノリゲをいただいたわ」

平然を装ってはいるが、内心は相当うれしそうだ。

「どうなることやらと思っていたけど、やるじゃない」とドギムがギョンヒのわき腹をつつく。

「私はつまらないただの宮女じゃないのよ」

そんなギョンヒにヨンヒは羨望のまなざしを送る。

「ところでこの色はどう?」とギョンヒは美しい深紅色のチョゴリを体に当てて見せた。

「きれい!」とヨンヒは歓声をあげた。「これも新しい服?」

「うん。私も晴れの日くらいは他人が作った服を着ないとね」

気分よく笄礼の前の試験を終え、ギョンヒは今日、提調尚宮の船遊びに行くところだった。出席する際に着るようにと実家から新品の美しい服がたくさん届いていた。

「あなたたちはどう？　うまくいってる？」

「私たちの洗手間は試験のようなものもないのよ。ただやることだけやれって」とヨンヒは安堵の息をついてみせる。「でもボギョンは大騒ぎだったよ。ここ数日、忙しくあちこち走り回ってる。一昨日なんか具合の悪い宮女様を背負って歩いていたわ。まったく気の毒ね」

「あなたを見送りたかったのに来られないってすごく寂しがってたわよ」

ドギムが付け加えると、ギョンヒはばつが悪そうな顔になる。

「まぁ、ボギョンのことはいいから……。あなたはどうなの？　世孫様からなぞなぞを出されたんだって？」

「あれはもう解いたわ。解いたんだけど……解いたら駄目なの……」

「わけのわかないことを……あ、そうだ！」

ふいにギョンヒが興奮気味に話し出した。

「私、世孫様と世孫嬪様のおふたりの服を作ることになったの。一位だからっていきなり任されたのよ。せいぜい足袋くらいかなって思ってたのに」

「あなたひとりで？　まだ早すぎない？」

どんなに才があろうと若手の内人に老練な尚宮たちの仕事を任せるなんて怪しい。そんなドギムの疑念を察し、ギョンヒは言った。

「私をひどい目に遭わせようとする企みでも構わないわ。うまくやり遂げればいいだけだから」

「あなたの底なしの自信には尊敬するわ」とドギムはあきれた。

下着姿になりながら、「ぐずぐずしてる間抜けよりはましよ」とギョンヒは応酬する。

「よし、これにしよう」

ギョンヒはようやく宴に着ていくチョゴリを選んだ。

「三、四日後に東宮殿に行って世孫様に会うの。肩や胸、腰の幅はどれくらいなのか採寸しなきゃならないから」

ヨンヒがいたずらっぽく訊ねた。

「あらぬ想いを寄せていた世孫様に直接お目にかかる気持ちは？」

「まぁ、会ってみないとね」

指先に椿油をつけて髪を整えているギョンヒの反応は、やや意味深長だった。

「でも、あなたは口だけでしょ？」

普段なら先頭に立ってギョンヒをからかうドギムがなぜか真顔で訊ねた。「承恩とか、もっと高いところに行くとか……本気で言ってるとは思えない」

「なんで？　本気なら嫌なの？」

チョゴリに似合うチマを身に着けると、ギョンヒはドギムをじっと見つめた。

「そりゃそうよ。だって、自分から鬼の手のうちに飛び込むなんて」

宮女同士なら恨み合ったところで喧嘩になって終いだが、お偉方と恨み合ってしまえば首が飛ぶ。それが宮中の奥の不文律だ。

「ただ嬪宮様のお眼鏡にかなっただけで、父は豪華な贈り物をくれたのよ」

ギョンヒが蝶のようにひらひらと回った。水色のチョゴリが薄い雲のように彼女を覆い、薄紫色のチマはスミレのように咲き乱れ、華やかに波打つ。しかし、ドギムにはその姿が、風に吹かれてふらふら揺れるかかしのように寂しげに見えた。

「だから、ちょっと考えてみないと」

「細く長く生きるのが一番よ」

「あなたの言うとおりかもしれない」

真っ赤な唇にかすかな笑みが浮かぶ。

「まともに手に入らないなら、いっそのこと何も持たないほうが幸せよね」

今この瞬間、ギョンヒのひと言にさほど大きな意味はない。後日ドギムが、このときの彼女の言葉は残酷な運命を指摘していたのかもと思い起こしたとしても、今のドギムにとっては昨日とさほど違わない平凡な一日にすぎなかった。

「私はもう行かないと」

ギョンヒが青い衣被《きぬかずさ》をかぶった。

「いつ戻るの？」

「門限までには戻れるでしょう」

「おみやげ忘れないでね」

ドギムとヨンヒは、侍婢をひとり従えて去っていくギョンヒの後ろ姿を見送った。宮殿の戸口を越えた彼女は、別世界に旅立つ人のようだった。

澄んだ空の下に伸びる影さえも、どこかいつもと違って見えた。


残念ながら、しばらくはギョンヒがどんなおみやげを買ってきたのか確認する暇がなかった。

非常事態になったのだ。王の病状はもはや政を行うのが困難なところまで至り、紛糾した話し合いと神経戦の末、代理聴政が命じられることになった。王は剛直な吏曹参判《イジョチャムパン》、ソ・ゲジュンの左議政弾劾上訴を読み、世孫を庇護すべきだという彼の意見に同調した。王妃もまた、王の代わりを任せられるのは世孫だけだと援護射撃した。もちろん、体面を保つためにサンは何度も固辞したが、王命を受け入れなければ譲位になると脅され、ついには従わざるをえなくなった。

そんなことがあり、鬼の殿閣は以前とは比べものにならないくらい賑わっていた。高官から下っ端役人まで誰もが仕事をたくさん抱え込み、敷居がすり減るほど人が出入りした。サンが誰よりも勤勉で、誰よりも体力がなければ、この激務には耐えられなかっただろう。

サンは今日も子《ね》の刻（午前零時）を過ぎても政務に励み、日記まで几帳面に記した。

「もう寝なくてはなりません」と内官ユンムクが文筆道具を片づけ始める。

「明日は特別な予定が入っているのか？」

「嬪宮様が拝謁するそうです。新しい服をあつらえるために採寸しなければなりませんから」

「今着ているものでいいのに」

「袖がすり減っています。私が恥ずかしいくらいです」

部屋の隅に控えたドギムがきれいに畳まれた世孫の服へと目をやった。糸のほつれを何度も縫い直した跡が並んでいた。

それはともかく、サンの着替えを手伝わなければならない。ドギムはお辞儀をし、慎重にサンと向き合う。自分を見下ろす目と目が合わないように努めながら翼善冠《イクソングァン》に手を伸ばした。サンの背が高すぎて、つま先立ちをしなければならなかった。

「お前はどうしてこんな時間までいるんだ」

「正式な内人になると夜の当番もこなさなくてはならないので、今から慣れておくためにこうして残っているのです」

乱れた髪を整えるために、ずっとつま先立ちの状態が続く。

頭を少し下げてくれればいいのに……。

まるで気の利かないサンに、ドギムは言った。

「申し訳ありませんが手が届かないので、座っていただければ……」

「お前の過ちを人のせいにするな」

この男……！

仕方なくドギムは無理な体勢のまま、精一杯腕を伸ばした。短いチョゴリが持ち上がり、服の脇から白い素肌が見えた。

ふいに視界に飛び込んできたその光景に、サンは慌てて目をそらす。

「……背が低すぎる！」

「世孫様が大きすぎるのです」

横で寝床を準備していた内官のユンムクが目をむき、黙れとばかりに指を唇に当てる。

「お前は私より内官のほうが怖いんだな」

からかうようにサンが言った。

「何をおっしゃってるんですか。世孫様も十分に怖いです」

「世孫様にいつもそんな口を利いてるのか！」

度重なる軽口にユンムクはドギムを叱りつけた。ドギムは慌てて口をつぐむ。

王の服を脱がして袞龍袍《クォンリョンポ》を受け取ると、襟の隙間にちらっと彼の肌が覗いた。女性の体より硬く、凡人の体とは生まれつき違うそれがドギムの目に入る前に、ユンムクが割り込んだ。誰にでも見られるものではないというふうに立ちふさがる。着服の世話は彼の役目だった。

「もうすぐ笄礼なのに答えはまだ見つかっていないのか」

ドギムをかばいはしないが、サンはしきりに話しかけてくる。

「答えは……はい……」とドギムは曖昧に返す。

「どうせ解けないのならずるずると延ばすこともないだろう。締め切りは明日だ」

「急にそんなこと言われても」とドギムは言いかけ、すぐに思い直した。「わかりました」

「答えがわからないというのに、どうして余裕があるんだ？」

サンは怪訝そうにドギムをうかがう。

「薄っぺらな小細工をするつもりなら……まぁ、明日になればわかるか。小細工して私を幻滅させたなら、減給程度では済まないからな」

サンの脅しに怖がる様子もなく、ドギムは肩をすくめた。


翌日、午後の交代時刻になるとがらっと雰囲気が変わった。一日中騒がしくふるまう宮僚たちが姿を消し、東宮殿はいつになく静かになった。

「嬪宮様が来ていらっしゃるから、みんな下がったのよ」とウォレがドギムに説明する。「世孫様はいつも行く行くと口だけだから、用事があるたびに嬪宮様がおいでになるの。ところで、あなたの友達、顔はどうしたの？」

「誰ですか？　ヨンヒですか？」

「いや、あのぼうっとした子じゃなくて。きれいな子のほう」

「嬪宮殿のペ・ギョンヒのことですか？」

「そう。あの子、今、隣の部屋で待機しているわよ」

世孫の採寸をしに来るというのは本当だったようだ。ドギムは喜び、ウォレが後ろから何か言っているのも聞かずに駆け出した。いったいぜんたい提調尚宮の船遊びがどんなものなのか気になって仕方がなかったのだ。

殿閣の左側の小さな部屋に見知らぬ顔が集まっていた。嬪宮についてきた宮女たちだった。好奇心と警戒心が交ざった視線を浴びながら、ドギムはギョンヒを探した。雑草の間に咲いた薔薇のように目立つその顔を見逃すはずはないのだが、どこに隠れているのか姿が見えなかった。仕方なく宮女のひとりに訊ねたところ、妙な反応が返ってきた。

「あの子なら裏庭に隠れているんでしょう」と露骨な嘲笑を浮かべるのだ。

おかしい。目の前で悪口を言われても醜い女たちが嫉妬してるだけだからと、まるで気にしないギョンヒが身を隠すなんて……。

その疑問は裏庭でうずくまったギョンヒの顔を見た瞬間、すぐに解けた。

「あなた……その顔どうしたの!?」

ギョンヒの右頬には青いあざができ、額はまだらに赤かった。左目はどれほどひどく腫れているのか、まともに開けることさえできていない。

「転んだ」

「転んだなんて……どう見ても殴られた痕じゃない！」

「そんなにひどい？　昨夜もずっと卵でこすったんだけど」

「昨夜？　ずっとなの？　ねえ、いつ怪我したの？」

ギョンヒは答えなかった。

「もしかして船遊びで何かあったの？」

ギョンヒの表情が変わった。どうやら的中したらしい。

「私が馬鹿だった。我慢すべきだったのに……」

「喧嘩でもしたの？」

「そう。大柄な宮女たち四、五人がかりで。提調尚宮が止めに入ってくれなかったらどうなってたか。私刑にでもされる勢いだったのよ」

ギョンヒはため息をつきながら、卵を取り出して顔をこすった。

ドギムは喧嘩の理由を訊ねた。体よりもよほど自尊心が傷ついたのか、ギョンヒは簡単には口を開かなかった。しかし、ドギムがしつこく食い下がると、やむをえず打ち明けた。

「……ボギョンのせいで」

「あの子がどうしたの？」

「大殿から来たという宮女たちがボギョンの陰口を叩いていたのよ。あの子の歩き方を真似して、よろめくふりまでして……」

ギョンヒはつぶれるほど強く卵を握りしめた。

「なんの過ちもない人を、それも陰であざ笑うのよ！」

「つまり、誰かがボギョンの悪口を言ってるのを聞いて、あなたが反撃して喧嘩になった。それで殴られたってこと？　あなたまた、不細工なくせに最低だとか、そんなことを言ったの？」

「事実じゃない」

「あなたたちって、仲がいいのか悪いのか本当にわからないわ」

「べつにボギョンのためじゃないわ！　ただ私が気に入らなかっただけよ！」

興奮で顔を真っ赤にして、ギョンヒが叫ぶ。

「六日も前のことなのにまだこれって、どれだけひどく殴られたの?」

「熊みたいな体だったのよ」

自分に馬乗りになって殴りつづけた宮女たちとその侍婢たちの顔は全員覚えていると、ギョンヒは悔しげに歯ぎしりした。

「でもよく考えたら……あの子たち、ちょっと様子がおかしかったのよ。最初から私をちらちら見てたわ。たぶん、私を叩きのめそうと決めてたのよ。それで私を挑発したんだわ」

「あなた、大殿の宮女たちと仲が悪かったの?」

「誰かにそそのかされてやったのかも……」

「あなたが小憎らしい性格をしてるとはいえ、お金を使って害を加えるほどではないのに」

小者扱いされ、ギョンヒはむっとした。

「知らないわ。あのときの態度でそう思っただけだから……。あんなに殴っておいて、これくらいでいいかしらとか、そんなことをひそひそ話してたような気もするし」

「え……まさか」

「私が傷のない顔で東宮殿に伺うのを防ごうとしたのかもしれない」

「どういうこと?」

「だって、私はどんな男の目も引くほど美人でしょ」

ギョンヒは声を低くした。唇さえほとんど動かなかった。

「嬪宮様がそうさせたのかもしれない。それとも嬪宮殿に仕える宮女たちが勝手に動いたのかもしれないし。汚い仕事を引き受ける尚宮もいるから」

ドギムはあきれた。

「もう、いい加減にして。病気よ、病気！　後宮の任命書でももらったの、まったく」

「あなたこそ、あまりにも純真すぎるんじゃない？」

「なにが『私は美人でしょ』よ」とドギムが真似をしてくすくす笑う。ギョンヒも少し恥ずかしくなったのか話を終わらせようとする。

「とにかく笑いものになったわ。みんながいい気味だって」

ギョンヒのことをよく思っていない宮女は多いので、さぞやひどいことを言われたのだろう。しかも嬪宮殿の寝室ではひとりぼっちだから、つらい夜を過ごしたはずだ。

「どうしてもっと早く言わなかったの？」

「みんな忙しかったじゃない。特に東宮殿は代理聴政のため大騒ぎだったようだし」

そのとき、「ちょっと、ペ・ギョンヒ。早く入ってきなさいって」とさっきの宮女がちらっと顔を出した。相変わらず口もとに嫌らしい笑みを浮かべている。

ギョンヒはよろよろと体を起こした。服で隠れた部分もかなり痛むようだ。そんなギョンヒの哀れな姿を見て、その宮女はけらけら笑いながら建物の中に引っ込んだ。

「こんな姿で世孫様の前に立つとは思わなかった……」

ギョンヒは手にした卵を悔しそうに茂みに放り投げた。

「大丈夫。今のあなただって、さっきのあの宮女よりずっときれいよ」

ドギムになぐさめられ、ギョンヒは顔を上げた。

「そうね。とにかく愛嬌はいいんだから」

まっすぐ歩こうと努力したが、くぼみや傾斜でつまずくたびにギョンヒはうめき声をあげた。すれ違う宮女たちの好奇の視線や揶揄の言葉を浴び、その苦痛は倍になった。

「あなた、本当に評判がよくないのね」

「私と一緒にいてくれない？　内殿まで一緒に入ってよ」

いつもと違って気弱なことを言う。

「私みたいな下っ端がどうやって……」

「お願い。そばにいて」

すがるような目を向けられ、ドギムは断ることができなくなった。

うまい言い訳はないものかと思案していると、ウォレが茶菓膳を供するために現れた。代わってほしいとドギムが頼むと、「見習い宮女にどうして！」と融通が利かない。「あなたが給仕を失敗したら、みんなが怒られるのよ」

休番を五回替わるという条件でどうにかお膳を渡してもらった。

「中ではおふたりのおっしゃることをよく聞いて、私に伝えて」

「注文が多いですね。良心はないんですか？」

こっちが下手に出ていれば……とドギムが不満を言うと、ウォレは額を叩いて笑った。

部屋の中は葬儀場のように重く暗い雰囲気だった。サンと嬪宮は談笑どころか、視線を避けてじっと座っていた。久しぶりに会った夫婦の喜びや温もりのようなものはかけらもなかった。ドギムとギョンヒが現れると、座布団に座っていた嬪宮が歓喜の表情で立ち上がった。

「この子が寝巻を作る宮女です。腕がいいのでわざわざ……」

嬪宮の外見はドギムの昔の記憶とさほど変わってはいなかった。サンのそばにいても見劣りしないほど背が高く、ふっくらとした白い顔は優しげな印象を与えた。おしろいの下に薄く見える痘痕もそのままだった。

「互いに面倒なことだな」と冷たい口調でサンがギョンヒに声をかける。

「ですが、国の世継ぎともあろう方がぼろぼろの服を繕って着ていると、王妃様も心配なさっていまして……」

「わかった。早く終わらせよう」

「は、はい……世孫様……」

不機嫌さを隠そうともしないサンに、ギョンヒは緊張しながら採寸の準備を始める。

「少しの間ですから、不便でもしばらく……」

嬪宮はしきりにサンの顔色をうかがった。いかにも堂々とした風采とは違って、夫に対しては蚊の鳴くような声で、曖昧な言葉づかいのせいもあり、よほどの小心者に見えた。

採寸用の見慣れぬ器具を手にしたギョンヒにちらりとサンが目をやる。頬や目もとの青あざに当然気づいたろうが、まるで気にしない。いや、そもそも一介の宮女に関心を示したりはしないのだ。

常に自信に満ちあふれたギョンヒでさえ、サンの前では指先を震わせた。肩幅を測ろうと玉体に伸ばすギョンヒの姿からドギムは目が離せない。

茶菓膳を置き、食い入るように見つめるドギムに、サンがいきなり声をかけた。

「お前、答えは見つけたのか」

まさか向かい合ったギョンヒを無視し、私に話しかけてくるなんて……。

ドギムは聞こえなかったふりをした。

「耳でも詰まったか」

「……見つかりませんでした」

「見つけられなかった？」

「私が答えを見つけられないことこそ、正解だとお伝えしましょう」

彼が低くうなるのを無視してドギムは続けた。

「どうやって小細工をするのか見ようと、わざと簡単ななぞなぞを出したのでしょう。正しい答えなんて期待もしていなかったのでしょう」

「私がお前に何を期待していたというのか？」

「私を叱り、教えをほどこす機会です」

サンの濃い眉がぴくりと動いた。皆が息を殺したが、ドギムは平気だった。

「それでは正解を知っていながら言わないということか」

「あえてお聞きになるなら、『小学』と申し上げます」

ドギムはとぼけたように付け加える。「もともと宮中では男児だろうが女児だろうが、最初は『小学』から教えます。それだけでなく、『小学』は経筵《キョンヨン》と書筵の際に使われる教材であり、若い内官から幼い見習い宮女まであまねく見る教材なので、それこそ女人と君子、同時に教える文です」

今や部屋は喪中のように静まり返っている。しばらくしてサンが口を開いた。

「嬪宮はどう思う？」

突然振られ、嬪宮は慌てた。

「えっ、どのようなことでしょうか？」

「東宮至密の宮女が笄礼を行うというので試験問題を出したところ、このように荒唐無稽なことを言うではないか。この子の言動にどう向き合えばいいと思う？」

本気で助言を求めているわけではない。心の奥底に秘めた嬪宮の本音を探ろうというのだ。

「世孫様がお怒りになったなら当然罰を……」

「いや、嬪宮の考えを聞きたいのだ」

「私のような者が世孫様の宮女に関して何か言うなど……」

今までそんなふうに自分の考えを訊かれたことなどなかったので、嬪宮は戸惑い、消え入るような声になる。

「ただ、私がすべきことは世孫様の意に従うことだと……」

「わかりました。たしかにそのとおりですね」

まるで納得していないような声だった。その表情にはかすかに失望の色が漂っている。

「全部終わったか」とサンはギョンヒを振り向いた。あれだけ緊張していたにもかかわらず、ギョンヒは見事な手際ですでに採寸を終えていた。

「終わったようなので、嬪宮はもうお帰りになって結構です」

「しかし……」

嬪宮はわずかに抵抗を示した。どんなにおとなしい人にだって自尊心はある。周囲の目を振り切って会いにきた妃を、こんなふうにすぐさま追い出すのはあまりにもひどい仕打ちだ。

しかし、サンには嬪宮の気持ちがわからない。あからさまに突き放され、嬪宮の心は折れた。

「新しい服を楽しみに待っています」

優雅な笑みをサンに浮かべ、嬪宮は踵を返した。付き添うギョンヒに続き、ドギムもこっそりこの場を退こうとした。

「お前は残れ」

まぁ、そんなに簡単に終わるわけはないか……。

サンに命じられ、ドギムは足を止めた。

「お前の詭弁にはうんざりだ」

ふたりきりになるとサンはけちをつけ始めた。

「お前、私をないがしろにするのか？」

「とんでもないです。世孫様のお心に添うよう頑張ったのですが」

「どういう意味だ？」

「答えを簡単に見つけて誇らしげな態度をとれば、世孫様は腹をお立てになるでしょう。でも、だからといって馬鹿なふりをしてわかりませんでしたと降参すれば、やはりお怒りになるでしょう」

「それで、知っているが言わないと大口を叩いたのか？」

「世孫様は本当に私が答えを当てたら、褒めてくださるつもりだったのでしょうか？」

「当然だ。私は……」

そこでサンは口をつぐんだ。しばし考え、「おかしなものだな……」とつぶやく。

「お前の言うとおりだ。私はお前がどう答えようが、お前を咎めるつもりだったようだ」

サンはドギムを見据え、言った。

「やはり、お前は目障りだ。けしからん」と指先で書机をとんとん叩く。「まるで私のことをよく知っているかのように話すじゃないか」

「はい、世孫様」

ドギムは思わずうなずいた。

サンが「なに!?」と苦笑する。

「お前が先に、私たちは互いによく知らない間柄だと言ったじゃないか」

「あのときはそうでした。でも、今は仕事のためには世孫様をよく知らなければなりません」

「では、私が今何を考えているのかもわかるか？」

サンの目は初めて見たときと同じ濃い栗色だった。しかし、あのときとは何かが違う。

「巫女ではないので、そんなことはわかりません」

「ならば何がわかるのだ」

「世孫様が一番好きな本が何なのかは……『大学衍《えん》義補』かと存じます。そうでしょう？」

自分の発見にドギムは無邪気に喜ぶ。

「世孫様は好きな本を枕もとに置いて寝る癖がありますから」

最もよく置かれているのが『大学衍義補』なのだ。

「どんな本なのかも知っているのか」とサンは訊ねた。

「明の丘濬《きゅうしゅん》（明代の学者）が『大学衍義』には抜けていた治国平天下について私見をつけ加えて綴った本だといわれています」

サンはうなずき、言った。

「私がどんなに忙しくても三か月に一度は必ず読むほど好きな本だ」

やっぱり！……とドギムはうれしくなった。

「まぁ、宮女が読めるような本ではないがな」

余計なひと言がドギムの喜びをしぼませる。本当に朴念仁《ぼくねんじん》ったらありゃしない。

「じゃあ、私はどうだ？　私もお前のことがわかるだろうか？」

「私を見抜くことなんて簡単でしょう」

「それは違う」

サンの唇が柔らかな曲線を描き出す。

もしかして笑ってる？

「短気で口が悪いと思いきや、機転が利く。小賢《こざか》しいのか純真なのか、はたまた邪な心を隠し、私をあざ笑っているのか……まるでわからない」

「それが今のお考えですか？」

「そう、お前のことを考えている」

その言葉になぜか胸が切なく痛んだ。生まれて初めての痛みだった。目が合ってしまったら、心の動揺が見透かされるかもしれないと、ドギムはうつむく。

「お前は私のものか？」

問いの意味がわからない。

「お前は兼司書と同じくらいつかみどころがない。もしかしたらそれ以上かもしれない」

「……」

「兼司書を臣下としてそばにおいたのは、王様が薦められたからだ。私と彼の性格が真逆だと知りつつ、あえて推していらっしゃったのだ」

ひざまずいた足がしびれてきて、ドギムはそっと足をさする。

「だが、お前をどう扱うかは私次第だ」

凶暴な冬の風が障子張りの窓を叩く。

「私はお前を完全には信じられない。お前が信頼できると太鼓判を押してくれる人もいない。それでもお前を私のものにしなければならないのか」

世孫のものとは、つまり忠臣になれということか。そんなのは面倒だ。不都合な話題を早く切り上げるべく、ドギムは思い浮かぶまま話し出した。

「どんな人でも確固たる自分などありません。愛していても憎しみが生まれ、憎しみが愛に変わることもあります。人というのはままならぬもの。それこそが真理ではないでしょうか」

「……お前は私のものになりたいのか？」

全く通じなかった。最初からやり直しだ。

「私は誰のものでもありません。ただ自分自身として生きたいと思っています」

どうにでもなれと半ばやけっぱちでドギムは言った。どう受け止めるかは彼次第だ。

「厄介なやつだ」

サンが書机の向こうから、ドギムに向かってゆっくりと手を伸ばした。熱い指先がドギムの頬をかすめた。唇と細いあごに軽く触れたその手は、ドギムの首筋で止まった。

野獣のように荒々しく胸ぐらをつかまれた日の感触がよみがえった。今回は、ただ軽く首に触れられているだけだ。その手は男らしく大きかった。

「お前は私のものだ」

耳もとでサンが言った。

「ただ、私の命によってのみ生き、そして死ぬのだ」

なんて傲慢な……。

しかし、一方的な所有欲をぶつけられた瞬間、なぜかドギムの胸は高鳴った。奔流のように血が頭に押し寄せ、気が動転した。実体のない何かに縛りつけられたかのようだ。その奇妙な感覚に支配されたまま、ドギムはおとなしくうなずいた。

「それでよい」

何事もなかったかのようにサンは手を引いた。

「朱子曰く、哲とは知っているという意味で、懿《い》とは美しいという意味だ。男が外の世界でしっかりと根をはれば、その国の主《ぬし》になれる。すなわち知識があれば建国することもできる、ということだ」

耳の中がざわめき、彼の声がよく聞こえない。きちんと理解するためには唇を読まなければならなかった。

「そのあとを知っているか」

「……朱子曰く、女人というのは短所もなく長所もなく平凡であってこそよいのであって、女人が賢くても何の意味もないのだ」

「四日以内にその一節を主題に反省文を書いてきなさい」

猛獣の前のウサギのようにおとなしくなったドギムの姿を、サンは好ましげに見つめる。

「さて、今度はどんな詭弁を並べるか見てみよう」

そう言って、サンは不敵な笑みを浮かべた。

笄礼は想像していたような心浮きたつものではなかった。

美しい礼服を着て、オヨモリと呼ばれる礼装用の髪型に結ってもらったときは晴れ晴れとした気持ちになったが、楽しい部分はそれだけだった。だぶだぶで動きづらい服装と重い鬢《びん》に耐えながらあちこちに挨拶するのは大変だったし、新郎もいない空いた椅子にお辞儀をするためにうんざりするほど順番を待たなければならなかった。おまけに尚宮たちからは、一生に一度の礼服だからきれいに着なさいと口々に言われ、辟易した。

正午からは崇政門《スンジョンムン》に進み、実家が用意した笄礼膳を受けなければならなかった。それぞれの家は娘を嫁がせる気持ちで宮殿に食べ物の膳を送り、地元でも祭りを行うのだから、新郎がいないだけで事実上の婚礼というのは間違いない。

「あなたたち、重くないの？　見てるだけで首が痛くなる」

盛りに盛られたドギムとギョンヒの頭を見て、ボギョンがあきれた声を出す。身分の低いボギョンとヨンヒは花冠をかぶっているだけだ。

「死にそう、死にそう」とドギムは大げさに返す。「昔の人たちはこんな格好で、どうやって一日中暮らしていたのかしら？」

「加髢《カチェ》（かつら）を禁じてよかったわ、本当に！」

「私は嫌だわ」とすぐにギョンヒが異を唱える。「こっちのほうが断然きれいじゃない」

軽い綿毛をのせたように振る舞ってはいるが、首から力を抜くことはできない。やせ我慢してでも美しいほうがいいというのは実にギョンヒらしい。どんな魔法を使ったのか、あれほどひどく腫れていた顔も間近で見てようやくうっすらと跡がわかるくらいで、すっかりもとに戻っている。

「あなた、なんで加髢が禁止されたのか知らないの？」とドギムが言った。「贅沢を防ぐというのは口実で、実は昔、ある後宮がほかの後宮と競い合って加髢を高く盛ったら首が折れて死んだんだって。月が曇った夜には折れた首を持って、泣きながら宮殿を徘徊するって……」

「そんなこと信じると思って？」

そう言いつつも、ギョンヒは無意識のうちに首に手をやる。

「幽霊の話なんかしないで！」とヨンヒがドギムの腕をつねる。「そんなこと言ったら、夜、厠についていってもらうから。ドギム……私と同じ部屋にするでしょ？」

「もちろん！」

ドギムは浮かれてうなずいた。ようやくソ尚宮のいびきで夜中に飛び起きることもなくなる。

「ちょっと気に障るかもしれない。至密は真夜中にも番に出るから」

「大丈夫。私は一度寝たらおぶわれても気づかないよ」

「あなたたちは誰と同じ部屋にするか決めたの？」とドギムが訊ねた。

ボギョンは洗踏房の同期と一緒に住むと即答した。しかし、ギョンヒは意味深な表情を浮かべたまま何も言わない。

「なによ、また相方がいないの？」

「いいえ、決めたわ。実は……嬪宮様付きの内人と一緒に使うことになったの」

それは妙なことだった。嬪宮付きの内人は、宮殿に入るときに連れてくる侍女で、実家から連れてきただけに主人への忠誠心は格別だ。それゆえ、普通の内人たちと交わることはないのだ。

「夕べ突然訪ねてきて、部屋を一緒に使おうって。断ろうとしたけど、受け入れたわ。どうやら嬪宮様に命じられた様子だったしね。それと……」

嬪宮が忠臣に自分を見張らせる理由には心当たりがないわけでもない。

「それから、何？」

桃色の唐鞋《タンヘ》（唐風の靴）についた土を注意深く払い落としながらボギョンが訊ねた。

「なんでもない」とギョンヒは首を横に振る。「とにかくドギム、あなた気をつけて。私があなたと親しいということを知って、私を呼び出してあなたについて聞いてきたのよ」

「誰が？」

「誰って……嬪宮様よ！」

「あなた、まだ嬪宮様が宮女たちを警戒しているとかいう戯言を言ってるの？　直接お会いしたけど、絶対にそんな方じゃなかったって」

「見かけだけじゃわからないわ」

ギョンヒがどうしてそうも嬪宮を気にするのか、ドギムにはよくわからない。

「あなたこそ大丈夫なの？　また喧嘩をしかけてこなかった？」とドギムはまだ完治していないギョンヒのわき腹を軽く突いた。「大殿の宮女たちって言ったわよね。顔を覚えているなら私が仕返ししてあげようか？」

「どうやって？」

「まあ、方法はいろいろあるわ」

不敵に笑うドギムに、「おお怖っ」とギョンヒが身震いしてみせる。そこにヨンヒが割り込んだ。

「もうボギョンがさんざん思い知らせてやったわよ。その宮女たちを見つけて、こてんぱんにしちゃったんだから。三人を一瞬で」

ボギョンの顔が羞恥で赤くなる。

「それでも足りず、胸ぐらをつかんでギョンヒのところに引きずっていったのよ。謝れって」

「謝ってくれたの？」

「うん。頭をあまりにも強くぶたれたから、自分たちがどこにいるのかもわからないみたいだったわ」とヨンヒは思い出し笑いをする。

ボギョンとギョンヒのふたりをドギムはあきれたように見つめた。

「本当にあなたたちって、仲がいいんだか悪いんだか……」

「この子が勝手に私の味方をしたのよ。私は関係ないわ」

「べつに味方したのではなく、あいつらのやることが気に入らなかっただけよ」

「だからあなたが勝手にやったんじゃない！」

「全然違うってば！」

ギョンヒとボギョンがまた揉め始め、ヨンヒが慌てて割って入る。

「でもギョンヒ、あなた船遊びで何をしたかは話してくれなかったじゃない」

「べつに大したことなかったわ」

「詳しく話してよ」

「いいえ、黙ってると誓ったのよ」

ギョンヒが偉そうに言うと、「何よ！」とボギョンは声を荒らげた。

「全部話すと約束したじゃない！」

「私がいつ？　考えてみると言っただけよ」

「……あいつらはあなたを袋叩きの刑にすべきだったんだわ」

「今、なんて言った？」

「べつに」

ギョンヒはボギョンからドギムへと視線を移した。

「ドギム、あなたはお兄さんたちから返事をもらえたの？」

「いいえ。今朝まで待ったけど、来なかった」

「だったら、お膳を差し上げられないじゃない！」

まるで自分が侮辱されたかのようにギョンヒは憤る。

「どうしてそんなにのんきなの？」

「私にできることなんてないから」

「笄礼の膳をちゃんと差し上げられなかったら、長く苦労するんだって」

空気の読めないボギョンが余計なひと言を加え、ギョンヒに足を踏まれた。

「痛っ」

ヨンヒはドギムに言った。

「ギョンヒと私のお膳から少しずつ分ければ、小さなお膳なら用意できるわ」

ギョンヒもそうしたほうがいいとドギムに勧める。

「あなた、また目をつけれたら大変なことになるわよ」


周りの宮女たちがひとりふたりと食事の膳を持って動き始めた。餅や汁など基本的なものを整えただけの膳から、華やかに着飾った従者数人が大仰に運ぶ、膳の脚が折れるほど盛るに盛られた器までさまざまだった。

四人のなかで最初に笄礼膳を迎えたのはボギョンだった。用意された料理は五種類だけというとても簡素な膳だ。膳を持参したのはボギョンの父親と弟だったがふたりとも南山《ナムサン》のような巨体で、血のつながりとはかくもと三人は感心した。

ボギョンも料理を分けてあげると申し出ていたのだが、ドギムは断った。そうでなくても簡素な彼女の膳から、どうして譲り受けることなどできようか。

ボギョンが去ると、すぐにギョンヒとヨンヒの膳も到着した。とても立派なものだった。料理の一品一品が色鮮やかで見栄えもよく、見ているだけで食欲がわいてくる。膳を持ってきた従者たちも皆、男前だ。ギョンヒは慣れていたが、ヨンヒは生まれて初めて受ける美丈夫からの丁重なもてなしに、天にも昇る気持ちだった。

時間が迫っていたのでギョンヒは慌てた。しかし、料理を分け配るというのは思ったほど簡単なことではなかった。まずドギムには膳立てをする飯床《パンサン》も器もなかった。

どうしよう……と思い悩むギョンヒにドギムが言った。

「大丈夫だから、あなたたち先に行ってて」

「どうするつもり？」

「もしかしたらこうなるかもと思って、食べ物を別に用意しておいたの」

「あら、よかった！」

ヨンヒは疑いなく信じたが、ギョンヒは眉を吊りあげた。

「嘘でしょ？」

「本当よ。私も恥をかくのは嫌だし」

「じゃ、すぐに準備しに行こう。時間がないから手伝ってあげる」

「うーん……とりあえずもう少し待ってみる。あなたたちは先に行って」

ギョンヒは仕方がないとため息をつき、立派な笄礼膳を手にした。立ち去る際、呼び止めてくれるのを待つかのようにギョンヒは何度も後ろを振り返った。

ひとり残されたドギムは自嘲気味な笑みをその顔に浮かべた。生きていくうえで最も役に立たないのが廉恥であり、自尊心だと知ってはいるが、今日だけは同情を買いたくなかった。

今までの献身の代価がこの仕打ちかとドギムは兄たちへ思いを馳せる。こらえきれず、涙が一粒ぽとんと落ちた。

しばらくその場に動けないでいると、自分を呼ぶ大きな声が聞こえてきた。

「ソン家宮女様！　ソン家宮女様！　どこにいらっしゃいますか!?」

ドギムは袖で涙を拭き、さっと顔を上げた。

曲がった笠を直しもせず、男が四方を見回しながら駆け込んできた。風呂敷をかぶせた膳を手に、もう残り少ない宮女たちの顔を一人ひとり覗き込んでいく。

彼がドギムの前にやってきた。自分を覗き込むその目は下に垂れ、子犬のように純粋だった。飛び出た頬骨、ふっくらとした鼻、もじゃもじゃのひげの間につぼみのような唇も見えた。

「……シク兄さん？」

「ソン家宮女様？　ドギムか？」

男の顔に満面の笑みが浮かんだ。

兄妹のなかで亡くなった父親に最もよく似た息子がシクだった。彼は幼い頃から、お転婆な妹のいたずらに苦しめられても、からからと笑っていた優しい兄だった。

「ああ、遅れなくてよかった！」

ぶら下がっている笠ひもを直しながらシクの背後から出てきた少年は、背が低くて痩せていた。ひと目で末の弟フビだとわかった。

「兄さんも一緒に来ようとしたが、急な用事ができて来られなかった。お前にとても会いたがっていたよ。父の喪礼以来だが、あのときは再会を祝うというわけにはいかなかったし、お前の休暇も短かったじゃないか」

自分に笑いかけるシクに向かって、ドギムはなんと言っていいのかわからない。しかし、衝撃が収まると、突如怒りが沸き起こった。

「どうして将来官吏になられる方が直接食膳を持ってこられたんですか！　そしてお前！　薬を手放せない子がなぜついてきたの！」

いきなり顔に指を突きつけられ、フビは青くなった。

「大目に見てくれ」とシクがドギムに言った。「こいつは十歳になるまで姉さんに会いたいと毎晩泣いてたんだから」

言うなよとフビが拳でシクの腕を叩く。シクはドギムの肩をつかんで大げさに揺すった。

「お前、ちっちゃい頃は真っ黒でカラスみたいだったけど、本当にきれいになったな！　宮殿の水がよく合うみたいだな」

遠くからガンという銅鑼の音が聞こえた。きょうだいの再会を懐かしんでいる時間はない。

「どうしてこんなに遅れたんですか？　どうして返事をくれなかったんです!?」

「ごめん。道を間違えたんだ。いくら待っていても宮女たちの赤い袖が見えなかった。正しい場所を聞いて、慌てて走ってきた」

「返信をしなかったのは、姉さんを驚かせようと」

ドギムが鬼のような表情を向けると、フビは慌てて付け加えた。

「シク兄さんの考えです」

「おい！　それはいいとお前も賛成したじゃないか！」

「肝がつぶれるほど驚いたから、大成功よ」

あきれ顔でドギムは膳を覆った風呂敷をめくった。

めちゃくちゃだった。色や種類の違う料理を巧みに配置し、宮殿のように飾り立てるのが本来の笄礼膳だが、おかずとおやつ、果物がごちゃ混ぜになったこの膳は混沌としていた。餅は蒸す際に失敗したのか歪《いびつ》な形をしており、薬果《ヤックァ》の形もまちまちだった。しかも、走って駆けつけたため煮物や和え物の汁がこぼれ、飯床をびちゃびちゃに濡らしていた。

料理の味自体もしょっぱすぎたり薄かったりした。腕のいい焼厨房の料理に慣れた世孫の口になど到底合う料理ではなかった。

「どうだ？　お前の兄嫁たちが義理の妹のためにと一生懸命に作ったのだが……やっぱり宮廷料理とは比べ物にならないだろう？」

味見をするドギムをシクが心配そうにうかがう。

本当にひどい膳だ。それでも、仲むつまじい家族の香りに満ちた温かい膳だった。

込み上げてくる涙をこらえ、ドギムは言った。

「……宮殿の食べ物よりずっとましです」

「まぁ、ドギム！　お前は、何もたもたしてるの！」

朝から小言を繰り返していたソ尚宮が慌てて駆けてきた。

「ほかの子たちはもう全部終わってますよ！」

ソ尚宮に袖を引かれたが、ドギムはその場を離れることができなかった。

幼くして別れたあと、なかなか会うことの叶わなかった家族だ。このまま背を向けてしまったら、今度はいつ会えるのだろう。

「ごめんなさい、姉さん。僕たちが遅れちゃったから……」とフビが謝る。

「早く行け。もうすぐ休暇だろ。そのときにゆっくり話そう」

そう言って、シクがドギムの背中を押した。

涙がこぼれないようにドギムは短い言葉で別れを告げ、膳のいっぽうをつかんだ。ソ尚宮をうかがうと、不満そうな顔つきだったが何も言わずに反対側を手にとる。

「持ってあげようか？」とシクがドギムに言った。

「今になって部外者が宮殿の中に入るには手続きが複雑です。私とソ尚宮様、ふたりで持っていけばいいです。そうですよね、尚宮様？」

「仕方あるまい。不肖の弟子のおかげで、私はこの歳でまだ雑用から解放されない」

笑い話と思ったのか、シクはからからと笑った。

手を振る兄弟に見送られながら、ソ尚宮はぼそっとつぶやいた。

「お前が誰に似て図太いのかわかったわ」


味見を終えたあと、小さなお膳を別に用意した。ドギムはなるべく状態が良く、世孫の口に合いそうなおかずを選んだ。残った料理は頬にご飯粒をつけたウォレが素早く持って消えた。順番を待っていると、ずいぶん前に入ったヨンヒが疲れた顔で出てきた。

「どうだった？」

「怖くて死ぬかと思った」とヨンヒは身を震わせる。「それでも、なかなか味がいいとおっしゃって、全部召し上がったよ」

「何をお捧げしたの？」

「豆餅とクルミで作ったお菓子と甘い麦煎餅をのせたもの」

サンが苦手な食べ物ばかりだ。

「本当に全部召し上がったの？」

「うん、見て」とヨンヒが誇らしげに空の器を見せた。

少しでも口に合わなかったら匙を置く方がどうしたんだろう。世孫の気難しい食の嗜好にまで従わせるほど、ギョンヒの家の料理は素晴らしいものだったのだろうか。

「あなたは大丈夫なの？」

ドギムはことの顛末をすべて説明した。

「本当？　わざと驚かせようと返信をしなかったの？」とヨンヒは唖然となる。

「シク兄さんが馬鹿だからよ」

「そんなに長い間会っていないのに、仲がいいなんて本当に不思議だわ。うちの家族は私に文《ふみ》一枚すら送ってくれないわ」

そういうヨンヒも特に自身の姉たちを懐かしむ様子はなかった。

「ソン・ドギム。お前の番だ」

係の者から声をかけられ、ドギムは部屋の中に入る。

いつもとは雰囲気が違った。絹の敷布団に座ったサンの前に御簾が垂れ下がっており、左右には厳しい顔の老いた尚宮が並んでいた。にもかかわらず、息づかい一つ聞こえない。

ドギムはなぜヨンヒが怖いと言ったのかを悟った。まるで失敗を犯すのを待つかのように皆が自分に注目している。

教わったとおり戸口を抜けるやひれ伏した。一番近くにいた尚宮が膳を譲り受け、御簾越しに世孫の前に捧げる。ドギムはゆっくりとお辞儀をした。すっかり忘れていた衣装と加髢の重さが彼女を押さえつけ始めた。

ちらっと見えるサンの影が動いた。箸を握ろうとしているのかと思いきや、突然止まった。

「尚宮たちはここから下がれ」

「世孫様、それは法度に反することでございます」

勇気のある宮女が異議を申し立てる。世の中の誰よりも生真面目に法度と前例を重んじる彼女は、世孫の指示に戸惑っていた。

「法度の正しい実践は浪費を減らすことだ。あの子はいつも私の世話をする至密宮女だから、大仰にすることもなかろう。そなたたちはもう後片づけに回ったほうがずっと得だ」

とってつけたような言い訳だが、サンと争っても得るものなど何もない。尚宮たちは仕方なく内室から退いた。

「酒は持ってきたか」

いきなりとんでもないことを言われ、ドギムは思わず顔を上げた。

「何が好きなのか訊ねたではないか。どうして驚くんだ」

「特別なものがあることはありますが……」

「聞こえない。近くに来い」

ドギムが縮こまったまま二歩進んだ。サンはいつものように近くへと催促したが、ドギムは年老いた牛のようにのろのろとしか動けない。彼がまた体に触れてくるのではないかと少し怖かった。そんな初《うぶ》な不安をサンに見抜かれるのではないかと恥ずかしくもあった。

ほぼ向かい合って座ると、ようやくサンは満足した。

「私は酒が好きだと言った」

普通なら冗談だと思うが、相手がサンだから軽く流せない。

「でしたら、私が一杯お注ぎします」

ドギムは胸もとから小さな瓶を取り出した。軽く振ってから栓を開けると酸味を感じさせる果実の香りがあふれ出た。

「まさか本当に酒を持ってきたのか」とサンは目を見開いた。「酒なら私は口にできない」

慎重な声音で退ける。しかし、ドギムは譲らない。

「試しにお召し上がりください」

「さっさと下げることはできないのか！」

「まずは本物のお酒なのか確認してみては？」

相変わらず度胸だけは人一倍だ。サンは不満そうににらみつけたが、結局その液体で唇を潤した。味わい、彼は首をかしげた。もう一口のどに流し、そして一杯を飲み干した。

「これは酒ではない。ただ……酒の味じゃないとは言えないな」

「山葡萄酒と似ていますよね？」

「たしかに……」

「でしょう。山葡萄をつぶして作った汁ですから」

もう一杯注ぎ、ドギムが続ける。

「実はつぶし、茎と葉はよく切って混ぜ合わせたあと、百日間寝かせれば、なかなかいい飲み物になります。貴重な砂糖の代わりに甘みを出すこともできます」

サンは依然として不審なまなざしを向けたままだ。

「生前、武官だった私の父は仕事が大変でしたが、禁酒令が出されて薬酒一杯も飲むことができませんでした。なので、私の母が山葡萄酒と似たような味で口をごまかすようにと、父にこれをよく出したそうです」

そう言って、ドギムは笑った。

「私が米で麹を作って世孫様にお酒を差し上げることはできませんが、このように世孫様の口を欺くことはできます」

「全く……お前のその厄介な性分とどう向き合えばいいのか」

ため息をつきつつ、サンはもう一杯飲み干した。

「まずい。甘いどころか苦くてすっきりしない」

「急ごしらえですから」

「やはりまずい」

サンはしきりに不満を漏らしながら、結局すべてを飲み干した。

続いて、彼は箸を手にした。いつも食が細いのに今日は驚くほどよく食べる。すでにかなりお腹を満たしているはずなのに少しもつらそうな様子を見せない。

「お口に合いますか？」

「ああ。妙な汁よりはましだ」

「おかずがしょっぱいばかりで味気ないですが」

「美味いと言ってるのに、不満か？」

「世孫様はほかの内人の料理もきれいにお召し上がりになりました。嫌いな食べ物ばかりだったのにです。どうしてですか？」

「娘を愛する親心で作った膳であり、民が貧しい懐から苦労して作った料理だ。太子の私がどうしてそれに文句を言うことができるだろう」

思わぬ言葉にドギムは胸が熱くなる。

「大変光栄でございます」

言えるのは、ただそれだけだった。

「うむ」とうなずき、サンは頬を赤く染めたドギムをじっと見つめた。

「……昨夜お前の反省文を読んだ」

「……」

「夫人は夫に従順で見えないところで内助するのが正しい道理なので、賢夫人は役に立たないという朱子の言葉が正しいと？」

「はい」

「それが本音なのか、それとも見目のいい言葉を並べたのか」

鋭い視線にさらされ、ドギムは何度かまばたきした。

「女人が当然従うべき道理だとは思いますが、その道理には矛盾があります」

「どういうことだ？」

「ただ従順なだけの女人がどうして夫を助けることができるでしょうか？　夫が言う前に行動し、自ら家庭を整えてこそ道理にかなってきます。指示されたことにただ従うだけの女人は、妻ではなく召使いです」

サンは愉しげな笑みを浮かべ、言った。

「今日中に反省文を書いてこい」

昨夜の反省文の墨がまだ乾いていないのにまた反省文……!?

思わず口をとがらせたドギムにサンが続ける。

「主題は『心の中では違うことを考えながら、うわべだけを取り繕ったお行儀のいい文章でごまかした罪』だ」

サンは抗弁の余地を与えなかった。食べ終わった膳を押し戻し、下がれと告げる。

不満を隠しながらドギムはお辞儀をした。深紅色と黄色、緑色が美しく調和した礼服の圓衫《ウォンサム》の襟が波のようにきれいに広がった。

体を押さえつける衣装の重さに耐えられず少しふらつく。中途半端にくくりつけたせいでほどけそうになっている服のひもをドギムは慌てて結び直す。

そのおかげで、向き合うたびに自分の中に湧きおこる不思議な感情に赤くなった顔を、サンに見られずに済んだのは幸いだった。

しかし、ドギムもサンの怜悧な顔にかすかに浮かんだ温かな笑みを見ることができなかったので、幸いだったとばかりは言い切れないのかもしれなかった。

第二部　王と宮女

六章　若き王

冬はことのほか長かった。老王が崩御して、ようやく春が来たような気がした。崇政殿《スンジョンジョン》で行われた即位式は涙一色だった。イ・サンは大臣たちが四拝礼を行い、玉璽《ぎょくじ》を上げるまで涙ぐんでいた。祖父の御座《オジャ》だと言って、王位に就こうとしない彼をなだめるのに皆が苦労した。

二十五歳の若き王が即位すると、その周辺にはにわかに緊張感が漂い始めた。一見、王以外は何も変わらないように見えた。サンは先王が信任していた臣下をそのまま重用し、その基調を引き継いだ。権力を争っていた臣下たちの勢力図にも変化はなかった。しかし、このような平和は嵐の前の静けさにすぎないと老練な重臣たちは知っていたし、また知らなければならなかった。

いっぽう、ドギムは美しく咲く春の花々の間でとても忙しくしていた。深い悲しみに傷ついた新王の体を心配して薬院で心神湯《シムシンタン》を処方し、水刺床《スラサン》（王の御膳）を出したあと、三十分以内に温かく煎じて渡した。祖父の喪に服して食を絶っていたサンは大妃《テビ》キム氏（先の王妃）の切なる願いを振り切ることができず、昨日からようやく匙を手にしたところだった。

サンが口にする湯薬は煎じ方が非常に面倒だった。朝は御医や薬院の臣下が直接煎じたが、夕方のそれは宮人の務めだ。湯器を扱って何かをするのはあまりにもわずらわしく誰もが避けようとするので、当然のことながらドギムの仕事となった。

「どうしてそんなに焦っているんですか？」

ゆらゆらと湯気が立つ湯器に鼻をくっつけて待っていると、医女のナムギが訊ねてきた。王室の人員が大幅に入れ替わったにもかかわらず、彼女は依然として大殿と中宮殿直属のままだった。

「夕食の時間じゃないの。早く行かなかったら、また食事抜きよ」

水刺床をお出しし、残った料理は宮人たちが皆で分けて食べる。たいてい年配の内官と尚宮から順に食べ物が渡されるが、下っ端の宮女の順番は最後なのでいつもほとんど残っていない。肉どころか野菜ですら奪い合いになるほどだ。

「焼厨房からもっと持ってきて食べればいいじゃないですか？」

「王様が食材と米をこっそり持ち出し、利益を得ている宮人が多いとお怒りなの。今は必要な分だけしか料理をしていないから、残りものもないわ」

笄礼を行っても宮中では一番年下の立場を免れなかったのだから、ドギムは本当に運が悪い。それだけでなく、突然の国葬によって正式な宮女としての初休暇も延期された。忙しさが収まれば休暇をくれるというが、それすらどうなるかわからない。

ようやく湯薬がとろとろに煎じられ、ナムギが湯器を持って器へ注いだ。口直しに生姜の砂糖漬けもお盆にのせると、ドギムは退膳間を飛び出した。みんなが食事をしに出かけたせいか宮殿はひっそりと静まり返っていた。

些細なことで謁見《えっけん》を告げる必要はない。ドギムはつま先立ちをしてそっと扉を開けた。サンはひとりではなかった。ドンノとともにいた。

サンは即位三日後にドンノを承政院《スンジョンウォン》同副承旨《トンブスンジ》に昇格させただけでなく、薬院の副提調《プチェジョ》にまでした。型破りの人事だったが、その理由は明らかだった。王命を承る承旨と王の体を観察する薬院官僚にすれば、常にそばに置く口実ができるからだ。

サンは寵臣のドンノと片時も離れなかった。ふたりは額がくっつくほど顔を近づけ、恋人たちの睦言のように内密の話をしていた。

「殯宮《ひんきゅう》の供え物をこっそり盗んで食べた内官がいたな。恥を知らぬ者とは実に驚くべきことをするではないか。それでなくても内通する者が多く心配だったが、これを機にすべて選り分けなければならぬ。戚臣たちを相手にするには、まず内通者をあぶりださねば」

よからぬことが起こりそうだとドギムは心配になる。

即位するやいなや、サンは宮人たちの取り締まりに乗り出した。先王の治世の間ずっと続いていた宮人の安逸な行いと弊害を指摘し、尚宮、内人の地位を問わず品行を厳しく選り分けるようにという命令を下したのだ。

当たり前のように行われていた宮人の宴や金貸しを特に問題にした。突然の冷遇に宮女たちは慌てふためいた。三日前にあの堤調尚宮でさえ追い出されたときには、本当に大混乱となった。宮殿の内外を操り、内帑庫《ネタンゴ》にまで手を出したという罪だった。贅の極みを尽くしていると噂の彼女の花見、舟遊びも当然問題視された。堤調尚宮の最後はさらに悲惨だった。不正に蓄積した財物と一家の財産を没収され、頭にのせる装飾品まで奪われたので、宮殿を立ち去るその後ろ姿は死を待つだけの老人のようだった。

話が途切れたのを機にドギムがふたりに声をかけた。

「湯薬からお飲みください。お申しつけのとおり、山茱萸《さんしゅゆ》と鹿茸《ろくじょう》を半分ずつ加えてございます」

ドンノが横柄に手招く。ドギムは毒味のため銀の匙を湯薬に入れた。色は変わらなかった。半さじすくって舌先に当ててみた。味はひどいが、温度はちょうどよかった。両手で薬の器を差し出した。

サンはドギムを振り返りもせず、「そうだ」とふたたびドンノに話しかけた。「今朝、総護使《チョンホサ》（国葬を司る官吏）に辞職せよと教旨を下したが、それはうまく処理されたのか」

サンが器を受けとらないので差し出したままの腕が痛くなってきた。ただ、それよりも空腹のほうが重要だ。今頃、宮女たちは食事を終え、匙を置いているだろう。ウォレら先輩たちの満腹した表情を思い浮かべると、だんだんと苛立ちが増していく。

「お前は尻に火でもついたのか？」

そんなドギムの様子に気づき、サンが言った。

「湯薬が冷めてしまいます。王様」

「ぬるいものを飲むのもよかろう」

ぶるぶる震える腕をしっかりと見ながら、憎たらしくもサンは答えた。

そのとき、ドギムの腹から切迫した悲鳴がぐーっと漏れた。ドンノは笑いをこらえるため咳払いをし、王は眉をひそめた。

ドギムをきっとにらみ、薬の器をひったくるように取るとサンは一気に湯薬を飲み干す。ドギムは手拭いで王の口もとを拭き、生姜の砂糖漬けを口に入れる。指先が王のあごや唇に触れたとき、かすかな震えが感じられた。まだ何か気に入らないのだろうかとドギムはこっそり顔色をうかがった。

「用が済んだら、さっさと下がれ」

焦ったように言うと、サンはドギムから顔をそむけた。

急いで駆けつけたが、すでに皆は食べ終えていた。わずかに残った食膳はすっかり冷めきっていた。すでに四日連続で食いはぐれていたドギムは、ぺたりと床に座り込んだ。

「ねぇ、あなたまた食べそこなったんでしょ？」とウォレがドギムの背中をぽんと叩き、餅や茶菓子などのおやつを差し出してきた。

「ウォレ姉さん、どうしてこんなに私を気にかけてくれるんですか？」

おやつをひと口食べると、急に疑わしく思えてきた。理由のない好意は決して存在しないものだ。特にウォレは意地汚さにかけては一番だ。

ドギムの疑惑のまなざしから目をそらし、ウォレは襟もとから手紙を取り出した。

「あなたの分も代わりに受けとっておいたわ」

ドギムはウォレに目を据えたまま、手探りで封筒を破った。

殴り書きのような乱暴な筆跡は明らかにボギョンのものだった。

仕えていた主人が無能だと、配下の宮人たちも出宮させられるのが掟だ。大殿の宮女だったボギョンは先王の入棺が終わるや、荷物の整理を始めた。ヨンヒとドギムはすすり泣き、ギョンヒは悔しそうに口をとがらせた。頼れる家族がいるから心配するなと笑いながら、ボギョンは宮殿を去っていった。

「キム家のボギョンだっけ？　本当に気の毒ね。葬礼をしてすぐに王が崩御するなんて」

熱心に手紙を読んでいる肩越しにウォレが話しかけてきた。

「酒幕《チュマク》で働くことにしたそうよ。洗踏房の出身だから労賃を手厚く払ってくれるみたいね。お金を貯めて慣れたら出宮した宮女たちが暮らす村に行くんじゃないかしらね。家族の世話になるのは恥ずかしいそうよ」

ボギョンのことなどどうでもいいウォレは、「人生ってそんなものよね」とあっさりまとめた。

「ところで、一つ訊いてもいい？」

ようやくウォレは親切の仮面を脱ぎ捨て、本題に入った。

「あなた、ここ数日、早朝に外の門の見張り番をしているでしょ？」

「ええ」

「もしかして、宿直の禁軍《クムグン》が交代する時間って寅《とら》の刻（午前四時）なの？」

「それが何か？」

東宮に仕えることと、王に仕えることの最大の違いは何かと聞かれれば、警護が比較にならないほど厳重になることだと言わざるをえない。

日中に勤める上番と夜に勤める下番に分かれる見張り役は本来、一か月に一度ずつ変わる。しかし、王のいる大殿を守るようになってからは、その手続きが非常に複雑になった。

まず、上番と下番は予告もなく変わるのが常だった。ひどいときは勤務時間が日ごとに変わるので、従うのに苦労した。勤務する場所もその都度違っていた。尚宮は内侍府、禁軍大将との徹底した相談のもと、宮女の動線を組んだ。王の寝殿の近くにはネズミ一匹近づけないようにするためだ。理由もなく勤務場を離れたり、勤務時の進退について外部に漏らせば厳しく罰せられるという脅しも耳にたこができるほど聞いた。

王に仕える至密の仕事は、とても厳格で殺伐としたものなのだ。今、ウォレが訊ねているのは、その内密な秩序、ともに働く宮女同士でも把握しにくい警護についてだった。

「何をそんなに怖い顔してるの？」と、いかにもなんでもなさそうにウォレはくすくすと笑った。

「男前の素敵な武官様が宿直をするというから気になっただけよ」

「男前ならどうだというのですか？」

ドギムは苛立たしげに舌打ちした。

「とにかく私は知りません。知ってはいけないことですから」

半分は真実で、半分は嘘だった。ぼんやりと空を眺めながら、人気《ひとけ》のない門を守っている間にすることは、うとうとしたり、周りの些細なことを観察するくらいだ。したがって、禁軍たちがいつ、どこで、どのようにお互いを識別するのかドギムはぼんやりと察していた。

さらに大殿の内人たちの動線を管理する責任者のひとりがソ尚宮なので、詳しく調べようとすればできないこともなかった。もしかしたら、ウォレがソ尚宮にこっそり聞いてくれないかと頼んでくるのではないかと気が気ではなかった。

「ああ、もういいわ。とにかく、宮殿の中では楽しみなんてそれくらいしかないのよ」

幸いにもウォレはあきらめたようだ。

「ねぇ、前に私が言ったこと覚えてる?」と表情を変え、新たに訊ねてきた。「誰に付くかよく考えないといけないって言ったでしょ」

ウォレは澄まし顔でささやいた。

「見たところ、あなたはもう決めたみたいね」

「そんなこと考えてもないです」とドギムははっきり否定した。「私はただの東宮の宮女です」

「いいえ、もう大殿の宮女だわ。立場が完全に変わったのよ」

ドギムはふと疑問に思った。ウォレが選んだ人はどれほど強くて長い絹の綱なのだろうか。

ぱさぱさした豆餅を飲み込み、聞こうとしたが気が変わった。ウォレがつかんだその綱も結局は傷んでいるのかもしれない。崖道でしっかり握り、ぶら下がってみるまでは誰にもわからないのだ。

「これ、美味しいですね」

ドギムが言えることは、せいぜいおやつの感想くらいだ。

糸のように細い春雨がしっとりと大地を潤していく。肩が濡れるのにも気づかず、ドギムは門の柱に寄りかかってうとうとしていた。やがて、周りのざわめきにはっと目を開いた。

宮女たちが少人数で集まって何かを見物していた。その視線の先に自然と目が行く。門から王が政務を執る便殿《ピョンジョン》まで続く薄暗い庭。荘厳に削られた石畳と黒々と濡れた土。そこから頭を突き出した黄色い花。そこに白い服を着た中年の女性がいた。

彼女はつかつかと王のいる前庭までやってきた。どうにか引き留めようとするもかなわず、困り顔でついてくる宮人たちも三、四人見えた。皆が息を殺しているなか、女性はむしろも敷かれていない冷たい地べたにいきなり座り込んだ。そして額をこすりつけながら号泣した。腹の底から泣き声を引き出すその技は、なかなかのものだと感心せざるをえない。

「まぁ、コ・ソホン様じゃない？」

その姿を遠巻きに眺めながら、宮女たちがひそひそと話している。

「真昼間に何を怪しげなことをしてるのかしら？」

「王様が昨夜、コ・ソホン様の爵位を剥奪したんですって！　真夜中に追い出そうしたのを、先王様に免じて明るくなるまで待ってほしいと懇願したそうよ」

「なのに潔く出ていかないなんてなんの真似？」

庶母《ソモ》として礼遇すべき先王の側室であるにもかかわらず、まるでその死を待っていたかのように爵位を剥奪し廃庶人《ペソイン》にしたとすれば、ただ事ではなかった。ドギムが面識もない先輩宮女たちの話に口を出そうとしたとき、誰かが彼女の手を引っ張った。

「あなたもここにいたのね！　あの方がコ・ソホン様なんだって。初めて見たわ」

ヨンヒだった。午前中ずっと湯を沸かしていたのか顔が赤くなっていた。

「でも意外ね。ギョンヒよりもお美しい方かと思っていたのに」

淑儀《スギ》ムン氏——コ・ソホン様として知られたこの側室には、かなり込み入った事情がある。

彼女はもともと先の世子嬪に仕える宮女だったが、主人が病気で亡くなると、出宮だけを待つ羽目になった。ところが人生とは実に面白いもので、それがきっかけで彼女は承恩を受けたのだ。位牌を祀った殯宮に立ち寄った先王が、線香を焚く彼女の姿に惚れ、押し倒したとかなんだとか。とにかく王が王室の喪事の間に宮女を娶っただけに、彼女を見る周囲の目は最初から厳しかった。

さらに彼女は自ら数々の醜聞を起こした。狡猾な夜伽《よとぎ》術で王の愛を独り占めし、必ずや皇子を産むのだと誰彼かまわず言いふらした。賤民出身の母から怪しげな妖僧まで許可なく厳粛な宮殿に入らせたりもした。しかも、彼女の兄はそれに輪をかけて悪辣だった。妹が王に媚びて得た官職にありつくだけでなく、妹の威を笠に相当の裏金を受けとるなど、あまねく逆らった行動をして回った。

まさに質の悪い妾の教本であり、臣下たちからの忠告が絶えなかったが、先王は耳をふさいで知らんふりをした。多くの人々は彼女がどんな媚態をもちいて王の心を虜にしたのか、年老いた体をどのようにその気にさせ、翁主を二人も産んだのか気になって仕方がなかった。

ところが、実際に目にした彼女は、白髪の中年女性であることを考慮しても美人とはほど遠かった。肌は浅黒く、胸も男のように平たい。やや曲がった肩からは美しさを見出しづらかった。もちろん、そのような短所を相殺させる長所もあった。つぼみを口に含んだような可憐な唇と丸みのある豊かな尻には男を引き寄せる魅力があった。

「いつまで続けるのかしら」

どんどんと地面に叩きつける額の皮膚はすぐに破れ、血が噴き出した。真っ赤な血痕が溜まった雨水に混じって流れていった。

「因果応報だわ。寵愛されてるからといって悪行を尽くせば罰を受けるのよ」

ヨンヒは腕を組み、栄華を誇ったかつての側室のみじめな姿を眺める。

「義烈宮様が生きていた頃は、なんとか勝とうと躍起になっていたんだって。義烈宮様は正一品の嬪で、荘献世子《チャンホン》様の生母だったじゃない。それなのにご機嫌うかがいに訪ねたことが一度もないんですって。偶然出くわしたときには敵意を剥きだしにして、見るに堪えないと王妃様がコ・ソホン様のふくらはぎを叩いたんだってさ」

「本当に？」

「先王様と義烈宮様の仲が冷え切っていたときに現れ、寵愛をすっかり奪ったのだから、そりゃ得意にもなるわよね。義烈宮様は善良で慎ましやかな方だったそうよ。だから、図に乗った若い娘が無謀に立ち向かってきても、相手にせずに耐えていたようだわ」

ぼんやりとした記憶のなか、棺に横たわった青白い顔がドギムの脳裏をかすめた。

「私、先王様は義烈宮様を一番大事にしていたと思っていたのに」

「もちろんよ。崩御する直前まで義烈宮様の祠堂に出入りしていたじゃないの。でも……」

ヨンヒは辺りをぐるりと見回し、ささやいた。

「ギョンヒがいつも言ってたじゃない。男にとっては、心から大切にしている女とただ性愛だけを愉しむ女というのは、まるで別物なんだってさ」

「あの子、うわべは澄まして清純ぶっているくせによく言うわね」とドギムはあきれた。「ところで、先王様との仲にどうしてひびが入ったの？」

「知らないわ」とヨンヒは肩をすくめた。「ギョンヒに聞いてみて」

コ・ソホンの声が枯れる頃、ようやく内官が宮殿の中から出てきた。ユンムクだった。

「騒いでいないで、出ていけとおっしゃっています」

「老いた妾が王様にお目にかかりたいとお伝えなさい」

「早く出ていかなければ引きずり出されますよ」

「長い間、先王様に仕えた私にはそのくらいの資格はあるでしょう」とコ・ソホンは一歩も引かない。

「王様！　悔しく存じます！　妾の罪は愛されただけ、妾の兄の罪は出世しただけ。なのに、どうしてこうも冷たい仕打ちをなさるのですか。妾をあれほど大切にした先王に対して、お恥ずかしくはありませんか！」

目を剥き、声を張り上げるコ・ソホンを見て、ユンムクは決断した。

「この廃庶人を引きずり出せ」

すぐに様子をうかがっていた大柄な宮女たちが彼女の両腕をつかんだ。コ・ソホンはまるでむずかる子供のように涙を流しながら引きずり出された。唯一の盾だった王の寵愛を失い、残された側室の末路には体を捧げて得た装飾品と宝貨も役に立たなかった。

「噂は本当だったようね」

ヨンヒは声を落とし、ドギムに話す。

「コ・ソホン様がふたりを仲たがいさせたせいで、先王様は世子様を憎むようになり、世子様はそのせいで病を召されて、早死にしたんだって」

「それはちょっと行き過ぎた話じゃない？」

「違うわ！　数年前からは今の王様の即位を食い止めようと、自分の外戚たちと邪な策を練ったりもしたんだって。ギョンヒがそう言ってたわ。怖くない？」

王室をめぐるそのような葛藤が以前からあったなら、異常に警戒心の強い新王の態度も理解できた。しかし、私的な復讐心で権力を行使するほど彼は愚かではない。浅薄な行いを日常的に行う側室と側室の衣の裾をつかんで横行する外戚をいくら毛嫌いしていたとしても。至高至純な儒学者だとしてもだ。

醜悪な側室を追い出す裏側には、よほどの理由が隠されているのだろう。

「これで終わりではなさそうだけど……」

強くなった雨脚にチョゴリを濡らし、ドギムは重苦しくつぶやいた。

「お前！　ソン家のドギムだな！」

突然、ユンムクが遠巻きに立っていたドギムを指さした。

「一緒について行って、廃庶人の出宮を確認してこい」

年老いた側室が狡猾な手を使うのではないかと心配している様子だった。続いて、すべきこともせずに集まってひそひそ話していた宮女に激しい叱責が飛んだ。

ドギムはチマの裾をつかんで、ぬかるんだ土の上を走った。廃庶人が出る門は宮殿の正門ではなく側門だった。年をとって用なしとされた宮女たちが出ていくときに使われる。みすぼらしい老人に転落した提調尚宮が出ていった、まさにその門。立派に飾られたほかの門と比べると懸板《かけいた》一つ、名前さえついていないうすら寂しい門だ。

肩幅の広い宮女がコ・ソホンを門の脇に放り投げた。

「駕籠《かご》はないのか。歩いて行けとでも？」

地べたに座り込んだ彼女は柔らかい土をつかんで、くすくすと笑い出した。

「世子を産んだ義烈宮は自分の息子とともにあの世に逝き、翁主を産んだ私は娘たちが住む宮殿の外に追い出されるのだな」

痙攣したような笑いの合間にゲホゲホとえずく。

「廃庶人はお早く出宮願います」

見るに絶えず宮女が声をあげたが、コ・ソホンは瞬きさえもしなかった。

「最も愛された義烈宮とその愛を奪うために争った私が跡形もなく消える間、お高くとまりながらおとなしいふりをしていた大妃様が結局生き残っていらっしゃる。生まれ変わるなら両班《ヤンバン》の家の娘でなければ。まあ、そういうことだ」

両手を振って己の運命を嘆いていたコ・ソホンは、ふいに氷のように固まった。一点に固定された彼女の瞳は恐怖に染まっていった。

新王の怒りさえ臆さなかった口を閉ざさせた存在は、ほかならぬ大妃キム氏だった。側近の尚宮ふたりだけを従えて忽然と現れた彼女は、気配もなくコ・ソホンの最後の悪行を見守っていた。

その外見もかなり目を引いた。夫を亡くした悲しみで何日も引き籠っていたにしては正々堂々としていた。虎のように鋭い目つきから真っすぐな背筋まで、普段と変わらなかった。むしろ未亡人が性に合うかのように、その肌は赤みがかって血色がよかった。

「そなたが今日、宮殿を出るというので見にきたのだ」

大妃は厳かに声をかけた。

「行く道々で外の見物でもするがよい。あまりにも長い間宮殿に住んでいたではないか」

ゆっくりとした口調は、叱る価値もない裏庭の駄犬に接するようだった。年がはるかに幼い大妃にそのような扱いを受けながらも、コ・ソホンはぶるぶる震えるばかりだった。

「では、お行きなさい」

静寂が流れた。

「出て行けと言うのがわからぬのか?」

コ・ソホンは力なく肩を落とし、中途半端に膝を曲げた。罠にかかった獣のように深々とうなだれ、乱れた白髪の分け目を大妃に晒した。彼女に残ったものといえば、侍女がためらいながら差し出したみすぼらしい風呂敷包み一つだけだった。宮殿で過ごした過去の歳月の痕跡はそれだけに過ぎなかった。

コ・ソホンが体の向きを変えたとき、ドギムは彼女と目が合った。瞳は空っぽだった。自らの敗北を痛切に感じた者だけがなせる空虚な目つきだ。その中から歳月のはかない形跡だけがあふれ出ていた。

いっぽう、一時をともに過ごした大妃はどうだろうか。

とぼとぼと旅立つ老いた妾の後ろ姿を眺める大妃の表情を言葉にするのは難しかった。不思議な勝利感に浸っているといえばいいだろうか。先王と彼の側室たちをすべて送り出し、ひとり宮殿に残った彼女は、ようやく自由を得たかのようにのびのびとして見えた。

*

「あなた、最近どうして嫌がるの？　報酬も多く払ってあげるって言ってるじゃない」

サンの妹、チョンヨン郡主は興味を引くつもりなのか、銭束をじゃらじゃらさせた。

「忙しくて全く筆写する暇がないんですよ」とドギムは申し訳なさそうに言った。

「以前は徹夜でよく書いていたのに！」

断られることに慣れていないチョンヨン郡主は駄々をこねる。

「王様がどんな方なのかご存知でありながら、そんな無理をおっしゃるんですか。助けてください。毎晩反省文を書かされて目がかすむほどです」

一度味を占めたサンはしきりにくだらない言いがかりをつけ、同じ罰を下した。十日前には湯薬の温度を間違い、「王様に仕える道理を適当に行った罪」として大叙事詩を書かされ、一昨日は政務を行う間に傍らでぼんやりと立っていたら、「怠慢を警戒できなかった罪」を主題に紙一枚びっしりと文字で埋め尽くすよう課せられた。

頭を絞って反省文を書いても、本当に読むのだろうかと疑わしかった。今朝もサンは反省文を受けとると一瞥もせずに隅に放り投げ、自分の仕事に戻ってしまった。

「代わりにほかの宮女を紹介しますので、それで勘弁してください」

「わかったわ。でも暇になったらすぐに私に教えてちょうだい」

チョンヨン郡主は亭子の柱に寄りかかり足を伸ばした。

「最近は物語を読むくらいしか楽しみがないのよ」

ため息混じりの声だった。

「この前読んだ本にはとても大胆な女人が出てきてね。自分の夫も叱り、義理の母親も叱り……どんなに痛快だったか！」

「お顔色がよくないようですよ」

「寂しいからよ」

身分の高い女性には似合わない苦笑いが彼女の口もとに浮かんだ。

「とても寂しくて、家族の温もりが恋しくなる。それでチョンソンにも会って、お兄様にも会って、上の人たちにも会ってきたのに、誰ひとりとして私の心をわかってくれないの」

以前も似たような話をしていた気がする。

「このままでは生きていけないわ。夫はいつも石のように感情もなく振る舞い、姑は私の家に来るたびに、王族を嫁に迎えると主人のように仕えなければならないなどと皮肉るし……それが息苦しくてたまに外の空気を吸いに出かけたら、誰が告げ口をしたのか叱られもして……」

チョンヨン郡主は涙を見せないように顔を上げた。

「ほかの家の夫人たちはご主人と仲むつまじいというのに、うちの旦那様は私に指1本も触れないのよ。子を産んでからはさらにそう！　最後に床をともにしたのがいつなのか思い出せないくらいだわ。女の身でこっちからのしかかるわけにもいかないし」

昔からよく知る間柄とはいえ、宮女に話すような話ではなかった。チョンヨン郡主はいくら憤懣《ふんまん》が溜まっていたとしても夫婦の夜の事情まで暴くほど分別がないわけではない。ところが、今日は腹を決めたかのようにぺらぺらと吐き出した。

「冗談を言うと顔をそむけ、媚びると叱られるし……。この国では女人の本分は本当に難しいわ」

チョンヨン郡主は袖で鼻をフンとかんだ。

「みんな私のことで大騒ぎよ。これもしちゃ駄目、あれもしちゃ駄目って、まるで言葉も話せない赤ん坊扱い。ああ……不貞腐れた義理の両親、愚かな夫を抱えてどう暮らせというの？」

「まあまあ、落ち着いてください」とドギムがチョンヨン郡主をなだめる。

「チョンソンは興恩副尉の女遊びのせいで痩せていくというのに……。でも、私はあの子がうらやましいわ。うちの旦那様も妓生たちと遊んでいれば、少しは女人の扱い方も学ぶんじゃないかって」

チョンヨン郡主は赤くなったまぶたを震わせた。

「どうしてうちのきょうだいはみんなして結婚に失敗したのかわからないわ。私とチョンソンは言うまでもなく、王様も王妃様がどれだけ気に入らないというのか、不倫まで……」

チョンヨン郡主ははっと口をつぐんだが、すでに手遅れだ。

ドギムはぎこちなく目を伏せた。しかし、すでに聞いてしまったことを聞かなかったことにはできない。たしかに不倫と言った。女人に対しては疎いと思っていたまさにその王が、宮殿の塀を越えて別の女人を抱いたのか……。

「私……私ったら正気じゃないわね。全部忘れて」

チョンヨン郡主はおびえた様子で辺りをちらりと見まわした。

「もう過ぎたことよ。王様が世孫だったとき……まだ少年のとき……興恩副尉の誘惑に負けてほんの一瞬過ちをね……」

自分のうかつさを収拾するため、チョンヨン郡主はさらに言ってはいけない話を口にした。

女好きで有名な興恩副尉と宮殿の塀を越えたとしたら、間違いなく妓生との場を設けたはずだ。女人は害悪だと言ってはばからず、非常識な振る舞いをしながらも、実際は妓生と濃厚な遊びをしたとは狡猾だ。まぁ、思い返せば通りすがりの純真な宮女を捕まえて承恩を下すなど、色目を使う方だったから、ないこともないだろう。

ドギムはなんだか気が抜けてしまった。

「王様は側室も置かないじゃないの。私、あまりにも心が苦しすぎてうわ言を……」

長々と言い訳を付け加えるチョンヨン郡主の目に涙がにじんでいく。

「あなた、どこかで話したら駄目よ。お母様が知ったらひどくお苦しみになるわ……」

「はい、何も聞いておりません」

ドギムが優しくなだめると涙声が次第に収まっていく。ただそれだけの好意にチョンヨン郡主はとても感激していた。

「聞いてくれてありがとう。誰にも打ち明けることもできず、いつも気が重かったのよ」

チョンヨン郡主は衣の結びひもで涙をぬぐい、言った。

「もう戻らなきゃ。遅くなったらまた叱られるわ」

外に合図をすると、小柄な侍女が入ってきた。目の底に自分を小馬鹿にする思いが透けて見え、チョンヨン郡主はうんざりした。ドギムの耳もとにそっとささやく。

「なんだか、常にそばにいる侍女たちよりも、何の関係もない他人のほうが信頼できる気さえするのよ」


「大妃様に捧げる加減清気湯《かげんせいきとう》です」

ソ尚宮が風呂敷で覆ったお盆を差し出した。うららかな日の差す窓の下にあごを当て、物思いにふけるふりをしてこっそり居眠りしていたドギムははっとした。

「王様が直接煎じて安否をうかがおうとしたのに、急きょ成均館《ソンギュングァン》に用事ができ、出向かれたそうです。だから代わりにお使いに行きなさい」

「尚宮でもない私が大妃様にお目にかかるんですか?」

「王様があなたに行けと言ったのだから行くんですよ!」

ソ尚宮はうたた寝でついた跡の残るドギムの頬を不満そうに見た。

「ところで、最近のお前ときたらいったいどうしたんだい？　まぶたは赤く腫れてるし、病気の鶏のように居眠りしたり！　一晩中ヨンヒと喧嘩でもしたのか？　それで泣いたとか？」

「喧嘩したなら泣かせてますよ。私が泣くことは決してありません」

「まあ、それはそれは」とソ尚宮は舌打ちした。

「王様がしきりに反省文を書いてこいと言うからですよ。明るいときには暇がないので徹夜するしかないんです」

「だから目をつけられないようになさいって」

「ほかの宮女たちのことは見て見ぬふりをしながら、なぜ私だけこうも冷たく扱われるんでしょうか」

「それだけお前が目障りということでしょう。でも、本当にそれだけなの？」

ソ尚宮は疑わしげなまなざしを送ってきた。

「毎晩でたらめなことをしてるんじゃないの？」

「まさか、毎晩ヨンヒと愛し合ってるとでもいうんですか？」

ドギムの軽口をふさぐために、ソ尚宮は躍起になった。

「お前のせいで私は命がいくらあっても足りないわ！」

ぶつぶつ文句を言いながら、ソ尚宮はドギムのしわくちゃな身なりと寝ぐせのついた髪を整えはじめる。幼子でもないし自分でやると嫌がるドギムの手を振り払い、小言を続けた。聞き流しているとドギムの関心を引くような話がふと飛び出した。

「……お前があれこれ大妃様から目をかけてもらっていたことは知ってる」

「また、なんですか？」

「だが、これからお前は新しい王様に仕える至密内人だ。良心だとかなんだとかつまらないことに気をつかわず、ただ王様だけを最優先に仕えなければならないという意味だ。わかってるな?」

「わからないんですけど」

「王様は数多くの宮女のなかからあえてお前を行かせるんですよ!」

「大妃様の意中を探ってこいとでも?」

核心を突かれ、ソ尚宮はびくっとした。しかし、それに対して明言は避けた。

「些細な問い、簡単なお使いがすべて命綱をかけた試験かもしれない。目に留まるように最善を尽くしなさい。わかるな」

「それで何を聞き出せばいいんですか?」

「まったくもう!」

ソ尚宮はドギムの腕をつねり、とにかくうまくやってこいと言葉をにごした。

「できないことはできません。ウォレ姉さんも、尚宮様もしきりに変な話で脅したりして……。ただすべきことをしながら、普通に暮らすことはできませんか?」

「だから王様の目につかないようにすべきだったのだ」

出る杭は打たれるというソ尚宮の教えを破ったのはドギムのほうだから、その答えは的を射ている。

「ところで、ウォレもお前にそんなことを言うのか?」

「はい。しきりにうまく人の下につけなどと言って煩わしいです」

「あの子は少なくともお前のように頭は悪くはないようね」

ソ尚宮はため息をつき、言った。「名のある宮女は、名のない宮女より立場がないものよ」

ドギムの身なりを整え終え、ソ尚宮が付け加えた。

「顔のむくみだけでもなんとかしなさい。見てられないわ」

よく見せたい人などいないのだから、顔がむくんでいようがいまいが関係ない。まぁ、暇ができたらあらゆる美容法を知り尽くしているギョンヒに聞いてみようかと思ったが、意外に早く会うことになった。

大妃殿を訪れたドギムは、部屋に入れという命令があるまで待機するように言われたので、隣の部屋に入った。そこに彼女がいたのだ。それも水墨淡彩屏風の薄い壁に耳を当てた姿で……。

「あなた何してるの？」

ドギムが肩をぽんと叩くと、ギョンヒは身をすくませた。

「びっくりした！　あなたこそ何？」

「王様の使いで来たのよ」

「私は王妃様についてきたの」

「針房内人のあなたがどうして？」

「最近、出宮された宮女が多すぎて、中宮殿は人手が足りないの。至密がどれほど荒涼としていると思って。針房と繡房内人を使って空いてる場所を埋めてるのよ」

ギョンヒは扉を閉めさせると、ドギムを隣に招き寄せた。

「王妃様も大妃様のご病気の安否をうかがいに来られたの？」

「ふん、ご病気だなんて！」

ギョンヒはふたたび壁に耳を当て、目を輝かせた。

「言い訳だわ。身を隠してるのよ。王様がコ・ソホン様を皮切りについに刀を抜いたので、今まで威勢のよかった臣下たちも、芋づる式に次々と追い出されるでしょうね」

「やっぱり、あなたの辛辣《しんらつ》なところはいつ見ても愉快だわ」

ドギムがからかうと、ギョンヒは目を見開いた。

「賢いと言って！　あなたもちょっとは見習ったらどう？　あなたはいつも世情にうといのよ」

「私は細く長く生きるつもりよ」

「それは納屋で埃を掃いているときにだけ通用した話よ！　これからは賢く振る舞わないと大変なことになるわ」

「昔も今も雑用係なのに、何よ」

ギョンヒは言いたいことが山ほどあるかのように唇を震わせたが、すぐ首を横に振った。

「……もういいわ」

「何よ、言わないの？」

「あとでね。もっと確実になったら」

ひとりでうなずき、ギョンヒは話を変えた。

「近いうちに事が起こるだろうけど……。たぶんお互いに出端《ではな》を折ろうとするわよ」

「大妃様と王妃様が？」

「いいえ。王様と大妃様のことよ。共通の敵がいる頃は手を組んでいたでしょうね。でも、もう無事に即位されたじゃない。大妃様の外戚であるキム氏らが寵臣となれるかが鍵だわ」

「王様は、キム氏一族が寵臣だなんて憤慨なさるでしょ？」

ギョンヒはさらに声を低くした。

「大妃様は王妃だった頃とは違うわ。朝廷に言教を下したり、王を叱ることのできる王室の長なの」

少しでもよく聞こえる壁を探して、ギョンヒは体を移動させる。

「実は私、大妃様が権勢を握ったらいいと思ってるの。大妃様の兄にあたる右尹《ウユン》様が、私の父の商団の後ろ盾をしてくれてるからね」

「あなたのお父さんが何か調べるように言ったの？」

思わずそんな言葉が口をつく。言ってから、非難のように聞こえたのではないかとドギムはギョンヒの顔色をうかがう。

「情報をちょっと得て、渡すだけよ」

後ろめたさにギョンヒの顔も赤くなっていた。

「私はボギョンみたいに手ぶらで追い出されたくないわ」

とはいえ、ボギョンが宮殿を出されて一番寂しがっているのはギョンヒだった。鬱憤をぶつける人がいなくなって困ってるだけと言い訳をするが、一昨日などは「あなたが王様に媚びを売って、ボギョンをまた大殿の宮女に戻してもらえないか」とドギムに頼みもしたほどだ。

私がボギョンと仲よく手をつないで杖刑を受けるのを見たいのかとドギムが言うと、ギョンヒは不思議そうな表情を向け、つぶやいた。

「なんだかあなたならできそうな気がして……」

ドギムはギョンヒに釘を刺した。「ヨンヒに余計なこと言わないでよ。あの子はあなたの言うことならそのまま信じるじゃないの」

「本当のことを言って何が悪いのよ」

「そうそう、私も気になることがあるの」

「今度は何？」

「先王様と義烈宮様の仲が悪かったときがあったって本当？」

脈絡のない問いにギョンヒが眉をひそめた。

「急になんなの？　細く長く生きるんじゃなかった？」

「あら、昔話を聞くだけで人生が太く短くなるかしら」

ああ言えばこう言うと舌打ちしつつ、ギョンヒはきちんと答えてくれた。

「何年もの間、冷めた時代があったらしいわ。先王様は世子だった景慕宮《キョンモグン》様と険悪だったときは、その生母である義烈宮様にも会わないようになさっていたからね」

景慕宮とは、今の王の父親であり、若死にした荘献世子を指す宮号だ。

「コ・ソホン様をはじめとする多くの宮女たちもそのときに娶ったたし。でも、結局は義烈宮様のもとにお戻りになった。景慕宮様がお亡くなりになったあとも一途だったしね」

ドギムが何を聞こうとしているのかわかっているかのように、ギョンヒは言い添えた。

「先王様と景慕宮様は父子の関係なのに性格が全く合わなくて、お互いに耐えられなかったそうよ。もともと先王様はかなり堅物だったじゃない」

「やっぱり側室なんてなるもんじゃないわね……」

己の考えの正しさを確認するかのようにドギムがつぶやく。

一生涯、王の寵愛だけに頼らざるを得ない厳しい暮らしは、身分の低い宮女出身の側室にはなお残酷にならざるを得ない。愛欲の競り合いを繰り広げたふたりの側室も、宮中という閉ざされた世界から外の世界へと旅立っていった。

「得た分だけ失うものよ」とギョンヒは肩をすくめた。「まぁ、義烈宮様はあまりにも多くの代償をお払いになったとは思うけど……」

「義烈宮様のご子息たちが若死にしたから？」

「それもそうだけど……ほら、壬午年《みずのえうま》（一七六二年）のことがあったじゃない……」

らしくない口調で言葉をにごすギョンヒに、ドギムは首をかしげた。

「一体あなたは何を知っているの？」

「先王様が義烈宮様に借りを作ったとでもいうか」

しかし、ドギムはその先を聞くことができなかった。外で人の気配がしたのだ。ふたりはすぐに壁から離れ、ばたばたと身を正した。

「お入りなさい」

大妃に仕えるコ尚宮は疑わしい匂いを嗅ぎつけたのか、不審な目でドギムとギョンヒをじっと見つめた。

ギョンヒを残し、逃げるようにドギムは中に入った。髪をまとめた大妃は白い木綿の服を着ていた。そのそばに鎮座した新たな王妃は針のむしろの上にいるように困り果てた表情だった。

「胃の不調がある大妃様のお身体を案じて、王様が自ら処方されました」とドギムが薬をのせた盆を差し出す。

どんなに鈍感な観察力の者でも、大妃が朝廷で心配するほど具合が悪いわけではないということはひと目でわかる。顔色は鮮やかで、頬はほのかに赤みがさしている。

果たして何を聞き出せばいいのだろう。このまま手ぶらで帰るのは気が引けるが、大妃から何かを引き出せる話術もない。進むも地獄、退くも地獄だ。

「病人を初めて見たのか」大妃が口を開いた。「どうしてしきりにちらちらと見ておる。王様が私の様子を見てこいとでもおっしゃったのか」

　間違った話ではなく彼女の表情は温厚極まりなかったが、語感が妙だった。

「もちろんです、大妃様」

　ドギムは平然と笑みを浮かべた。

「大妃様の容態をよく見てお伝え申し上げれば、王様の心配もなくなりますから」

　王と大妃の間に起こっていることがなんであれ、間に挟まれたドギムも間抜けではない。少なくともそれなりの振る舞いはできる。

　大妃はふと目を細めた。

「まさかそなたが来るとは思ってもいなかった。変わりはなかったか」

「有難きお言葉、恐悦至極に存じます」

「聞くところによると『内訓《ネフン》』の筆写の仕事を断ったとか？　私が最近授けた仕事ではなかったか？」

　あちらこちらに話題を変えるのは大妃特有の話術だ。彼女は自分の思うような方向に話を引っ張っていくのがうまく、話に乗せられて誰もがいつの間にか心のうちの隠し事まで話してしまうのだ。

　大妃の話に振り回されないようにしなければ……。

「大殿に仕える仕事にまだ慣れておらず、暇を作ることができませんでした」

「本当にそれだけか？」

　大妃の唇は柔らかな曲線を描いているが、目の底は氷のように冷たかった。

「私はまた、そなたがわざと私を避けているのではと思っておった」

　瞬間、背筋に鳥肌が立った。遠回しに話してくれれば愚かなふりをしてかわすこともできただろうに、このように真正面から一突きされては逃げようがない。

「とんでもございません」

いろいろな面で大妃を避けなければならないときであることは事実だった。最も厳格でなければならない大殿の宮女がほかの宮殿の主人と私的に通じるのは体裁もよくないうえ、最近は内需司《ネスサ》の視線も鋭く、ややもすると揚げ足を取られかねない。そして何より、大妃と親しく過ごすのは悪い意味で王の関心を引くとドギムは直感した。

「では王様に言付けをしておくから、そのつど立ち寄りなさい。横になってばかりでは寂しい。枕もとで本でも読んでおくれ。そなたのように読むのがうまい宮女はいない」

お世辞なのか本気なのか判断がつかない。遠回しに断りを示す前に大妃は話題を変えた。

「王様のご様子はいかがか。同じように湯薬をお飲みのようだが？」

「気を補うために召し上がるだけですので、ご心配なさらないでください」

「もちろん、王様は健康でなければならぬ。いまだお世継ぎを立てられない心配も大きいだろう」

自然と、すべての視線が王妃へと移った。

王妃は真っ青になった。子を授かれない体だともう何年も疑われているのだから、それも当然だ。昨年から内医院で不妊治療の湯薬を出しているらしい。実に気の毒なことだった。夜の営みを決めるのも王であり、女性を嫌うのも王であるのに、子ができぬ責任はすべて王妃が受けているのは不合理だった。しかし、誰が王の身体を疑ったり、無理に中宮殿に引きずっていったりすることができるだろうか。

「王妃は湯薬をしっかり飲んでおるのか？」

露骨な質問に王妃はうろたえた。

「は、はい……大妃様……」

大妃は複雑な表情を王妃へと向ける。同情でもなく、軽蔑でもない。その表情はなぜか、一滴の血も混じっていない王が王妃に向ける表情とよく似ている。

「そうか、とにかく……。王様は優しくしてくれるか？」

王妃は答えなかった。それもそのはず、大妃が訊ねたのは王妃ではなかった。彼女の厳しい目つきはふたたびドギムへと戻っていた。

「とんでもございません。叱られているだけです」

ドギムが慌ててそう返す。

「どんなにご神妙であられるのか細かい間違いにもすぐお気づきになります。一昨日も明け方に小腹が空いてこっそり間食したのですが、すぐに気づかれてしまいました」

親しくする相手ではないが、重苦しい空気を変えようと必死にしゃべった。王妃があまりにも青ざめているので、大妃の関心を自分に向けておかなければと思ったのだ。

「清廉潔白で、浅はかな者には決して目もくれない王様が、宮女に関心を示すなんて妙なことだ」

「私がひときわお気に障るご様子です」

「ひときわ目立っているからかもしれないな」

大妃の口もとに意味深な笑みが浮かんだ。

「そなたを初めて見たときを思い出す。写筆の礼はどうしたらいいものかと訊ねたら、報酬はいらないのでひと目お顔を見てみたいと言ったな。顔も知らない方に捧げる由もないと」

たしかに怖がりはしなかった。報酬をもらうのも気が引けるので、高貴な方のお顔を一度見ることで帳消しにしようとしたのだ。

「そんな度胸があるなら、女《おなご》の顔よりもっと尊いものも見そうな気がしたものよ」

少々皮肉なささやきだったが、ドギムの耳には確かに届いた。

「もう横にならないと」

大妃は何事もなかったかのように盆を押しのけた。

王妃が先に出て行き、ドギムはあとに続いた。庭には宮人たちが控えていた。ギョンヒは至密内人の間で好奇心に満ちた目つきを友へと送っている。

「そなた……」

王妃がふと立ち止まった。

「ソン家のドギムと言ったな?」

控えめな態度には変わらないが、妙な違和感を抱いた。普通なら見逃すほどの些細な感情の発露だった。穏やかな言葉づかい、臆病な気質という分厚い仮面の下に、見慣れない何かが隠されていた。

「王様に安否を伝えなさい」

そう言い残し、王妃はゆっくりと立ち去った。


自分とは関係のない心理戦にドギムはずっと緊張しっぱなしだったため、大妃殿を出たときには力が抜けた。それでも翌朝の巳《み》の刻(午前十時)までは番に立たなければならなかった。今日も鬼殿閣だ。サンは世孫時代そのままの陰惨な鬼殿閣になぜか固執している。所帯道具を移すのは不便だというが、本当のところはよくわからない。

ドギムが鬼殿閣に戻ると、暮れ始めた茜色の空に黒い煙がもくもくと立ち上っていた。宮女たちが集まり、何かを燃やしているのだ。

「集慶堂《チプキョンダン》の書庫を片づけてるのよ」

ドギムに説明し、ウォレが燃えさかる炎の中に本を一冊投げ入れた。集慶堂といえば先王の寝所だ。そこの書庫には先王が好んで読んでいた恋愛小説がたくさん保管されているはずだ。

「どうして燃やしてしまうの？　もったいないじゃない」

「ご命令よ。性理学書を除いた残りは全部燃やしなさいって」

わかるような気がする。小説などくだらないと言い放ち、文字は純正古今体だけで書けと要求する頭の固い王が、大殿を埋め尽くした雑書をそのままにしておくわけがない。

「あなたも手伝いなさいよ。本を持ってきて。すごくたくさんあるんだから」

集慶堂は鬼殿閣からさほど遠くはなかった。一時は王を祀る御殿だったが、今は倉庫のように門が大きく開かれ、宮人たちでごった返していた。

「雑書は取り出していいが、性理学書と漢文学書には触れないように。よくわからなければ別監に聞いて、関係のない本を燃やすことのないよう注意してください」

門の前ではドンノが、宮人たちが抱えた本を点検しながら戒めていた。ドギムは彼の目に触れないように顔を伏せ、通りすぎた。

宮人たちが踏み荒した書庫の床は泥で汚れていた。塵一つでもあれば飛び上がるほどお怒りになった先王を振り返り、なんだか寂しくなった。慌ただしい隙を狙って、ドギムは書架の間を見て回った。さすがになかなか手に入らない人気作が並んでいた。

奥まった下の棚に並ぶ長い連作にドギムは目を留めた。

「まあ、『郭張両門録』じゃない！」

悲鳴のような声をあげたのはドギムではなかった。突如現れたヨンヒだ。

「ゴミのあるところには必ず現れるのね」

あきれたようにドギムは言った。

「そうよ」とヨンヒはうなずく。「匂いを嗅ぎつけてきたわ」

大殿の洗手間の宮女らしく彼女はいつも肩に大きなかごをさげ、汚物とゴミを回収している。洗手間の若い内人は、雑仕女《ぞうしめ》と似たようなものだとぼやくのもわかる気がした。

ヨンヒは一冊を手に取り、表紙に息を吹きかけた。うっすら積もった埃がぱっと広がった。

「でも、ここにある本はゴミじゃないわ」

ヨンヒが『郭張両門録』十二冊すべて取り出すのを見て、ドギムは寂しそうにつぶやいた。

「王様がゴミだとおっしゃったらゴミになるのよ」

「郡主様たちに捧げたあと、すっかり忘れていたのに……」

「そうね。燃やさないといけないなんて残念ね」とドギムが手を差し出した。しかし、ヨンヒは渡さなかった。

「本当に燃やさないと駄目？」

ヨンヒは本を開き、自分の署名に指先で触れる。

「知らないふりをして隠しましょうよ。誰にもわからないわ」

「王様を欺いた大罪で首をちょん切られるかも」

少し脅しただけでもぶるぶる震えるだろうと思ったが、今日のヨンヒは違った。

「……やっぱり隠さない？」

「正気じゃないわ。出しなさいよ」

奪うなら奪ってみろと言わんばかりに、ヨンヒはさっと本を後ろに隠した。

「本気で私が奪えないとでも思ってるの？」

ドギムが服の袖をまくり上げるとヨンヒは焦った。

「私たちがどれだけ苦労して書いたか！　あなたも本当は嫌なんじゃない」

「一、二冊ならともかく、この量をどうやって隠しておくのよ？」

「あなた、悪知恵が働くじゃない。なんか考えてよ」

ヨンヒの気持ちはわからなくもない。彼女はもともと目立たない宮女だ。生まれつき善良で誠実だが特別なところはない。宮殿にいる無数の宮女たちのうちのひとりにすぎないのだ。多くの尚宮はまだヨンヒの名前を知らず、「そこのお前」と呼ぶことも多い。だから、珍しく褒められるととても喜んだ。掃除した部屋の美しさを賞賛されたときは、本当によくやるわと皮肉るギョンヒを抱きしめたりもした。

そんなヨンヒだからなおさらなのかもしれない。誤字は多いし、お世辞にもきれいな文字とは言えないが、ヨンヒは心の底からこの筆写に満足していた。彼女にとってこの本は、王室の君主と肩を並べたという誇りの産物だったのだ。

その些細な幸せを奪うなど、友としては到底できないことだ。それでもドギムには、宮女として守らなければならない一線があった。

「それぐらいにしてこっちによこして。早く」

ドギムの強硬な態度にヨンヒはがっかりしたが、抵抗はやめなかった。ふたりは埃をまき散らしながら、上になったり下になったりと揉み合いを繰り広げた。

「何を騒いでいるのだ？」

声を発したのはドンノだった。ネズミのように音もなく現れ、戸口に寄りかかっていた。

「なんでもございません」

焦ってヨンヒは力をゆるめた。その隙にドギムは本を奪い、懐に入れた。しかし、ドンノは見逃さなかった。

「ちょっと見せてください」

「ただの小説でございます」

抵抗すればかえって興味を引いてしまう。あきらめ、ドギムは本を渡した。ドンノは本を開き、ゆっくりと目を通しはじめる。

「『郭張両門録』だな。平凡ではあるが、なかなかいいものだ」

ぱらぱらと頁をめくっていた目が、隠そうとした署名をついに発見した。

「そうか。君たちが書き写したのか？」

「郡主様をお助けしただけでございます」

ぶっきらぼうな返事に、ドンノは笑った。

「そちらの宮女殿はこれを燃やしたくないと言っていたようだが」

人参のように顔を赤らめながらヨンヒはうなずいた。

「あなたもいっしょに筆写をしたんですか？」

「はい……ソン・ヨンヒと申します」

「そう。ここに名前が書いてあるね」

耳が溶けるほど甘い口調に、ヨンヒは正気を失いそうになる。

「そういう事情なら持っていってもいいだろう」

ドンノはヨンヒに本を差し出した。ヨンヒはぼーっとしたまま手を伸ばす。

しかし、ドギムが割って入った。「それはいけないことでございます。王室の財物ですよ。なぜ承旨様がいいか悪いかを決めるのでしょうか」

「いいではないか。見ている者もいないのだから」

ドギムは非難めいた鋭い視線を和らげなかった。

「ほお。以前から感じていたが、宮女殿には生真面目なところがあるようだね」

「あまり冷やかさないでください」

突然、ドンノが笑い出した。赤い唇の間から白い歯がこぼれた。

「あなたは竹のような王様には柔らかく接し、柳のような私にはとてもお堅いのですね。なんだか振る舞いが別人のようです」

どうして、いきなり王様の話を持ち出してきたのかとドギムはあきれた。

「すべからず世渡りの術とは、真っすぐなものには柔軟に、柔軟なものには真っすぐに接するのが道理です」

「ああ、なるほど。それが男を扱う術だということかな？」

わざと怒らせている。あからさまな挑発だ。このままでは終わらないだろう。

ドギムは尚宮を呼ぼうとしたが、ドンノがひと足早かった。彼はヨンヒが背負っていたかごを奪い取るや、ひっくり返して中のものをぶちまけた。書庫はすぐに悪臭にまみれた。大半は洗踏房に渡す洗濯物だったが、それ以外の汚れ物もたくさんあった。

ドンノは空になったかごの底に本を入れ、上から洗濯物で覆い隠した。

「このまま背負っていけばいいさ」

手を叩いて埃を払い、ドンノは言った。ヨンヒは喜びいさんで洗濯物を整え、むっとしているドギムに言った。

「あまり怒らないで。いいことはいいことよ」

「こんな無理強いは今回だけよ」

深いため息のあと、ドギムは白旗を上げた。

「私たちの部屋に隠しちゃ駄目よ。近いうちに大殿の宮女たちの部屋を抜き打ちで検問するという噂を聞いたから。ギョンヒのところに行って預けるのよ。しばらく保管してから、実家に送るように頼めばいいわ」

ギョンヒのことは固く信頼しているヨンヒなので、一気に表情が明るくなった。

くすくす笑いながら去るヨンヒを見送ると、ドギムの心配はさらに深まった。自分の手を離れたことで不安が増したのだ。百回うまくやっていた人でも一度問題を起こしたら、もう見る目が変わってしまうものだ。しかも、ヨンヒが思っているよりはるかに深刻な問題だ。

まず王室の品物を勝手に持っていったのだから間違いなく窃盗だ。さらにドンノまで絡んでいる。もしこの悪事がばれたとしてもドンノは自分が渡したとは言わないだろう。たとえ言ったとしても助けにならないだろうし、宮女が私的に官僚から特恵を受けるのは窃盗よりもたちが悪い。

「一体なぜなんですか?」

ふたりきりになると、ドギムはドンノに詰め寄った。

「あの子は至密内人でもないうえに――」

ドンノがさえぎり、言った。「私が歓心を買いたいのは、目の前にいるあなただけですよ」

「なんですって?」

「万が一、あの宮女の本の持ち出しがばれたとしても揉み消してやると言えば、少しは私を信じてくれますか？」とドンノはドギムに笑みを向ける。

「この辺で自分の味方が誰なのか、きちんと確かめておいたほうがいいでしょうね」

周りのみんなからことごとく同じことを言われるから、ドギムはうんざりしてしまった。

「それでは私が承旨様に借りを作ることになります。それが望みなのですか？」

「これはこれは……私はそれなりに観察眼があると自負しているのですが、宮女殿の考えていることだけはよくわからないなぁ」

ドンノは笑みをたたえたまま、続ける。

「せっかく男が好意を示してるんですから、気持ちよく受け入れたらどうです？」

「あえて私の歓心を買おうとする理由はなんですか？」

「そうだな……」

少し考え、ドンノは言った。

「いずれにせよ同じ王に仕える仲ならよく知っておいたほうがいいし……私は欲しいものは手に入れなきゃ気が済まない男だからね」

わけもなく胸の片隅が重くなった。

「宮女殿はどうです？　もっと多くのものが欲しくないですか？」

「まったく必要ありません」

「逃げれば逃げるほど追いかけたくなるのが男の心理なのだが、さてどうしたものか」

意味深な言葉を残し、ドンノは去っていった。

顔や手が汚れで黒くなった頃、ようやく書庫の整理が終わった。ドギムは疲れ果て、蒸し餅のようにだらりと床に座り込んだ。特に騒ぎも起きていないようだし、ヨンヒも見つかっていないようだ。このまま手足を伸ばして寝転がりたい。

しかし、長い一日を終えるためには最も恐ろしい最終関門を抜けなければならない。ドギムは意を決して、立ち上がった。

王は白い四方巾《サバンゴン》をかぶり、楽な燕居服《ヨンゴボク》姿で上訴状を読んでいた。夕食もとらず、ずっと読んでいたのだろう。積み重ねられた書状はまさに山のようだった。

ドギムに目をやることもなく、サンは用件を切り出した。

「大妃様のご容態は?」

「顔色がよくなられました」

「体を動かすのはつらそうでなかったか?」

「座ったり立ったりなさるのもご無理がないようですし、すぐによくなられると思います」

「私が聞いていた話とは違うようだ」

「どんなお話でしょうか……?」

「先ほど、大妃様から言付かってきたのだ。ご病気でこれから数日間横になっているだろうと伝えてきたのだが」

ドギムはあっけにとられた。

「ただ横になっているのは寂しいので、枕もとで本を読んでほしいからお前をよこしてほしいと頼まれたのだ。お前は本を読むのがうまいといってな」

サンは書状から顔を上げ、ドギムを見た。その目には一抹の不信がうかがえた。

「わ……私は存じあげません。大妃様が……お世辞かと思ったので……」

困惑するドギムを見て、サンが言った。

「どのみち私が断っておいた。私のそばにいろ」

「……」

「人手も足りないのに、お前に油を売られていてはかなわん」

そんな言い訳めいたことを付け加えた。

「とにかくそういうことで、頼み事がもう一つあるのだが……」

サンが乾いた目をこすりながら体をひねったとき、その肘が危なっかしく上訴状と本の山に触れた。ばさばさと紙の山が崩れていく。ドギムはすぐに一つひとつ片づけていく。ふと一枚の紙を手にとり、サンに訊ねた。

「王様、これはただの白紙ですが……？　紛れこんでしまったようです」

片づけようとするその手をサンがとった。激務に苦しめられて赤みを帯びた目でまっさらの紙にさっと目を通すと、サンは笑い出した。

「実力を見極めるため官僚たちに文を書かせるようにしたのだが、とても見苦しいものだ」

真っ白な紙の一番上に小さく書かれた三文字を王が指さした。

「芸文館《イエムングァン》で働くといいながら簡単な文章さえ作れず、名前だけ書いたものだ。臣下たちに裏金を渡し官職に就いたに違いない」

誰であろうと度胸だけなら判定勝利だ。ドギムは驚き、あらためて紙の山を探ってみると、恥ずかしい白紙答案は何枚も出てきた。おそらく、王自らこんなふうに一枚一枚丁寧に読むとは思わなかったのだろう。そう信じていなければ、このような愚かなことはできはしまい。

「白紙の答案はむしろ両班のものだな」

違う一枚を手にし、サンがつぶやく。

「こいつのを見てみろ。このような文章で私の目を汚しただけでは足りず、貴重な紙まで浪費したのだから、殺すに値するやつだ」

彼が苛立たしげに投げた答案には、最近流行っている歌の歌詞が書かれていた。

「このような些末な仕事は大臣たちにお任せになったらいかがでしょうか」

「些末なことでもよく見ておかなければならない。私の目が届かなくなればすぐに弊害が生じ、以前のような腐敗した風習に戻ってしまうだろう」

王になっても、相変わらず真っすぐで生真面目だ。

「哀れな者たちは夜が明け次第、辞職させよう」

「辞職だけで済ますのですか」とドギムが冗談めかして煽っていく。「王様の親裁を安易に考えた罪は大罪です。突飛な答案用紙を大小すべてのお役所で回し読みができるようにし、恥さらしにしてやってください」

「おお！　そうか。それはいい考えだ」

無防備な笑みを向けられ、ドギムははっとした。少年時代の面影がよみがえる。

「王様はもっとお笑いになったほうがよろしいかと存じます」

ついそんな言葉が口をついて出た。

「誰が笑ったと！　私は生まれて一度も笑ったことがないのだ」

必要以上に動揺し、サンは怒りでそれをごまかした。

「腹を抱えるほど大笑いされるお姿を、私は直接拝見したこともございますが……」

「そんなはずはない！」

しかし、結局、自分でも無理だと悟ったのか、王は照れくさそうに咳払いをした。

いい機会だとドギムは訊ねた。「臣下たちにはときどき優しさをお見せになるのに、どうして宮女たちには常に冷たいのですか？」

「無能な輩は叱って教えるのが適切だ。優しくすればするほどつけあがり、大切な指示を聞き流し、怠けるだけだ」とサンは言い放った。

王の宮女に対する偏見は一日や二日のものではない。また、ある面では否定できない事実でもある。それでも妓生たちに手を付けるような人に指摘されるほど恥ずべきことではない。

チョンヨン郡主の言葉が脳裏によみがえり、なぜだがドギムは腹が立ってきた。裏切られたような気がした。サンの言葉の一つひとつが耐え難い偽善のように感じる。

「たしかに王様に笑みを向けられでもしたら、宮女たちはその場で失神するでしょう」

ドギムは冗談に冷やかしを交ぜ、サンをからかった。

「口元を弓のように曲げると後光が差し、その目を月のように傾けると奥ゆかしい香りが漂い出します。どんな宮人が耐えられるでしょうか。美形の誉れ高い同副承旨様さえも王様の微笑みの前では輝きを失った月のようにしか見えません。どうか宮女たちの心身に配慮してこれからも厳しく接してくださない」

サンの耳が赤くなる。

「おい、やめないか！」

あたふたと上訴状を読むふりをした頬も真っ赤だ。

あからさまな褒め殺しにこの反応は、純朴な田舎の青年のようだ。妓生たちと不義を重ねるような男が見せるそれではない。ドギムは混乱し、その軽口はさらに度を越していく。

「この間、あるお役人様が、王様は本当に見目麗しく、お声は美しく、お姿を見るだけで気分がよくなるとおっしゃられていました」

「それはまたいつのことか……。おい！　お前はなぜ王を恐れぬのだ？」

王をからかい、怒らせたらさぞ面白いだろうと常々思っていたが、そんなことはなかった。

サンの目がいつもとは違っていた。真っすぐできれいな瞳になぜか切なさのようなものがちらちらと垣間見える。

突然のどが詰まった。生まれたばかりの子犬は虎の恐ろしさを知らず、高揚した気分のまま、ついからかってしまった。妙なほど奥ゆかしいあの目は、普通の宮女たちには見せないものだということに気づいた瞬間、彼が敬わなければならない気高い虎だということを思い出した。

ドギムは気まずい思いのまま、先に視線を避けた。サンもつられて顔をそむけた。彼の疲れた首がぼきぼきと大きな音をたてた。

「ところでドンノが……いや、承旨が宮女たちの間で話題になったりするのか？」

何かの書状を探すふりをしながら、サンが訊ねた。

「容姿端麗だと有名ではございます」

「……お前の目にもそう見えるか？」

「もちろんでございます。伝説の美男、〝楚の宋玉《そうぎょく》〟が転生したような美形ですから」

貴公子のように真っ白な肌、美しい紅色に散る陽気な笑顔……見た目だけは万人の女性がうっとりする美しい男だ。

ただ、今のドギムはその幻想から解き放たれている。正しいことはわからないが、内に秘めた下品な一面を感じとってしまったのだ。俗世と離れて生きてきた彼女には決してわからない暗い面が確実にあった。サンとは別の意味で心のうちが知れない男だ。

「王に仕える者たちが男の話なぞしているのか」

自ら話を振っておきながら、サンの機嫌が悪くなる。

「相変わらずのろまだな。早く片づけてくれ。させることがあると言ったではないか」

機嫌を取らなければと思ってはいるのだが、ついつい心根が顔に出た。

「お前、その顔はどういうことだ？」

すかさずサンが言いがかりをつけてくる。

「いつも伸びた麺のようにむくんでいるではないか」

「大殿の仕事に慣れず、いささか疲れているようで……」

「笑わせるな」

王様のせいだとのどまで出かかったが、どうにかこらえた。

「ひょっとして、くだらない小説なんぞを読みながら徹夜しているんじゃないだろうな？」

サンは山積みになった書状の下から何かを取り出した。本だ。しかし、決してサンが読んでいる本ではない。それは『雲英伝《ウニョン》』だった。

「右副承旨《ウブ》から取り上げたものだ。禄を食む者が仕事もせずにこっそりこんなものを読んでいるとは」

サンが小説をひどく嫌っていることを差し引いても、『雲英伝』はあまりにも危険だ。大君《テグン》（王子）に仕える宮女ウニョンが宮殿の外でソンビと恋に落ち、手紙をやりとりしているうちに情が通い、ついにそれがばれて自決するという内容だからだ。もちろんドギム自身は、主人公のウニョンとソンビの叶わぬ愛に胸が詰まり、滝のような涙を流した。

「二、三頁めくってみたら、あまりにも惨憺たる内容で最後まで読んでしまった」

サンは汚いネズミを持つように人差し指と親指で本の端をつまんで、これ見よがしに投げ捨てた。

「お前も読んだのか」

ドギムは正直に話した。実際、宮女のなかにこの本を読まなかった者はいない。

「本当にあれが面白いと思うのか？」

サンのこめかみに太い血管が浮き上がっていく。

「守るべき道理を犯したみだらな女を擁護する話だぞ！」

「王様、ウニョンが私と同い年ならともかく、決してふしだらではありません」

思わずドギムは反論していた。

「仕える大君を中心に世の中を見なかった罪、大君でない人を愛した罪は明らかに重いものです。しかし、善処を受けられるのにもかかわらず、自ら自決を選んだのですから、女人として愛する人への貞節を守ると同時に、宮女として大君に対する志操を守ったことになります」

なぜ女だけが愛を渇望しなければならないのか。そして実際に女が愛を渇望すれば、なぜその愛がふたたび刃となって戻ってくるのかという矛盾はどこにでもあった。世間では愛されない女は後ろ指をさされると同時に、愛を望む女も悪口を浴びせられた。

「宮女ウニョンの罪はお前がうまく申したぞ。仕える主人を中心に置かなかった罪、主人ではなくほかの人を愛した罪のことだ。それこそ宮女と女人が犯しうる最大の罪だ」

ドギムは自分が勝てない論争をしたことに気づいた。

宮女と女人の道理！……それよりも悲劇的な言葉があるだろうか。絹の手拭いで首を吊ったウニョンと自分の運命は大して違わない。禁欲、あるいは死という二つの道しか与えられない人生なのだ。

「……王様のお言葉はもっともでございます。お許しください」

ドギムは自ら手綱を締めた。

「あのような本に惑わされ、私的な幻想を抱くのではないか？」

サンが不審そうに訊ねた。

「とんでもございません。私は生涯、王様だけをお慕い申し上げます」

無味乾燥な答えをした。しかし、サンの反応は妙だった。まぶたをぱちくりさせながら唇をぽかんと開いた。間違いなく驚いた表情だ。それを見て、ドギムは慎重に言葉を加えた。

「まあ……当然そうでなければなりませんから」

「ふむ、もちろんそうでないと」

サンは大きな手で顔を撫でながらつぶやく。

「あの……この本のせいでお怒りになり、集慶堂の本を燃やされたのでしょうか？」

「必ずしもそうではないが」

サンは冷静さを取り戻した。

「おかしな文章が世をむしばむのをずっと嘆いてきたのだ。模範にならなければならないソンビらが楽な学問にはまり、古学を遠ざけ、うわべだけの文字に魅了され、重々しく筆を扱えないのが最近の態度だ。宮中の風習を正せば民は自然についてくるものだ」

そうして、サンはドギムに告げた。

「大殿の宮女であるお前も、もうあんな本を近くに置かぬよう」

筆写の仕事と私的な興味は別だ。仕事には生計がかかっている。決して従えない命令だったが、ドギムに選択肢はなかった。ドギムは曖昧にうなずき、話を変えた。

「ところで、ほかにもご命令があるということでしたが」

「そうだった。代わりに手紙を書いてくれ」

そう言って、サンはドギムに一枚の紙を渡した。かつて高級だったその紙は、何度も洗っては乾かしを繰り返すうちに、ぼろぼろになっていた。

私的な御筆を代筆するのは内官の役目だ。意外そうなドギムにサンは言った。

「夫婦のことなので男には任せられないのだ」

困ったことだという表情で、サンは舌打ちした。

「光恩副尉に送る手紙だ。チョンヨンが外出にふけり、夫人の道理を犯しているのが気がかりだ。光恩副尉に夫として厳しく治めるよう伝えてくれ。必要であれば鞭を使ってもいいと書け」

「申し訳ございませんが、チョンヨン郡主様は王様のご令妹ではありますが、子を産み、母親にまでなった立派な士大夫家の奥方であられます。これは少々過酷な仕打ちではございませんか……」

「私がお前に意見を求めたか？」

サンはドギムに冷たい目を向けた。

「先王は可愛い孫娘だと甘やかしたが、私はそうではない。手遅れになる前に叱って正すのが兄としての道理であり、駙馬都尉《プマドゥイ》に対する義兄の道理であろう」

「チョンヨン郡主様はお産をしたのち憂鬱でおられますが、これは女人によく見られる産後病の症状でございます。お身体ではなく心の病気です。むやみに叱るだけでは、かえって鬱憤がたまり、永遠に治らなくなってしまいます」

王が言葉をさえぎりはしないかとドギムは早口で続ける。

「難しい処方が必要な病ではありません。ただ夫君が優しく笑ってあげ、楽しく会話を交わし、きれいな装身具を贈り、愚痴を言えば相づちを打つ……それだけでも効果が得られるでしょう」

近頃のチョンヨン郡主は非常に危なっかしかった。小説に執着するのもそうだし、見境もなく身の上を嘆くのもそうだ。せめてもの救いは、それを心の中に秘めずに周りに吐き出していることだ。しかし、その声を無視してしまったら、彼女は王のもうひとりの妹のようになってしまうだろう。夫の相次ぐ女遊びと冷遇で冬の木のように枯れていくあのチョンソン郡主のように……。

ドギムはサンにも腹が立った。自分自身、王妃様とは和やかな仲でもないし、しかも体面を投げ捨てて浮気までしておきながら、どうして妹にはこのように過酷になれるのだろう。こんな手紙は偽善としか思えない。

「お前は昔からチョンヨンと仲がよく、今でも交流があるとか」

サンの目が鋭く光った。

「最近もよく会っているのか。ひょっとして、お前はあの子に私的な読み物を筆写してやっているのか？」

「たまに話し相手になるだけでございます」

「たとえお前の言うことが正しいとしても、どうして大の男に女人の機嫌をとるようになどと言えるだろうか」

「修身斎家、すなわち自分の行いを修め正し、家庭を整え治めるということです。何をためらうことがありましょうか」

「お前は本当に従順に振る舞うということができないようだ」とサンはため息をついた。

「私の処方で効き目がなければ私を罰してください」

細く長く生きるという一念で過ごしてきた。兄弟の世話が終わり、これ以上宮女としての価値もなくなるときがくれば、老いて疲れた体を寝かせる部屋を一間探して旅立とうというささやかな願いだけを抱いてきた。しかし、そのような心構えにもかかわらず、ドギムは時に太くて短く生きる人々がするような行動をとることがあり、今もまさにそうだった。

「罰しろと？」

「王様の思うように処分なさってください」

「であれば王と王室を翻弄した罪を問い、お前の服の結びをほどかねばならぬぞ」

怖がるどころかあきれてしまった。聞き間違えたのかと思ったが、表情は穏やかだった。

「一度承恩を受けると、二度と一介の宮女ではいられない身になる。奥に引っ込み無駄に歳月を過ごさなければならないんだ。最後まで側室の品階を得ることができなければ、蔑視される米食い虫として腐っていなければならないということだ」

虚空を隔て、ふたりの目が合った。

「それはお前にとって、死よりも恐ろしいことではないのか？」

サンの言葉は正しかった。ドギムはぞっとした。

いつから、こんなふうに自分のことを見抜いていたのだろう。

ドギムの心を見透かすように、サンは言った。

「そうだ。私も少しはお前がわかるようになったのだ」

サンは、昔、彼女が差し出した謙虚な言い訳の下に隠された本音にかなり近づいていた。

「今すぐではなく、十年後にでも、私が気が向いたときに罰を与えることができる。どのみちお前は手のひらの上の存在なのだからな。私があえてお前を受け入れる必要もない。真夜中にしばらく寝殿に呼び、送り返しただけでもお前は終わりだ」

サンはドギムをじっと見据えた。

「昔は遊びだったが、今は本気だ。だとしたら、どうするつもりだ?」

ドギムは自分の息の根を止める足枷を見た。サンは世孫時代のように、直接手を伸ばして彼女の首根っこをつかむ必要さえなかった。王と宮女という名で結ばれた見えない足枷は、息が止まる日まで逃れられないほど頑丈だった。

「それでもまだ猛々しく手向かうのか?」

屈服したかった。どうせ勝てない相手だ。今さら恥じることはない。

しかし、ドギムは賭けを選んだ。

「私の処方に効き目があれば、逆に褒美をください」

この男にだけは……無条件に服従しなければならない王にだけは、ずるずると引っ張られたくはなかったのだ。

「大した望みがあるようだな」

「先王様の宮女だったキム家ボギョンを宮殿にお戻しください」

全く予想しなかった要求に、王の怒りは不発に終わった。

「なんと?」

「キム・ボギョンは笄礼を行ったばかりの大殿洗踏房の宮女でしたが、先王様が崩御して出宮しました。大殿で重宝されるほど実力は確かです」

「たかがそんなことのために命を賭けるのか?」

サンはあきれたように目を丸くした。

「宮女には所有できるものが少なく、友は私の持てるすべてですから」

「私に食ってかかるのも、チョンヨンがお前の友だからか」

ぼーっと虚空を眺めていたチョンヨン郡主の姿が思い浮かんだ。ドギムは決然とうなずいた。

「……私のためにもそうできるか？」

どこか切迫したところがある問いだった。

「もちろんでございます」

あえて付け加える必要はないが、ドギムはわざと言った。

「当然そうしなければなりませんから」

微弱ながら彼女にできる最善の抵抗だった。

「そうしなければならないか……」

その取るに足らない言葉が、なぜかサンを傷つけたとドギムは感じた。

「お前の思うとおりに書き、奉命《ポンミョン》尚宮に渡しなさい」

その言葉を最後にサンは後ろを向いた。思いがけない挑発の受諾と、出ていけという冷たいはねつけだった。

＊

やがて鬼が目を覚ました。

新しい王が指揮する新しい朝廷の先鋒将はホン・ドンノだった。

ドンノは瞬く間に薬院から内侍部、承政院まで勢力を伸ばした。下級の両班にほかならなかった彼に全権力が集中していく光景を、狡猾な大臣たちすら手をこまねいて眺めるしかなかった。決まった手順のように激変が起こった。静かに平伏し、機をうかがっていた王がその身を起こすと、泰山が崩れ、老木の根が抜けた。

それまで、王は左議政のホン・ジョンヨの横柄な臣下ぶりを黙認していた。彼を恐れ、口をつぐんだ臣下たちに対してもその非を責めることはなかった。命を賭けて諫言しなければならない三司《サムサ》でさえ顔色をうかがわねばならぬほど左議政の権勢は強力だったのだ。

しかし、王はただ傍観していたわけではない。彼は望みを貫徹させる決断力のある男であり、単に機をうかがっていたにすぎなかった。追い落とす口実を見つけるやいなや、左議政の官職を剥奪し流刑にした。それはあまりにも鮮やかな逆転劇で、いっときは、若き王にとって最も強大な宿敵として挙げられた人物にしてはあまりにも虚しい退散だった。ホン・ジョンヨは流刑地で自ら死を選んだ。

王の剣舞はそれで終わらなかった。勢いのまま、将来に禍根を残すであろう臣下たちを一掃した。特に驚いたのは、大妃の兄まで遠方の黒山島《フクサンド》へと追いやってしまったことだ。世孫だった頃、大妃とその実家が彼の後ろ盾になっていたことを思えば、非情ともいえる決断だった。

それだけこの若き王は大胆で厳粛だった。彼の信念は良心や親への思いによって折れる程度のものではなかった。腫瘍の塊のような臣下の勢力と妥協するよりは、むしろ党派を分けて戦う士大夫と対決する道を選んだ。先王が党派間の争いを解消すべく臣下を起用したのとは、まるで正反対の行動だった。

可憐な世継ぎの仮面を脱いだ彼は、正しき血統を継ぐ王であり、冷徹な判断力を持った戦略家であり、老臣でさえ舌を巻くほど明晰な道学者だった。立ち向かう名分を持つ者はもはやひとりもいなかった。不意打ちを食らった大妃すら反発しなかった。

長い間待ち続けた末に得た勝利だった。とてつもない速さですべてをなぎ払った即位の年の新しい風について、多くの宮人たちはひとしきり鬼風が吹いたと評した。誰もが気づかないうちに王の周りの景色が一変していたのだから。

ただし、甘い勝利は一時に過ぎず、先王のときとは比べものにならないほど峻烈な角逐《かくちく》が新しい王の一生をかけて繰り広げられるということを、このときは誰も知らなかった。

いっぽう、ドギムにはドギムの生活があった。

人手が足りないにもかかわらず、無期限に持ち越されていた休暇が宮女たちに与えられた。新王即位以来、類例のない冷遇に溜まりに溜まった宮女たちの不満をなだめるため、間に合わせの策を用意したようだ。

内情はどうであれ、宮女たちは幸せそうだった。もちろんドギムも喜びはしたが、王に猛々しく挑戦状を突きつけた立場であるだけに、やや気も引けた。ソ尚宮に休暇を多少遅らせてもいいかと申し出ると、休みが欲しいと言いつづけていたのはお前ではないかと叱られた。

やむをえずドギムは湯薬の世話をしながら、サンにそれとなく話を切り出した。

「そんなことは気にせず、すぐに暇《いとま》をとりなさい。チョンヨンはどこにも逃げない」

サンはぶっきらぼうにドギムに言った。

王の許可も得て、ドギムはすっきりした気分で宮殿の外に出た。

兄たちは依然として尾根の下、松の生い茂る谷にはさまれた小さな村に住んでいた。父親が弓を射る練習をしていた的《まと》、手垢にまみれた台所まで何もかもが昔と変わらなかった。緻密な群像画にドギムという穴だけがすっぽり空いていたかのようだ。

ただ家族は皆、変わっていた。一度空いた穴を埋めるのは容易ではなかった。年相応に顔にしわの寄った兄たちには慣れなかった。突然現れた叔母に慣れぬ幼い甥たちと一緒に寝るのも楽ではなかった。さらに、遅く寝て早く起きる宮殿での習慣が抜けず、ドギムをお嬢様のように扱う義姉たちを戸惑わせもした。

幼なじみたちも同じだった。しつこく言い寄ってきた男たちは、妻の顔色をうかがい、親しい素振りすら見せなかった。一緒に遊んでいた女の子たちは村に残ってもいなかった。親しかった向かいの家を訪れると、遠くへ嫁に行ったという返事だけが返ってきた。わずかに残っている知り合いも畑仕事と赤ん坊、舅姑などの悩みに押しつぶされすっかり老け込んでいた。自分たちとは違って、子供の頃とほとんど変わらない若々しいドギムを不快にすら思っている様子だった。

里帰りして六日目の夜、甥が寝ぼけて振り回した拳で肩を強く殴られた。目が覚めたドギムは裏庭に出て、白い月が浮かぶ夜空を眺めた。あれほど懐かしかった故郷だが、そんなものはここには残っていなかった。残忍な歳月の溝だけが意地悪く口を開けていただけだ。

「宮殿に戻りたいのかい?」

近づいてきたのは兄のシクだった。月の光が煙管をくわえて立つ兄の顔に刻まれた浅いしわ、歳月の溝を如実に照らした。

「私が変わったのか、私以外のみんなが変わったのかよくわからないわ」

ドギムはぼそっと本音を漏らした。

「両方とも変わったのかもしれないよ」

シクの口から煙草の匂いが漂ってきた。

乾かした煙草の葉をほぐし、煙管に詰め、待ちわびたかのようにくわえて白い煙を吐く。一連の仕草が懐かしく思い出される。煙管をくわえた唇は、本を読むのに没頭する瞳といつも対になっている。煙草こそ悩みの詰まった胸をすっきりさせる名薬だと楽しげに語る声は、そのおまけだ。

そんなふうに今、ドギムはある男の顔を思い浮かべていた。

自分の人生を過酷なものにする元凶である鬼の王が懐かしいとは驚くべきことだった。言うことを聞かなければ、宮中奥深くに押し込むと脅されてまでいるのに……。

いや、違う。王に対する懐かしさというよりは、新しい故郷になってしまった宮殿そのものに対する懐かしさだろう。

「それでも、私はお前にまた会えてうれしいよ」

「私もです。兄さん」

ドギムは皮肉な感情を押しのけ、そう言った。

思い出は心の中にあるときのみ美しいものだと悟ったので、翌日はわざと忙しく歩き回った。朝早くに家を出て、のんびり歩いて街に出た。市場で菓子を買って食べ、きれいな装飾品も手に入れた。いつも膝が痛いというソ尚宮に渡す丸薬も買った。

次の目的地は、市場の隅にある古くてみすぼらしい本屋だった。かがんだ姿勢で座って火に当たっている老爺がいた。

「おじさん、お元気でしたか?」

「どちら様?」

「わかりませんか。私、ドギムです。ソン・ドギム」

老爺は目をこすり、微笑むドギムをまじまじと見つめた。

「本当にドギムなのか？　いつも手紙のやり取りだけだったのに、どうして訪ねて来たんだい？」

「休暇をもらいました」

この老爺はドギムが幼い頃、母親の手を握って見物に来ていた時分からの本売りだ。両班たちが読むような専門書から、庶民が気分転換に読み捨てる安っぽい本まであまねく取り引きをしている。十年前頃から始めた貸本業で大金を得たという噂も広まっている。店のみすぼらしい外観をそのままにしているのも官庁の関心を引かないためだそうだ。

「お前が宮女になると知っていたら、お前の母親は棺桶の中からはね起きただろうに」

「しょうがないですよ」とドギムは肩をすくめた。

「まぁ、わしにはいいことだ。お前の筆写本は羽が生えたようによく売れるからな」

「それはよかったわ」

「宮体（宮女が使う諺文書体）は人気があるんだよ。今日も何か持ってきたものはあるかい？」

老爺がドギムの包みをちらっと見た。ここ数年間、ただ手紙を通じてのみ取り引きしていたが、突然の対面にもかかわらず、ぎこちなさは見られなかった。

「『李《イ》馨慶《ヒョンギョン》伝』を持ってきました」

「お！　男装女人ものか。いつもよく売れるんだよ」と老爺は相好を崩した。小説の流行りがすぐに移り変わる世で、着実に王座を守るのが男装した女人の物語だ。

「しかもこの小説は面白いと噂が広まっていて、探してみようと思ってたんだよ。どうだい？『紅桂月伝』とよく似ているのかい？」

「素材は似ていますが、亜流ではありませんでした」

「そうか。この類の本は似ているほどよく売れる。紅桂月伝の偽物がやたらと出るのも仕方ない」

老爺は老獪な目つきで一枚ずつ頁をめくっていく。ドギムの実力を知らないわけではなかろうに、隙あらばけちをつけてでも買い値を削ろうとする魂胆が見え見えだ。

「ふむ……とてもいい物だ。持ってきたのは一冊だけかい？」

「ええ。忙しいんですよ」

「いつもの金額でいいかな？」

老爺は銭箱を開けながら訊ねた。「ところで、なんで直接来たんだ。滅多にない休暇なんだろう」

「ええ、まあ……おじさんの顔も見たかったし……」

「ひとりで歩き回らなければならないほど実家は窮屈なのか？」

お見通しだとでもいうように老爺はけらけらと笑った。宮殿の外に馴染めない宮女はドギムひとりだけではなさそうだ。

「西大門に行って、ずらりと並んだ露天商でも見てみなさい。面白いものが多いぞ。見目麗しい農楽団もよく来るし。あの子たちが現れると、うちの奥さんはわしがいるのにもかかわらず、ぽーっと見惚れちまうんだよ」と老爺は鼻を鳴らした。

「女たちが男を見るにはいいところだ」

「それはよかった。ちょうど露店も見て回りたかったんです」

露店に行けば本や筆記具を安く手に入れることができるという話をよく聞いた。どんな文体が試験に出るのかをよく当てる先生まで紹介してくれる。

「ただ西大門の南側にある栗の木の向こうには行くな。今日、賜薬《サヤク》の器が届けられるそうだ」

「賜薬が？」

「先王の出棺も終えたから、清算のときが来たんだろう」

老爺は声を低くした。

「そこに廃庶人が幽閉された配所があるんだ。自害せよという御命が一昨日に下されたそうだよ」

廃庶人ということはコ・ソホン様に違いない。

「自害を命じながら、どうして賜薬を遣わしたんですか？」

「死にたくないとあがいたんだろう」

そのとき、新たな客が入ってきて老爺は話を終わらせた。

「まあまあ、坊っちゃん！　いらっしゃい！」

老爺は両班の子息に向かって腰をかがめた。彼は何かを聞こうとしたが、ドギムを見て困ったように口をつぐんだ。春画帳でも探しているのだろう。ドギムは商売の邪魔だと老爺ににらまれ、店を出るはめになった。

忠告に従い西大門に向かった。使えそうな日用品を値引きしてもらい、水飴をたっぷりかけた揚げ菓子などを買って食べた。古びてごちゃごちゃした露店に沿って歩いていると、ありとあらゆる客引きから声をかけられた。簡単に科挙に合格できるお札だとかすぐに財物が集まるお守りだとか、甘い誘惑がひっきりなしだ。来たときは軽かった両手はいつの間にか荷物でふさがっていた。

門限の時間になった。夕陽に赤く照らされた遠い山々を眺めながら、ドギムは城門通過を待つ列に並んだ。軍卒たちは鶏泥棒を捕まえるように通行人の顔を一つひとつ確認していく。

順番を待つのに疲れたドギムの前に誰かが割り込んだ。義禁府都事《ウィグムブトサ》と軍卒《クンチョル》だ。

「王命を果たして王宮に戻るところだ。早く扉を開けろ」

義禁府都事は傲慢だった。鶏泥棒どころではない。門番たちは大騒ぎになった。彼らは土埃を舞い上げながら、巨大な馬に乗ってすぐに姿を消した。

「あらまあ、本当に大変なことになったようだ」

「先王様を惑わした妖婦が死んだんだからよかったのよ」

大きな包みを背負った女たちがひそひそと話す。

罪人を処刑するのが義禁府都事の仕事だ。賜薬の器を差し出すのも彼らの役目だ。コ・ソホンを処刑して、王のもとへと戻るのだろう。

なんとなく虚しかった。先王の寵愛を一身に受けた女の最期がこれなのだ。孤高の両班が賜薬を渡されれば、その一帯が死を称えるために沈鬱になるというが、老いた王を惑わせた側室は、死のうが死ぬまいが誰も気にしない。

同じく宮女から始まり、承恩を受け、王孫を産み、側室になったふたりの女性はいずれも死んだ。

先王の笑いと涙を抱いた美しい女性たちが死んだ。果たして彼女らは幸せだったのだろうか。

死さえも王の手から自由にはならない側室には、決して答えられない問いではないかと思えた。

＊

休暇の残りの八日をじっと耐え、ドギムは宵の口の闇に紛れて宮殿に戻った。休暇をとっている間、自分の仕事の穴を埋めるため、ほかの宮女たちの苦労は並大抵ではなかったはずなので焦った。

ただ、こんな熱烈な歓迎を受けるとは思ってもみなかった。

「ドギムがやっと帰ってきた！」

「あなたを待ちわびていたのよ」

歓喜する宮女たちに囲まれ、ドギムは戸惑う。

「私、みなさんへのお土産を買ってこられるような状況ではなかったので……」

「そんなこと何も言ってないわよ。いいから早くこれを持って寝殿に行ってちょうだい。王様に湯薬を捧げる時間はとっくに過ぎたわよ」と宮女のひとりが湯薬の盆を差し出す。

「どうして夕食のあと、すぐに差し上げなかったんですか?」

「あなたが来るのを待ってたのよ」とウォレがにやりとした。

「最近王様のご機嫌が悪いの。一昨日もサムウォルが廊下で器をひっくり返したらひどくお怒りになって。本当にひどいったらないわ。この前、内官が何かを落としたときは怪我をした人はいないかと心配しておられたのに!」

宮女たちの愚痴はとめどなく続いた。

「あなたがいない間、些細なことにも敏感だったのよ。怖くて死ぬかと思ったわ」

「御膳に文句を言わない日がなかったんだから」

「さっきも衣服の世話をしている宮女の手が冷たいといらいらしていたわ」

危険を察知したドギムは慌てて口を開いた。

「それなら私も嫌です!」

呪物でもあるかのように湯薬の盆を押しのけた。

「でもやらないと。あなたが末っ子じゃないの」

ウォレがにやりと笑った。ドギムはソ尚宮に助けを求めたが、不徳な師匠を許せというようなかすかな反応だけが戻ってきた。彼女への土産として買ってきた丸薬を燃え盛る火の中に投げ捨てようとドギムは誓った。

「わかりました。わかりましたってば。帰ってきて早々なんなのかしら、もう!」

「悔しかったら、あなたも後輩を作ったら」

小憎らしいウォレの言葉に送られ、ドギムは王の寝殿へと向かった。

サンはいつものようにまだ政務を執っていた。御前に進み出て慎重にひざまずくと、筆を走らせながら、ちらっと視線を向けてきた。

「無事に行ってこれたのか」

「はい、もちろんでございます。王様」

「お前の家族はいかなるものか？」

「平凡に暮らしている兄たちと、体の弱い弟がおりますが」

「そうか。変わりはないか？」

「はい……」

どうしてそんな私的な質問をなさるのか不安だった。ただ、サンの栗色の瞳は楽しく踊っていた。妙に気分がよさそうに見えた。さっきまでは不機嫌そうだったのに……またいつもの気まぐれなのだろう。とにかく、被害を受ける前に退散しなければ……。

「湯薬を飲む時間でございます」

薬器を渡すなか、ふたりの指先が少し触れた。ドギムはびくっと手を引いた。

病気を治す薬もあれば、人を殺す薬もある。

ドギムは向かい合った王という存在の恐ろしさを骨身に沁みるほど悟った。彼は年老いた大臣たちと庶母を気軽に殺すほどの冷淡な王になっていた。一時は昼夜を問わず本ばかり読んでいたこの白面《はくめん》の書生の手に国中の命が、そして私の命が握られているのだ。

「なぜ、ぶるぶると震えているのだ。夏風邪でもひいたのか？」

「いいえ、そんなことはございません」

「そうか。そうであっては困るからな。雨がどれだけ降るかで一喜一憂し、腹を空かせる民に比べれば、お前はとても楽ではないか」

案の定、宮女に優しい心づかいをしてくれる方ではない。

「王様はお変わりございませんでしたか？　湯薬はお飲みになっておられましたか？」

「都承旨がやかましく言うのでただ飲んでいた」

はて、王にやかましく薬を勧める都承旨とは誰だろう？

いぶかしげなドギムの顔を見て、サンが言った。

「ドンノのことだ。一昨日昇進させたのだ」

ドギムは目を丸くした。ドンノはまだ三十歳を過ぎたばかりだ。同副承旨でさえ異例の人事だったのに、わずか数か月の間にまた都承旨だなんて信じられない。

「才能にふさわしい職責を与えるのは間違ったことではないだろう」

サンはいつもドンノを過保護に扱う。少しでもドンノを敵対視したり、その才能を疑う人々には露骨に意地悪に振る舞うのだ。

「承旨の並外れた力量に感心して、ついな……」

とはいえ、やりすぎたとは思っているのか言い訳じみたことも口にする。

「ところで、ほかに何か不便なところはございませんか？」

「ああ、一つあるぞ」

口直しの生姜の砂糖漬けを食べながらサンは言った。

「お前がそばにいないから、調子が狂ってかなわなかった」

戸惑いながら、ドギムはおずおずと訊ねた。「私に会いたかったのですか？」

「蛭《ひる》のようなお前もおらず、とんでもない内人たちに世話されたからだ！」とサンは声を高くした。

「王様も、会いたければ会いたいとおっしゃってください」

無意識のうちにドギムは顔をほころばしていた。まるでギョンヒといるようだ。こうして見るとサンとギョンヒは少し似たところがある。

「まったく、高飛車な！」

サンに叱られても、ドギムのゆるんだ顔は締まらなかった。

「……お前は私に会いたくはなかったのか？」

うれしそうなくすくす笑いをじっと見つめていたサンがふいに訊ねた。

「はい。それはもちろんです」

「その答えも……当然そう答えねばならないからか」

言い争いをした日の言葉が念頭にあるのだろう。あんなことはすぐに忘れただろうと思っていたから、ドギムは意外だった。

「兄たちが煙管をふかすたびに王様を思い出しました」

包み隠さず、ドギムは真実を告げた。サンは机の上の上訴状をしきりに触りはじめた。

「……お世辞で要望を通す才はないだろうに」

そんなつぶやきを聞き、「私は愚かで間抜けではありません！」とドギムは思わず声を荒らげた。

「私は王様が身震いするほど毛嫌いなさっている宮女です。ご警戒ください」

サンが笑った。皮肉めいた薄笑いではなかった。心からあふれた豪快な笑いだ。

「自分を警戒しろと諫言する侍従がどこにいるのだ」

「いいえ、それは……」

「よいよい。もうそうしていろ」

サンは笑いを収めた。口もとにかすかな笑みの名残りがある。

「私が信じる者はドンノのみぞ」

寵臣に対する無限の信頼ではあったが、ひどく孤独に聞こえた。

「そうそう、四日前に光恩副尉が面白い手紙を送ってきたのだ」

来るべきものが来た。ドギムはにわかに緊張した。

しかし、「今日はこれで寝るとするか」とサンは伸びをしながら立ち上がった。

ドギムは慌ててサンのほうへと手を伸ばした。ふたりの視線が中途半端に伸びた彼女の手の上でぶつかった。ドギムはぱっと手を引いた。サンの視線はドギムが背後に隠した手についてきた。

「あの……王様。チョンヨン郡主様のことは……？」

「服を脱ぐのを手伝ってくれ。とても疲れているのだ」

一つひとつ彼の玉帯をほどいた。薄着のせいですぐに素肌が見えた。誰もが見ることなど叶わない至尊の素肌であり、ドギム自身あまりにも見慣れない男の体だった。女の体とはまるで違う硬い筋肉の異質感と、ふっと香る強烈な男の気運に手がぶるぶると震えた。

網巾《マンゴン》を脱がせる際にはやはり頭を下げてはくれなかった。ドギムは以前と同じようにつま先立ちをして、精一杯腕を伸ばした。ふと短いチョゴリの脇の下から素肌が覗かないか心配になった。そんなこと、今までは考えもしなかったのに……。

案の定、ちょうど脇の下の隠しきれない白い肌がサンの目に触れた。彼は執拗なまでに目を離さなかった。言いようのない恥ずかしさがドギムの胸に忍び寄った。

「そ、それではこれで退散いたします」

ドギムはあたふたと王の衣類を抱えた。

「じっとしていろ」とドギムに言い、「誰かいないか」とサンは部屋の外へと声を発した。

「これからは、私が脱いだ服は洗踏房の宮女に渡しなさい」

「袞龍袍は脱いだあと、火にくべて新しく仕立てるのが掟です」

「私がそれを知らぬとでも？」とサンは言った。「貧しい民は裸で過ごしているというのに、私がどうして頻繁に新しい服を着ることができるだろうか。浪費だ。今後は洗って着ることにするのだ」

静かに開いた戸の向こうからひとりの宮女が入ってきた。王と目線が合うほど背が高く、驚くほど体格のいい宮女だ。その顔を見て、ドギムは仰天した。

ボギョンだった。

口をぽかんと開けたドギムを見て、ボギョンは眉をひそめた。黙って王の衣類を受けとると、後ずさりして出ていった。どうして反応がないのだろうかと思ったら、障子戸が閉まるやいなや、ばたっと倒れる音がした。どうやらボギョンに間違いないようだ。

「なぜ……？」

「体面があるではないか。王にもなって宮女をからかうとでも思っていたのか」

ドギムはその心根を推し量るかのようにサンをじっと見つめた。

「ただ、お前の突拍子のない言葉から悟りを得たのだ。士大夫の夫人を相手にする道理は必然的に男に対する道理と違うものなのに、チョンヨンをあまりにもないがしろにした。内医院に聞いてみたら、お産をした女が憂鬱になる病症があるというそなたの話も正しかったし」

その表情はとても謙虚で真剣だった。見慣れてはいないが、ドギムが知っている表情だ。

もともとこういう人だった。臣下たちに読書を頻繁にし、女色を遠ざけろなど古臭い小言を並べるときも、しっかりとうなずくのだ。

「重要なのはチョンヨンを叱るのではなく、誤った行動を正すことだ。私の処方よりはお前の処方のほうが効き目がありそうだったから受け入れただけだ」

いつも他人の過ちに厳しく、自分の過ちにはもっと厳しい。いったん自分の過ちを認めれば、それが取るに足らない宮女の言葉で得た悟りであっても、深く心に刻む。しかし、サンの本来の性格を称えて納得するには、釈然としない疑問も残った。

「では、あのときはどうしてあんなお話まで……？」

「好きなように解釈するがいい。お前を試してみたと考えてもいいいし、いつどんな方法であれ、私はお前を罰することができるという警告をしたのだと思っても構わぬ」

「そもそも賭けごとがなければ、私は褒美をもらうことができません」

「では、キム家のボギョンをまた追い出そうか？」

「そ、そういう意味ではなくて……」

今の自分の思いを表す言葉がなかなか見つからない。

「正しい判断ではございません。これでは私が……」

「借りを作った感じがするか？」

「王様に勝った気分になりません」

今日のドギムはサンの笑いのツボをしきりにくすぐる日のようだ。サンはドギムの反論が終わるやまたも楽しげに笑い出した。

「お前は昔もそんなことを言っていたな」

サンはふいにドギムのあごをつかんだ。自らのほうへと引き寄せるその力はとても強かった。

「それから私は、次はないと言った」

つい先ほどサンの視線が触れた脇下の肌から全身へ、ゆっくりと熱を帯びていくのをドギムは感じた。間抜けのように振る舞いながら野獣に急変し、翻弄する彼が憎かった。いくら愚かな場面でもこそという瞬間だけはたしかに知っている男だ。

「勝ちたければ、また今度かかってこい」

「次はない」から「また今度」へとサンの言葉が変わった。それでも、蛇ににらまれた蛙のように何もできない自分が悔しかった。

「大それたお前に、私が厳しく手ほどきしてやる」

複雑な感情が胸の内側をぐるぐると渦巻き、気づかぬうちにドギムの目に涙がにじんでいく。みじめに泣くのではなく、ただしっとりと瞳が濡れる。

「純真なのか邪なのか……なんなのだ」

涙できらめく目をちらっと見たサンは、その顔から手を離しながらつぶやいた。

七章　駆け引き

王が即位してから一年が経った夏。さわやかな緑陰は、弟フビの結婚の知らせを携えてやってきた。武官の家に生まれ、轟音のようないびきをかくフビに嫁ぐ娘が見つかるとはただ事ではない。兄たちの婚礼のときにはけちけちしていたドギムも今回は大いに喜び、財物を惜しみなく差し出した。あまりにも度を越していたため、姉さんはどうしたのかとフビがあきれるほどだった。

しかし、めでたき婚礼への出席は叶わなかった。ソ尚宮のチマの裾がよれよれになるまでつかんで懇願しても無駄だった。宮女も王に嫁いだ身、その家の者ではないと不条理にも願いは聞き入れられなかった。

ドギムが憂鬱な空気を全身から醸し出しながら鬼殿閣にたどり着いたとき、誰かひとり抜けたことなどあったかというように、瞬く間にもとの鞘《さや》に収まった三人の友たちが彼女を迎えた。

「どうだった？」

膝を抱えたギョンヒが真っ先に訊ねた。

「私がいなくてもうまくやるんじゃないかな」

ドギムは肩をすくめた。どうせ自分がいなくても宮殿の外の世界は問題なく回っていくということを自ら確認してきたのだ。

「そう。でも、行かないほうがいいわよ。うちの兄さんの結婚式のとき、どれだけ大変だったか。煎《ジョン》の一つも食べられず食事を運んだだけで終わったのよ」

ボギョンは幼い頃の記憶を引っ張り出し、勝手に憤慨し始めた。

「この子の家があなたのところと同じだと思うの？　傾いても武官の家柄よ。義理の姉としてきちんともてなされるわよ」とギョンヒが返す。

「まったく。あなたらは役人の娘だってことでしょ？　いいご身分ね」

「私は何も言ってないわ……」

ドギムが小声で抗弁した。

「うちの父に話してみようか？」

ギョンヒがボギョンを無視して、それとなく訊ねた。

「いつも父さん、父さんって！　あなたの父さんは万能薬なの？」

結局、また口喧嘩になった。口の達者なギョンヒは、いとも簡単にボギョンを打ちのめしていく。ひどく怒ったボギョンが、宮殿の外に出ていた間はあなたの顔を見ずに済んで清清したと口走ると、ギョンヒはか弱い拳を振り上げ、襲いかかる。

「いい加減にしなよ」とすぐにドギムが割って入った。

「ギョンヒ、あなたは私にボギョンの話を王様にしてみろって言ったじゃない。ボギョン、あなたはギョンヒがほかの子からいじめられないように見守ってほしいって頼んできたでしょ。離れていると互いを思いやるのに、どうして顔を合わせると喧嘩になるの？」

本人には絶対知られたくなかった秘め事が暴かれ、ふたりは青ざめた。

「本当はあなたたち、とっても仲がいいくせに……」

ギョンヒとボギョンは同時に叫んだ。

「違うわよ！」

近頃、サンはひどく短気になった。今まで臣下には声を張り上げたことすらなかったのに、白髪混じりの老臣にまで激しく叱責するようになったのだ。世孫時代と比べたら、まるで何かにとりつかれたかのように人が変わってしまったと噂が絶えない。

何日か前に騒ぎがあった。江陵《カンヌン》観察使が荒れた土地の問題や納税の困難を朝廷に申し出たのだが、サンはその場にいた左副承旨に解決策を話してみろと命じた。即座に答えられずもたもたしていると、口にするのもあさましい言葉で叱責したという。あまりにも荒々しく、見ていた官僚たちが皆ひれ伏し、どうか怒りを沈めてくださるよう懇願したとか。サンもやりすぎたと思ったのか、左副承旨を個別に呼んで夕食の膳を用意した。堪《こら》え性のない自分を大目に見てほしいと詫びると、左副承旨は匙を口にくわえたまま涙を流したそうだ。

初めはわけもなく腹を立てて後悔したのだろうと思ったが、似たようなことが何度もあった。玉座にも慣れ、そろそろ本性を現したのではないかという声も起こったが、誰も戒めることはできなかった。見当違いの叱責をするわけでもなく、それ以外は欠点になるところが一つもないのだから。

サンは真夜中まで本を読み、明け方早くに起きてまた本を読む。口から放たれる意見はどれも卓越している。ある一節はどの本の何頁にあるのか正確に覚えているほど記憶力がよく、彼から臣下に教えることもたびたびだ。礼儀にも申し分がなく、女色と遊興を遠ざける完璧な道徳性を保つとなれば、一体誰が非難できるだろうか。

とにかく新王に即位してからすでに一年と半年。以前より厳しくなったのは事実で、小言もはるかに増えた。文句のつけどころはないか隅々まで目を配るサンの視線を、宮人たちは気のせいだろうと信じたかったが、それは容易ではなかった。腰を真っすぐ伸ばせというくだらない言いがかりをつけられて怒られたのが一度や二度ではないのだ。

とはいえ、今日は特に妙な雰囲気だった。朝から尚宮たちが慌ただしく動いていた。頻繁に出入りを繰り返したと思ったら、皆で集まってひそひそ話をしたりと挙動不審だった。

「みんなどうしちゃったの?」

鬼殿閣の裏庭の花壇の隅にしゃがんでいたヨンヒがドギムに言った。

「あなた、尚宮様を探ってみたら?」

「すでにしたわよ。でも、遠回しに聞いても何も話してくれないのよ」

「何かあったんじゃない?」

「あっ!　監察尚宮だ」

遠くを通りすぎる尚宮の一群を眺めていたドギムが、とりわけ腰が曲がって煎のように顔がゆがんだ中年女性を指さした。彼女に鞭で打たれたことが何度もあり、あの顔だけは百歩離れていても見分ける自信がある。

「部屋の捜索でもするのかしら?」

大殿の侍女尚宮と向かい合ってひそひそ話す彼女を見て、ドギムがつぶやいた。何げなく振り向いたら、どうしたことかヨンヒの顔が真っ青になっている。

「どうしたの?　春画でも隠しているの?」

冗談まじりに聞いたが、ヨンヒの表情は固いままだった。

どうもおかしい……。ヨンヒは禁じられた物を部屋に隠すような子ではない。興味本位で春画や恋愛小説を見る程度で、そんなのは咎められるものではない。たとえ何かを隠していたとしても同じ部屋のドギムが知らないわけがないのだ。

「どうしたのって聞いてるじゃない？」

「私、ギョンヒのところに行ってみるわ……ギョンヒだったら何か知ってるんじゃないかしら」

しどろもどろにそう言って、立ち上がろうとするヨンヒをドギムは慌てて座り直させた。中宮殿まで行くというのは自殺行為だ。ヨンヒが尚宮たちの鋭い目を避けられるとは思えない。やたらに目立つと誤解を招きやすい。状況を把握するまでは身を慎むのが正解だ。

「とりあえず、ちょっと待ってて」

ヨンヒの肩を押さえながらドギムがささやく。

「ここで何してるの？」

ふいに誰かに肩を叩かれた。びくっとドギムが振り向くとウォレだった。ひどく驚いたのはドギムとヨンヒのほうだったが、腑に落ちないのはウォレも同じだった。

「いえ、その……何か叱られるんじゃないかと思って、避けていたんです」

ウォレの目がちらりとドギムとヨンヒの背後に向けられる。何かを探しているようだった。

「ウォレ姉さんこそどうしたんですか？　誰かに会いにでも？」

「そうじゃないけど……」

ドギムとウォレは夜に見張りに出る場所が違うので、最近は顔を合わせていなかった。久しぶりに会うウォレはなんだかやつれていた。目の下には隈もできている。

「それはそうと、夕べ事件が起きたのよ」

ウォレは声をひそめ、内需司の内侍たちが歩き回っているのを見て身をかがめた。

「禁軍が王様の寝殿の近くで男女が密通した場面をとらえたそうよ。大殿の尚宮たちはみんな堤調尚宮に呼ばれて、ひどい目に遭ったんだって。王様も激怒されて」

宮殿内で男女間の密通がないわけではない。実のところ内官と宮女はよく恋仲になるし、夜遅く別監と一緒にいる宮女もかなり多い。同僚が男と一緒にいても見て見ぬふりをするのが宮女たちの間の暗黙の了解であり、それが問題になることはほとんどなかった。

ただ、隠密の行動がいったん水面上に浮かび上がってしまうと、かなり危険なのだ。

「どんな状況だったんですか？」

「男と女が抱き合ってたんですって。服の色から見て女は確実に内人だったんだけど、男はよく見えなかったらしいわ。捜査をするってみんな大騒ぎよ」

「本当に王様の寝殿の近くでそんなことを？」

「灯台下暗しよね」

王の寝殿から数百歩以内には誰も入ることができず、兵卒たちは決められた境界線の外で見張りに立つため、むしろ閑散として隙ができることもある。さらに鬼殿閣は建物自体が薄暗く、行閣や塀どもなく外部に露出した構造であるため、大殿として使うには適していない。世子孫時代、すでに幽霊騒動など多くの問題があったにもかかわらず、住み慣れているというだけの理由で居続ける王の頑固さこそが問題なのだ。

「ウォレ姉さんも昨日あっちで見張りに立っていたんですよね」

「そうでなくても、禁軍大将からいろいろ訊ねられたわ。面倒くさいったらありゃしない。去年の夏は王様の側近くに仕える内人が内官と戯れていたって大騒ぎだったんだから。そのときも王様があれほど叱ったのに、一年も経たないうちに同じようなことが起きるなんて」

「そうだった。綱紀が緩んだってみんなですごく怒られて」

ドギムは嫌なことを思い出し、身を震わせた。「で、何か見たんですか？」

「わからない。暗闇の中で何かがごそごそうごめいていたとしても、それが人なのか妖怪なのかどうしてわかるの？」

言い終えた瞬間、ウォレが視線をそらした気がした。

ウォレは別監である兄とともに宮中の情報を売ることで有名だった。最近は叱られるのも覚悟で王のあとをつけるほど大胆にさえなった。そのウォレが実際に問題が発生した夜に現場に居合わせ、何も知らないいだなんていかにも怪しかった。

ドギムの疑念を察したのか、逆にウォレが訊ねてきた。

「あなた何か隠してることない？　監察府の宮女たちが続々と集まっているのを見ると、すぐにすべての部署で同時に捜索が始まりそうね」

ドギムは押し入れに詰め込んだ本を除いては特に気にすべきものはなかった。ところがヨンヒはあきらかに動揺した様子で、おずおずと訊ねた。

「密通問題で部屋を捜索するのよね？」

「大丈夫よ。値の張る装身具や恋文なんて私たちとは関係ないじゃない」

「私、部屋に戻らないと！」

焦って立ち上がったヨンヒに、ドギムが訊ねる。

「もう、さっきからどうしたの？」

「それは……」

「まったく……」とドギムも腰を上げた。「とにかく何かを隠さないといけないんでしょ？　だったら抜け道を行くほうが早いわ」

「い、いいわよ！　ひとりで行くわ」

一歩下がってヨンヒはつぶやく。

「大したことじゃないけど……もし何かあったら、あなたまで……」

「まあ、あなたが隠した物が発覚したら、同室の私まで連行されて、両足を捻られるわね。なのに、置いていこうなんて」

「そんなんじゃないわ。その代わりに頼みがあるの。あとで王様の湯あみのお湯を運ばないといけないんだけど、部屋に立ち寄ったらたぶん遅れると思うわ。だからそっちをお願い」

半刻（一時間）後に王が湯あみをするが、湯殿の扉の前にお湯を置いておけばいい。そうしておけば湯あみの世話をする王の乳母が勝手に持っていってくれるとヨンヒは説明した。

「それだけいいの？」

「うん。簡単でしょ？　じゃあ私は先に行くわね」

あとですべて打ち明けると約束し、ヨンヒは慌てて去っていった。

「あの子、ちょっと間抜けな子じゃなかった？　ヨンスクだっけ？」

興味深々で様子をうかがっていたウォレがドギムに訊ねる。

「ヨンヒです」

「とにかく、誰かと親しくなっても面倒なだけよ。宮女同士、仲よくなっても適当な線引きをしておかないとね」

小言に嫌気がさしてドギムはその場を離れた。立ち去る途中でちらっと見ると、ウォレは鬼殿閣の柱や屋根、煉瓦の様子を隅々まで調べていた。

その姿になんとも嫌な予感がし、ドギムの足どりは重くなった。

太陽は雲に隠れているのにかなり蒸し暑かった。ドギムは井戸から汲んだ水を汗だくになりながら沸かし、湯桶でそれを王の浴室へと運んでいく。

王の浴室は大殿の一番奥にあった。極めて私的な場所ゆえに、湯あみの世話をするのは彼を育てた乳母だけに与えられた特権だ。若い宮女が近寄るなどもってのほかの場所だけに、ヨンヒの言葉どおり何事もないことを祈った。

障子のすき間から熱い空気がふっと漏れてきた。ざぶざぶと湯を混ぜる音も聞こえる。

今、薄い障子を一つを隔てた向こうに裸のサンがいる……。

そう思った途端、一気に緊張してきた。ドギムは息を整え、湯桶をゆっくりと下ろす。しかし、気をつけていたにもかかわらず手が震え、床を叩く音を立ててしまった。

「そこにいるのは誰だ？」

湯殿からサンが声を発した。「熱い湯なら中に入れてくれ。湯が冷めてきた」

「わ……私は中に入ることが許されておりません……」

湯を打つ音が止まった。

「阿之《アギ》（乳母）がおらぬゆえ、お前に頼んでいるのではないか」

返ってきた声はなぜかひどく愉しげだ。

「戻ってくるまでお待ちくださされば……」

「ソン家のドギム、今すぐ入ってこれないのか」

サンが自分の声を聞き分けられるとなぜ考えなかったのだろう……？

ドギムは間抜けな自分の頭にげんこつを食らわせた。嫁に文句を言う姑のように、小憎らしい王はなぜ自分が普段はしない仕事をしているのか追及してくるはずだ。ヨンヒが役目を怠ったという事実が発覚すれば、ふたりとも死んだも同然だ。

ドギムは目を閉じ、障子戸を開けた。まるで蒸し風呂だった。白い湯気の間から立つ熱気に目が痛かった。サンは大きな浴槽に座っていた。不思議なことに、裸ではなく薄い公服を着ていた。

「水を扱うのは身分の低い宮女の仕事だが?」

やはりサンはそこをついてきた。

「左様ながら、今日にかぎって大殿が非常に慌ただしくしておりまして」

すでに汗でじっとりと濡れた首筋をさっと拭き、サンは顔を上げた。

「ふむ。慌ただしくもあろうな」

意外に説得力があったのか、彼はうなずいた。

「熱い湯を注ぎ、渇いた手巾《スゴン》(手拭い)をくれ」

「かなりお熱いようですが、大丈夫でしょうか?」

「温度を高く維持しないといけないのだ。疲労のせいで発疹ができたのだが、下半身を温かくして汗をかけば効き目があるそうだ」

そう言いつつ、具合がよくなる前に死にそうだとサンは文句を加えた。

薬湯をかき混ぜながら、くだらない考えが次から次へと湧いてきた。入浴の妨げになるだろうに、なぜ服を着たままなのだろうか。尊いお身体ゆえ脱がずに洗うのだろうか?　それでも水に濡れた服は肌にぴったりくっついて丸見えなのに。なんの意味があるのかさっぱりわからない。

「婚期の過ぎた年齢なのに恥ずかしげもなく」

舌打ちが耳に入り、自分がサンのがっしりとした肩や胸を凝視していたことに気がつき、ドギムははっとした。

「も、申し訳ございません！　何も考えずに……」

「淫蕩《いんとう》な罪で反省文でも書きたいのか？」

「とんでもない、王様！　私は尊いお身体を拝見して感激しただけなのに、淫蕩だなんて！」

「男として見ていないという意味か？」

「左様でございます。私は一度も王様を男として見たことがございません」

どことなくサンは不機嫌そうな表情をしていた。

「もういい。湯を入れろ」

人の心というのは本当に皮肉なものだ。一度意識してしまうと途端に視線の置き場がなくなった。見えもしない遠い山のほうに頭を向けて、一杯ずつ湯船に湯を流し込もうとすると、どうしても滑稽な格好になってしまう。その姿にサンは失笑した。

「今さら、おしとやかな娘の真似でもしているのか？」

「王様があんなことをおっしゃるから！」

「真っ裸のまま、お前の淫蕩な視線を受けるのは私のほうだ。盗人猛々しいぞ」

余裕しゃくしゃくでサンはそんなことを言う。婚期の過ぎた娘に肌をさらしながら、自分は恥ずかしくもないようだ。ドギムは羞恥で真っ赤になった顔を隠すために早口で訊ねた。

「乳母様はどこに行かれたんですか？」

「塩を取りに出ていった」

「どうして塩を？」

「話したところでお前にはわかるまい」

殴ってやろうか……！

「熱いぞ。もう入れなくてよい」

その言葉を聞くやドギムさっと湯桶を引いた。

「私はこれで失礼いたします！」

「こんなにも気がきかないとは！　王がひとりでいるのに世話もせずに一体どこへ行くというんだ。扇子であおげ」

乳母は塩田で塩を作っているのか……。

ドギムは仕方なく扇子をつかんだ。このほうがいいとサンは浴槽に背中をもたれた。

「……お前、近頃あまり姿を見ないな」

「末端の者が用もないのに御殿をうろつくことができましょうか」

「以前は目を向けると、蛭のようにくっついていたではないか」

そっちのしつこさのほうが蛭のようだ。

「以前は王様が怖いとみんなから仕事を押しつけられていましたが、今はうまくやっております」

「そうであろう。王に仕える宮女はそれだけでそれなりの権力があるのだから。お前はどうだ？　懐具合が苦しくて、私の近況を売って金でも手に入れたのか？」

この人はいつもこうだ。これはどういうことだろうと不思議に思うほど親しげに近づいてきたと思ったら、一瞬にして牙を剥いてくる。

「いらぬ心配をされております。遠くで豊かに暮らす王様より、川辺で洗濯する女たちのほうが気になるのが人情です。私がどこで王様の話をするというのでしょう。先日も兄に、私が仕える王様はこんな方だと愚痴をこぼそうとしましたが、それのどこが面白いのだ、宮女たちの話でもしてみろとまるで聞いてもらえませんでした」

扇子で湯気を払いながら、ドギムはなれなれしく続けた。

「言いたい悪口は一つや二つではないのに聞いてくれる人がおらず、もどかしくてたまりません」

サンは絶句し、そして笑った。

「王様、もっと楽に過ごしてください。根も葉もない疑いを抱いて、夜もお休みになれないのではないですか？」

「私が夜ふかしするのは読書を楽しむためだ」

「もちろんです。王様のお言葉はどれも正しくございます」

「お前、内人のくせに私を子供のように扱うのか」

すねた声は間違いなく子供なので、ドギムは笑った。

「根も葉もない疑いとは……」

サンは不満げにつぶやくも、なぜか怒ることもなく、笑いつづけるドギムを眺める。

「そういえば、お前も私のそばでかなり長く過ごしているな」

「やっとお気づきですか。明け方まで本を読まれている御殿でうとうとして、大目玉をくらったことが何度もございます」

「ああ！　お前は全くもって大物だ。ソ尚宮などはお前を見ただけで鼻息を荒くする。あのおとなしい人をあんなふうに怒らせるとは、才能といえば才能だな」

笑みをこぼしたあと、サンはふと真顔になった。

「お前に振り回されるのはソ尚宮だけではない。私もまた……」

言いかけ、サンは口を閉じた。熱く白い湯気が視界をさえぎるなかでも、ふたりの目はあまりにもたやすく合わさった。

「お前、いくつになる？」

「癸酉《みずのとり》生まれでございますが……？」

「ふむ、思ったより年がいっているな。私よりずいぶん若いと思っていたのだが……癸酉生まれといえばあまり年の差がないな」

「宮殿で過ごしてかれこれ十数年になりますから」

いい機会だとばかりにドギムは言った。

「昔、初めてお会いしたときは、私のほうが王様より背も高かったじゃないですか」

「そんなことはなかったぞ」

「ずいぶん前なので、王様が覚え違えておられるのです」

「お前こそ、ふたたび会ったとき私のことを覚えてもいなかったではないか」

「覚えていなかったのではなく、気づかなかっただけです」

ドギムは図々しく返した。

「いくら月日が経ったとはいえ、どうして別人扱いされたんでしょうか？」

「そういうお前は、どうしてその年になるまでこのように不用心なのだ？」

サンの視線がドギムの額から目、鼻、唇、首筋とゆっくりと下りていく。

「大人びたふりをしても純真さが目立つ」

「え……」

「身に余ることと知りながら、立場もわきまえずにはっきりと言い返し、恥知らずにも男の目を真っすぐ見つめる……女人の真似をしようにもできない間抜けで」

なぜ急に悪口を言われるのか、ドギムは戸惑う。

「にもかかわらず、もしそばをドンノが通り過ぎようものなら体が硬直しておる……みっともない」

「それは承旨様が……！」

出くわしたときはいつも、何かを企んでいるかのような笑みを向けてくるのが不気味だからだという言い訳がのどまで出かかったが、かろうじて飲み込む。

「承旨様がなんだって？」

「いえ、殿方に不慣れなだけでございます」

「私にはそうではないくせに」とサンはドギムをにらむ。「殿方に不慣れだと言いながら、どうして私の前では大手を振っているのだ？　男として見たことがないなど腹が立つ……」

子供のように駄々をこねるので、ドギムの心に妙な感情が芽生えてきた。

「お前のような女人は初めてだ」

険しかったサンの目つきがいつの間にか和らいでいる。

「そばにいればからかいたくなり、いないとなんだか物足りない。畏怖《いふ》させたいが、実際にそうなってしまったらきっと寂しく思うだろう。私がお前についてよく知っていると思った端から、全く知らない顔を見せる……実に気にかかる」

危険だ……本能的にそう感じた。

これ以上彼を知ることも、近づくこともあってはならないとドギムは思った。気にかかるというそのひと言が、今まで彼が並べた意味深な言葉の謎を解く鍵のようでどきっとした。

「私がお前に振り回されているのか？」

サンはドギムに訊ねた。

「それともお前が私に振り回されているのか？」

なおもサンが何かを訊ねる前に邪魔が入った。王の乳母だ。彼女は裸の王とその隣に立つ若い宮女を見て泡をふいた。

「ここをどこだと思っておるのか！」

目を見張ってドギムを叱責する乳母にサンが言った。

「やっと来たか。何をしていたのだ」

待ちきれずに宮女に湯を足してもらったのだとサンはドギムをかばった。

あの融通の利かない王様が……とドギムの胸はふたたび揺れる。

「それは申し訳ございませんでした。王様の患部に擦る塩は薬房から受け取らなければならないというので、あちこち回っておりました」

「ふむ、帰ってきたのだからもういい。お前は下がれ」

振り返りもせず湯殿を出ると、ドギムはぼんやりと考えた。

昨日も今日も、さっきも今も、声はあんなに冷淡なのに……刹那にすべてが変わってしまった。


ドギムが戻ると部屋の捜索は終わっていた。隅々までひっくり返された部屋で待っていたのはヨンヒではなくギョンヒだった。

まだ火照ったままのドギムの顔を見て、ギョンヒが訊ねる。

「その顔、どうしたの？　危害でも加えられた？」

「え、いや……あなたこそ、ここで何してるの？」

「大殿は大騒ぎだというから来てみたの。ヨンヒとすれ違いになったのかな？　頼んだことが心配だってあなたを捜しに行ったんだけど」

力が抜け、ドギムは壁にもたれて座り込む。

隣りに腰かけ、「何か没収された？」とギョンヒは訊ねた。「牛のあれとか」

「ギョンヒ、変な話をするけど……笑わないでよ？」

この悶々とした思いを吐き出したくて仕方なかった。でも、いざ話そうとすると口がうまく回らない。言葉の代わりにため息が漏れる。

「あのさ、王様の話なんだけど……」

気にかかるという言葉の意味合いがいつもと違うように思えた。承恩という言葉よりもはるかに深い意味を持つような……。

サンの表情。声。笑み。話し方――それとなく示されたすべてのことが「気にかかる」という表現一つで形になり意味になった。彼女が今まで見落としていた、もしかしたら彼自身もまだ気づいていない ある意味に……。

「私に……気持ちがおありのようなんだけど……」

「やっぱりそうなのね……」

「えっ？」

「そうじゃないかと私もずっと思っていたのよ」

ギョンヒは合点がいったようにうなずき、続ける。

「だって、あなたにだけは態度が違うじゃない。まるで子供が駄々をこねるようなわがままを言ったり、そうかと思えば妙に冷たくあしらったり……。ほかの宮女に対してはいてもいなくても同じみたいな、歯牙にもかけない態度をとるんでしょ」

「ええ。でも、私のことが信じられなくて探ってるだけかもしれないじゃない」

あまりにもあっさり同意されたので、ドギムは慌てて否定した。

「言い訳だわ。新米の宮女なんて、疑わしければ埋めてしまえばいいんだから。そもそも、あなたを探る理由もないし。あえてあなたをそばに置き、試しているのは王様自らの意思よ」

「でも……」

「前に王妃様と一緒に大殿に行ったときから様子が変だと思ったわ。あなた、自分を見る王様の目つきが気になってたのね」

あざ笑うどころか真剣に受け止められると、恥ずかしさは増すばかりだった。

「とにかく、あなたは王様が自分を好いていると思ったんでしょ。自分でそう判断したのに、ほかにどんな言い訳が必要なの？」

ドギムの手をとり、ギョンヒは続ける。

「重要なのは王様の心がどの程度かということよ。ただ単純な好意で終わるのか、それとももっと仲を深めて、あなたを娶《めと》りたいと思っているのか……」

この年になるまで子供のようにくすくす笑いながら一緒に過ごした友人と分かち合うには、居心地の悪い会話だった。妙に気が重く、なぜか悲しく感じた。

「私が王様をどう思っているかは聞かないの？」

「そんなこと誰が気にするのよ」とギョンヒは口をとがらせた。「王様があなたに気があれば、当然あなたもそうしなければならないし、王様があなたを抱きしめようとするなら、当然抱かれなければならないのよ。あなたが嫌だとかいいとかいう問題じゃないわ」

極めて現実的な忠告だ。

「女は何もできないのよ。あなたも知ってるじゃない」

思案するようにギョンヒの視線が虚空をさまよう。

「気をつけなさいね。男心は私たちが思っているのとはかなり違うだろうから。天下を治める王様の心ならなおさらだわ。手遅れになる前に準備したほうがあなたにとってもいいと思うわ」

「難しいわね」とドギムはつぶやく。さっきまで真夏の太陽のような熱を放っていた胸は、現実の前ですっかり冷めてしまった。

「高い地位に上りつめたいとか、自分は普通の宮女とは違うんだとか、ギョンヒはいつも言ってたじゃない。その思いはもうないの？」

「あなたを見つめる王様の目つきが妙だって気づいてから、ずっと考えてたの。私の地位が上がるより、あなたを安全な高さにぶら下げておくほうが早いんじゃないかって」

「もしかして、確かになったら話してくれる話ってそれ？」

「あなたは間抜けで考えなしの厄介な子だけど、いなくなったらもっといらいらするから……。あなたが身に余る高さから落ちないように支えてあげないとね」

ギョンヒはチマの裾からほつれた糸をむしりながら、ドギムに訊ねた。

「それでも、王様に対するあなたの気持ちはどうなのか聞いてほしいの？」

なんだかんだ言いつつ心配してくれているようだ。

「いいえ。私もべつに知りたくないから」

「何言ってるの？」

「あなたが心配してくれただけでいいの」

「あなたといると私まで馬鹿になった気がするわ」

ギョンヒはなぜか顔を赤らめ、ドギムの腕を叩いた。

「王様はあなたと似てるわ。外側は棘だらけなのに中身はとっても柔らかいの」

「どういうことよ？」

「似た者同士だから一緒にいても気が楽なのよ」

「私はこのままがいいわ。私とあなたとヨンヒとボギョンと。細く長く、ね」

唯一の望みを打ち明けるようにドギムはつぶやいた。


ギョンヒが去ってしばらくすると、ヨンヒが部屋に戻ってきた。彼女は美しい化粧道具と手紙をドギムに差し出した。

「これ、誰がくれたの？」とドギムが訊ねる。

「前に別監のひとりを助けたって言ったじゃない」

キョトンとするドギムにヨンヒはあきれた。

「あなた聞いてるふりしてたわね！　ほんの半月前のことなのに！」

「ごめん。見張りがしきりに変わるから忙しくて。思い出せそうなんだけど……」

「別監が重い荷物を持って転んだんだけど、足首を折ったのかひとり動けずに唸ってて、私が助けを呼んであげたのよ」

「ああ、そうそう！　そうだったわね」

たしかに寝物語に聞いた気がする。

手紙は短かった。借りを返すことができず面目ないという平凡な文章だった。ただ、単純に感謝の意を表すにしては、封筒の表から筆体まで念が入っているような気がした。

「部屋の捜索のとき、真っ青になって隠したのがこれなのね」

「うん。すぐに言いたかったけど、あなた最近忙しかったじゃない」

ここ最近のドギムは昼夜逆転の生活をしていた。部屋に戻ると、ヨンヒはぐっすり寝ているか、すでに仕事に出かけたかのどちらかだった。

「正確には何をする人なの？」

「大殿にお仕えする別監よ。背も高いし、とてもすらりとしているわ」

「その後も会ってるの？」

「いいえ！」とヨンヒは大げさに否定した。「ただ同じ大殿だから何度か偶然会ったくらいよ。目礼ぐらいはしたわ」

「つきまとわれてるわけじゃなくて？」

「あなた、まるでギョンヒみたい」

少しでも優しくされると、すっかり信じ込んであれもこれもと面倒をみるヨンヒだから、かなり心配だった。ただ、本人がそうじゃないと言うのに外野の自分がどうこう言うのもおかしい。代わりに、「男がこんなものをひらひらと持ち歩いているなんて」と紅色の化粧道具に難癖をつけた。

「いいじゃない！　可愛いんだから」

ヨンヒの頬が赤くなった。

「手紙は燃やしたほうがいいわ。何度も隠すわけにはいかないじゃない」

「うん、わかった」

強く責められるような内容ではないが、今は時期的に身を慎んだほうがいい。しかし、ヨンヒはしきりに鼻を触った。嘘をつくときの彼女の癖だ。

「ちょっと、本当に燃やさないと駄目よ！　そうでなくても今はいろいろと騒がしいのにひどい目に遭いたいの？」

「わかったわよ！　柄にもなく小言なんて」

頬をふくらませたヨンヒは、化粧道具と手紙を傷んだ床の隙間に隠した。

「ギョンヒには秘密よ」

ドギムはうなずいた。するなと言われればもっとしたくなるのが人情だ。下手に口をはさんだりすると、一瞬の風のように過ぎてしまうことを大きくしかねない。

「ところで、あなたギョンヒと何かあった？」とヨンヒが訊ねてきた。「あの子、あなたをすごく気にかけてたけど。もしも様子が変だったら、すぐに知らせてほしいって頼みこんできたわ」

サンの心情に対する勝手な憶測をあちこちに打ち明けることはできない。

「ううん」とドギムは首を振った。「あの子にいたずらをしたら、まだすねているみたいね」

「どんないたずら？　いつ？」

「あ、時間だ。早く行かなきゃ」

しらばっくれるとドギムは部屋を出ていった。

特別な用事があるのは本当だ。兄のシクと酉《とり》の刻（午後六時）に側門で会う約束をしていたのだ。王宮から遠く離れた側門には手紙を言付かった召使いや家から送られてきた侍従たちが密かに出入りしていた。宮女同士は見て見ぬふりをするのが常で、ドギムも家族に急用があればそうするようにと伝えていた。

笠を斜めにかぶったシクは、門の脇にあるくぐり戸に背中をもたれて口笛を吹いていた。

「やあ、本当にこうやって会えるもんなんだな！」

シクは妹を見て喜んだ。

「長くはいられないわ。すぐに軍卒たちが見回りに来るの」

ドギムはつま先立ちをして周りを見回した。

「急な知らせに驚いたわ。どうしたの、何かあった？」

「何かあったかって、まさか忘れたのか？　昨日はフビの婚礼だったじゃないか」

ドギムは「あ！」と声を漏らした。あれやこれやと忙《せわ》しなくて、すっかり忘れていたのだ。

「忙しいならそういうこともあるよ。ちゃんと式を挙げたから心配するな」

人のいいシクは特に気にした様子もなく、笑顔を見せる。婚礼の最中、フビがとても緊張して足が絡んで倒れそうになっただとか、義妹の第一印象はあまりよくなかったが化粧をしたのを見たらとても美しかっただとか、シクは婚礼の様子を饒舌に語った。

「客がとても多くて、忙しかったよ。これまで一度も連絡のなかった遠い親戚や向こう村の知り合いに加え、生前に父と親交があったという身分の高い両班たちまでいらっしゃったんだぞ。余計な苦労をするより来なくて正解だったね」

「ちょっと待って、じゃあ思ったより祝宴は盛大になったんじゃないの？」

村の人たちだけを呼んでささやかに挙げた兄たちのときよりは気をつかったつもりだが、それだけのもてなしができるほど実家の家計が豊かだとは思えない。

「あいつの顔を立てられたよ！　これもすべて成功した妹のおかげだよって言えばいいか？」

シクはくすくすと笑った。

「お前がいなければ夢にも考えなかっただろうな。亡くなった父上の格好もつくし、ご老公たちに兄弟のことをよろしく頼むと挨拶もできたし、うまくいったんじゃないかな」

「ええ？　いつもより俸禄をたくさん送ったけど、そんなの足もとにも及ばなかったでしょ？」

「何を言ってるんだ？　都承旨様のおかげでたくさんの人をもてなせたんだよ」

「都承旨様ですって!?」

思わぬ話にドギムは胸が騒いだ。

「最近一番成功している両班とどうやって親しくなったんだ？　お前と知り合いだから困ったことがあれば頼るようにって直接訪ねてこられたんだよ」

「え……」

「いやぁ、お前が王様の近くに仕えると言ったときは、どうせ末端の仕事だろうと見下していたんだが、お前すごいな」

現在の都承旨といえばホン・ドンノだ。サンの信任が厚く、あらゆる要職を兼任するのはもちろん、常に御殿について暮らしている。サンが食事をするときは、ドンノも隣の部屋で宮人たちが用意する食事を受け取るほどなのだ。さらに禁軍を治める禁衛大将《グムィテジャン》にも任じられ、兵権掌握にまで乗り出したため、将来の彼の威勢がどこまで伸びるのか気になる人は多い。

きっと何か企みがあるはずだ。将来、この国の最高の権臣に浮上する彼が、理由もなく没落した武官の家、不合格を繰り返す科挙準備生たちにこのような厚遇をするだろうか。

いや、兄たちは橋渡しにすぎない。彼はほかの誰でもなく自分に望むことがあるのだ。それがなんなのかはわからないが、そろそろ動こうとしている様子だ。

「何をもらったか詳しく教えて」

「祝いのお米と魚、肉、遊び札と楽士たちに……」

シクが指折り数えながら記憶をたどる。

「あっ、そうだ。祝賀について回る絵師も派遣してくれたよ。お前が弟の婚礼を見られなくて寂しいだろうとその様子を描いてもらったんだ。ほら、これを見て」

シクは一枚の絵を取り出した。

春画を描いて売るような絵師の安っぽい絵ではなく、官職に就けるほどの絵師が描いた質の良い絵だった。色とりどりの高価な画料で描かれた新婚夫婦は向かい合ってお辞儀をしており、その周りを取り囲む人々の顔は幸せそうだった。

「助けになると言って、兵曹《ピョンジョ》の方たちも紹介してくれたんだけど……」

だんだん青白くなる妹の顔を見て、シクの言葉尻が小さくなっていく。

「お前と親しい方じゃなかったのか？　俺も最初は疑わしく思ったんたけど、お前が宮殿のどこで何をしているのか、亡くなった父さんがどんな方だったのかすべて知っていたんだよ」

「私に先に聞いてよ！」とドギムはつい高い声をあげた。

「見た目は軽薄そうだが、太っ腹ないい方だったけど……」

これは警告だ。彼は私に要求したいことがあって、それを聞かなければどこまで手を出せるのかを非常に陰険な方法で示したのだ。

「そんな顔をしても、鼻を削がれるのは兄さんたちなのよ！　私はその方と親しくないわ。親しくしてもいけないのよ。それとも、最近は誰もが代償もなく助けてくれるの？」

「そ、そうなのか……申し訳ない。軽率だったよ」

「これからは気をつけて。都承旨様だけじゃなくて誰でも、私や父さんの名前を出してもすぐに信じないでよ」

シクはしょんぼりと妹にうなずいた。

宮殿の中ではヨンヒが、宮殿の外ではドキムの家族が望んでもいない好意を受けた。そして、その好意は完全にドギムの借りとなった。実に巧みにアメと鞭を扱う男だ。顔を合わせるととろけるような甘い言葉で関心を誘い、裏では手の届かない部分にまで入り込んでゆっくりと息の根を止める。

ドンノは貧しく育った。彼もやはり先王の時代を風靡した豊山ホン氏の一族だが、一門から縁を切られるような放蕩者を父親にもったため、得はしなかった。骨身を削る努力で多くのことを成し遂げてきた。だからこそ、切迫した人たちが好意にどれほど簡単に乗ってしまうのかをよく知っていて、このようにずる賢い手を使ったのだ。

果たして彼はどんなふうに借りを返せと言うのだろうか。猛暑だというのに産毛が逆立った両腕をこすりながら、ドギムは身を震わせた。


心配事を胸に秘めつつ、ドギムは次の休日を満喫した。偶然休みが重なったヨンヒと一緒に一日をのんびり過ごした。日が中天に昇るまで寝坊し、焼厨房からこっそり持ってきた大根を使って美味しい汁を作った。さわやかな日射しの下で洗濯もし、腹ばいになって小説を読んだ。ふたりは他愛のない話でくすくす笑い合い、夜遅くに眠りについた。

しかし、子《ね》の刻（午前零時）を過ぎた頃に事件が起きた。ぐっすり眠ったふたりの宮女の部屋に誰かが忍び込み、慌てた手つきでドギムの肩を揺らした。

「ん……何事ですか？」

暗闇のなかでもドギムはその人物がソ尚宮だと気づいた。

「宮殿に異変が生じたわ」

月明かりがソ尚宮の顔に残る涙の跡を照らす。

「大殿の中に賊が入ったのよ」

「えっ」ドギムは顔色を変えた。「王様はご無事ですか!?」

「すぐに異変を感じて無事だったそうよ。でも、ひどく混乱していて私も詳しくはわからない。大殿の宮人たちは皆集まれというご命令よ。急いで」

外は大騒ぎだった。禁軍と宮女、内官が入り交じってあたふたと走り回っている。ヨンヒは洗手間の尚宮についていき、ドギムとソ尚宮は至密に合流した。

後宮を取りしきる尚宮は簪《かんざし》すら曲がっていた。

「捜索令が下された！　禁衛大将は、逆賊たちはまだ宮殿から出ていないだろうということだ。ふたり一組になってこの一帯を隈なく調べろ！」

ドギムが組んだのはウォレだった。少し遅れてやって来た彼女はひどく怖がっていた。顔色は真っ青で、両の目を小判のように大きく見開いている。松明を持って歩いている間中ぶるぶる震え、冷や汗をかいたのか丸まった背中は染みが浮き出ている。見ているこっちまで怖くなるほどだった。

捜索を割り当てられた場所は報漏閣《ボルガク》のほうだった。時刻を知らせる自撃漏《じげきろう》（水時計）が設置された殿閣で、漏局《ヌグク》とも呼ばれる。最近、管理が行き届いていなかったのか、殿閣一帯に雑草が生い茂っていて、とても荒んだ雰囲気だった。

「ねえ、ウォレ姉さん、何があったか詳しく知ってますか？」

重い空気を破るためドギムが口を開いた。

「知らないわ。私、寝てたから」

「ウォレ姉さんは今日、差備門《チャビムン》で見張りに立つ日じゃなかったですか？」

「うん……だから、仮眠をとってたのよ」

「王様はご無事でしょうか」

松明を持った手を前に伸ばしながら、ドギムがつぶやいた。

ドギムは罪悪感にさいなまれていた。夜眠れないサンに対して余計な心配が多いからだろうなどと、よく知りもしないで忠告めいたことを口にしてしまった。根拠のない疑念に惑わされるほど度量が小さい方でもなかろうに……。なぐさめてあげることもせず、嘲弄してばかりだったとずきずき胸が痛む。

面と向かって叱る傲慢な声。嘆かわしいというような舌打ち……見慣れたサンの姿をドギムは今この瞬間、猛烈に欲していた。

危険な感情だ。ドギムはふと自分の胸のうちに何かを感じた。まだ芽を出してはいないが、いつでも蕾をつけるほどの何かだ。これ以上日の光と水を与えてはならない危険なもの。気づいてはいけない何か……。

彼女はふっと我に返った。

「今、何か聞こえませんでしたか？」

かすかに鼓膜を撫でる聞き慣れぬ音。草の葉が風になびく音ではなかった。夏の夜、虫がうごめく音でもなかった。重い服の裾が茂みに触れる音だった。

「そ、そう？　私は聞こえなかったけど」

ウォレは否定したが、ドギムは松明をさらに高く上げた。怪しげな気配を肌で感じた。

「あっちで確かに動いたわ」

「もう帰りましょう」

「見てみないと！」

「やめなさいよ！」

ぎゅっと強く引っ張られ、ドギムの体が傾いた。ドギムを倒す勢いだったが、ウォレは手の力をゆるめなかった。

「本当に誰かいたらどうするの！　私たちはふたりしかいないじゃない！」

一理あった。大殿に入りこむほど大胆な逆賊なら、宮女などふたり組もうが三人組もうが一発でのしてしまうはずだ。

「わかったわ。じゃあ軍卒を探して……」

そのとき、茂みから何かが飛び出してきた。

あっという間に頭が恐怖に支配された。のどが詰まり、悲鳴どころかうめき声さえ出なかった。目の前が真っ黒になり、天と地がひっくり返ったかのようだった。

しかし、飛び出したのは人ではなく鳥だった。人と勘違いするほど大きかった。鳥は闇に似た真っ黒な翼を広げて悠々と空の彼方に消えた。

「はぁ……」とドギムは息を吐いた。「寿命が縮む思いがしたわ」

ウォレも汗の浮いた首筋を手でぬぐった。

「ほら、ここには何もないわ。帰りましょう」

「それでももっとよく見ないと……」

「こんなに暗いのに何が見えるの？　怖いわ。もう行きましょうよ」

王の身辺に関わる大問題をこのように粗末に処理してはならないと思った。しかし、どうしようもなかった。一度胸が張り裂けるほどの恐怖を感じたら、逃げることしか頭に浮かばなかった。

「わかったわ。じゃあ少し明るいところに行きましょう」

最後にドギムは松明をかざし、周辺を見回した。さっき鳥が飛び出した茂みに何かの影を見たような気がした。立ち去りつつも未練が残り、ドギムはしきりに振り返った。


一夜が明け、事件の顛末は波のように人々の間に広まった。

王はいつものように鬼殿閣で夜遅くまで本を読んでいたという。御殿を守っていたのは内侍のユンムクだけだった。亥《い》の刻（午後十時）、王は軍卒たちがきちんと宿直しているか見てこいとユンムクを送り出した。そうして彼がひとりきりになったときに事件が起きたのだ。物静かな暗闇のなか、足音が聞こえた。足音は徐々に近づいてきたと思ったら、屋根に上がった。すぐに瓦が踏み荒らされる音が聞こえはじめた。落ち着いて耳をかたむけていた王は、そこで動いた。外に出てみると、禁軍は見えなかった。仕方なく内官を呼び集めて屋根を松明で照らしたが、すでに逃げてしまったのか逆賊の姿はなかった。ただ、人が踏み荒らした跡はそこかしこに残されていたという。

鬼殿閣を隈なく捜索したが、逆賊はついに捕まえられなかった。窮余の策として王の住居を移そうという案が出た。さすがに王もこれ以上の意地は張らなかった。先王のときから長く過ごした慶熙《キョンヒ》宮《グン》を離れ、昌徳宮《チャンドクグン》に居を移すことになったのだ。

移御の日が迫っているため、宮人たちは大殿の整理に忙しい。ドギムも久しぶりにがらくた整理のために別間に籠《こも》っていた。不平を言う余裕はない。埃だらけの別間を掃除しながら、ある思いを振り切れずにいたのだ。

昨夜の自分の捜索に対する未練だった。自分の臆病さゆえ怪しい茂みを確認しなかったのがずっと気にかかっていた。眠りについても、その茂みのなかから獰猛《どうもう》な男が飛び出してきて、鋭い刃物を手に鬼殿闇に飛び込んでいく夢を見た。

煩悶《はんもん》した胸はしきりに彼女を窓際に立たせた。もしかするとすれ違うお顔でも、お声のひと言でも聞けるのではないかと期待したが、人の気配は全くなかった。意味もなく前掛けを握ったり伸ばしたりしていると、背後から声をかけられた。

「仕事もしないで何をぼーっとしてるんだ？」

いつのまにか、サンが別間の戸口に立っていた。

そのぶっきらぼうな声に、積み重なったあらゆる不安がすっと消えた。

「申し訳ございません。以前にも同じようなことがあったような気が……」

ドギムは思わず微笑んでいた。

「ところで、どうして外出なさったんですか？」

「何日も姿が見えなかったから、もしかしてここにいるのではと来てみたのだ」

「誰を……？　逆賊ですか？」

「いや、そうではない……」

ウサギのような赤い目をしたドギムを見て、サンはもどかしそうな表情になる。

「もういい」

「はい、ここに逆賊はおりません。禁軍たちがすでに捜し尽くしております」

安心させようと思ったのだが、サンに喜んでいる様子はなかった。

「そうではないと言っているのだ。……ところで、お前ひとりでここを整理しているのか？」

「前からそうでしたが」

埃が溜まった棚とカビが生えた壁を見て、無駄に手がかかると不満そうにつぶやいていたサンの表情がふいに驚きに変わった。

「お前、泣いていたのか？」

窓から差し込む澄んだ陽光のせいで気づいたようだ。

「逆賊を捕まえられなかったのが悔しくて……私だけでなく、すべての宮人が毎晩泣いております」

「私を心配しておるのか、それとも王を心配しておるのか？」

切り離して考えられない部分を、サンはまるで違うものかのように訊ねてくる。ドギムが答えられずにいると、「本当にわからぬ女だ」と口を曲げた。

「わざわざ顔を見に寄ったのに、元気ですかと訊ねもしない。それなのに、夜は私のことを心配して涙を流すと？　そもそもなんの心がけかわからぬ」

「私がどんな顔で王様の安否をうかがうことができましょうか」とドギムは口をはさんだ。

「心配をしているなど、余計な失言をした者の立場で差し出がましくも……」

「ああ、それで私の顔も見られないと」

サンは楽しそうに笑った。

「だから、読書を楽しんでいて眠れないという私の言葉を信じればよかったのだ」

「死に値する罪を犯しました」

サンの口元がかすかな曲線を描いた。

「落胆するな。不憫に見える。その歳でそんな惨めなさまでどうする」

一瞬、ドギムの目の前までサンの手が近づいてきた。しかし、髪の毛を軽くかすめた手は方向を失って縮こまり、すぐに彼の背中の後ろに消えた。まさか頭を撫でようとして最後に気が変わったのだろうか。サンはそばに腰を下ろすと、何度か咳払いをする。

胸がむずむずし、鼻の奥がうずいた。恐怖？　いや違う。今まで知らなかった不思議な感情だ。

「とにかく……探しものがあってここまで来たのだが……」

襟の間から見えるサンの首筋が赤らんでいる。

「逆賊はここにはおりません。王様」

「そうではないと言ったではないか」

依然として視線を避けたまま、サンは言った。

「何をお探しですか？」

「うん……そ、そうだ！　お前、ここで弓を見なかったか？」

なんとか思いついた言い訳のように苦しいが、見過ごすことにした。

弓ならどこかで見たような気がする。ドギムは物置の狭い隙間にそれを見つけた。しかし、埃をかぶった弓は大きく、ずるずると引きずって取り出さなければならなかった。

「そう、それだ！　もしかしたらと思ったんだけど、よかった」

ドギムは弓を前掛けでこすった。汚れをとると素晴らしい弓だった。重厚感がありつつもしなやかで手になじむ。きっと腕のいい職人が作ったものなのだろう。

「父上が使っておられた弓だ」

サンはまるで子供のように無邪気に笑った。彼は軽々と弓をつかみ、射るふりをした。

「片手で持ち上げられるほど力が強くなったら、私にくれるとおっしゃったんだ」

「そんな貴重なものをどうしてここに置いておられたんですか？」

ネズミを捕まえるため、その弓を無造作に床に転がしたことがあるのでドギムはどきっとした。

「父上は文芸より武芸に夢中だったんだ。しかし、先王はそれを不快に思っておられた。それで父上が亡くなったとき、使っていた刀、槍、弓などをすべて捨てたんだが、これだけは私が密かにとっておいたのだ」

彼は慎重に言葉を選んでいるような気がした。そういえば、先王と若死にした世子は険悪な仲だったとギョンヒから聞いたような気がする。

「この弓をそばに置けば父上が見守ってくれそうだ」

サンの目が寂しげに曇った。これ以上聞くのも失礼だと思い、ドギムは話題を変えた。

「王様が生まれつきの弓の名人だという噂が広まっておりました」

「ああ、自信はあるさ」

「近頃はどうして弓を握らないんですか」

世孫だった頃は矢を放ちにたびたび外出していたが、最近はそのようなことが全くなかった。

「忙しいからだ。なぜだ、見てみたいか？」

「はい、王様」

「本当に弓の名人なのかどうか、その目で確かめれば気が晴れるのか」

不愛想な物言いに反して、顔は真っ赤だ。

「死んだ父のことが思い出されます。弓が上手でしたから。嫁に行くなら、弓術で父に勝てる男を連れてこいと脅かされたものです」

これに対して兄たちも負けまいと、妹は誰にも嫁になんかやれないと弓の練習をしたりした。気の合う我が家の男たちを思い出すと、自然と笑いがこぼれた。

「なかなか仲のいい家族だったのだな」

サンは少しうらやましそうに見えた。生まれてからずっと乳母の乳で育ち、顔を合わせるためにはあらゆる掟と格式を整えなければならない王室で育った彼にとって、家族の仲むつまじさを肌で理解するのはなかなかに難しかった。

「そうですね。でも、この間久しぶりに帰ったら、あまりにも変わってしまっていたんです。王様がいらっしゃる宮殿のほうがいいです」

あからさまなお世辞に、「うまいこと言うな」とサンは苦笑した。

「……あのう、ところで大丈夫なんでしょうか？　逆賊のせいで激怒しているのでは……？」

命の危険を感じている人が、こんなところを訪ねてくるとはあまりにもお気楽だ。

「そんなことで動揺しては王の役目を果たせるものか」

「宮人たちには些細なことでも火のように怒るのに……」

「ぶつぶつと何を言っておる」

すねた表情がギョンヒに似ていて、ドギムは思わずにやにやしてしまった

「お前も私とここで再会したときとは、ずいぶん変わった気がするな」

「あのときは、王様が私の首をつかみましたよね」

「お前が怒られるようなことをしたからだ」

ばつが悪そうにサンは話題を変えた。

「最近も、大妃様はお前に経書を筆写してこいと申しつけているのか」

「はい。以前のように頻繁ではありませんが。お察しください。貧しくも大妃様の恩恵を受け、断れる立場ではございません」

また彼の怒りに触れるのではとドギムは息を殺した。

「雑書でなければよかろう」

そう言いつつも、やはり少し不満そうだ。

「あのう、王様。実はおうかがいしたいことがございます」

いい機会だとドギムは切り出した。

「大妃様はなぜあえて経書を筆写してこいとおっしゃるのでしょうか？」

大妃には訊くことができない疑問だった。

「私の知識では解釈できず漢文のままで載せると、これはこういう意味だとお教えくださります。間違った解釈を載せると直してくださり、私が完全に理解するまで丁寧に説いてくださります。どうにも大妃様の意中がわからず困っています」

「大妃様の本音は誰にもわからないのだ。昔から難しい方だったんだよ」

そう言って、サンは黙考した。

「……大妃様は賢い方だが、女人なので話し相手は多くないのだろう。宮中はさぞ息苦しくて、寂しいに違いない。だから、お前とは交流してみる価値があると思っているのかもしれない。あるいは、足りないお前を人間らしく教えることにやりがいを感じているのかもしれない」

大妃のように、なんでも持ちうる方が寂しいだなんて不思議だった。

「本当にわからないことがあったら、私に訊くがよい」

宮女が文字を知って何に使うのかと見下している方が、どうしたことか……。

ドギムの表情で内心を察したのか、サンは言った。

「反省文の水準が見苦しいので、少し教えなければならないと思って言っているのだ」

「え……本当に読まれているとは思ってもみませんでした」

ドギムの口からつい本音がこぼれる。

「読まないものを書いてこいと言うと思うのか。一文字も余さず読んでいる」

疲れたまぶたを無理やり開いて書いているのだから、たしかに見苦しいだろう。特に夜中に書いた文章はあの時間独特の感受性で満たされたものだ。

「私も大妃様が気にかけてくださったおかげで無事に玉座に就いたゆえ、言い訳のしようもないが」

慈しむように弓を手入れしながら、サンは背を向けた。

「私のものがとられる気分は嫌なものだ」

他愛のない言葉だと片づけるには、その口調は重かった。

「安否を訊ねなかった罪で反省文でも書いてこい」

憎たらしくそう言うと、サンは仰々しい内官と軍卒を率いて去った。彼が残していったいたずらっ子のような表情は、ドギムの心にとどまりつづけた。

たぶん、今夜は悪夢を見ることはないだろう。

＊

うんざりするようなことも多々あった鬼殿閣ではあるが、いざ離れるとなると胸が詰まる。それはヨンヒも同じようで、「なんだかんだ言っても幸せに過ごしてたよね」と袖で目頭を押さえた。

「新しい宮殿でも幸せに暮らせるわよ」

大きな包みを肩からさげたボギョンが言った。

「うん」とヨンヒはうなずいた。「すべてが変わっても私たちだけは変わらずにいたらいいのよ」

「十余年も一緒にいる私たちが、そうそう変わるなんてことあるかしら」とドギムがギョンヒの高慢な口調を真似しながら、返す。

「おやおや、高いところに上がろうというギョンヒ様がおられるではないか」

中宮殿の宮女なのでギョンヒとは一緒にいる機会が少ない。そのことを残念がりながら、三人は引っ越しの準備を進めていく。

新しい宮殿は広かった。ちょうど補修作業が終わり、快適でさえあった。古くて強い雨が降ると屋根から雨漏りがし、ネズミが我が家のように歩き回っていた鬼殿閣に比べたら極楽だった。

環境が変わって窮屈だと文句を言っていた王も徐々に適応していった。彼は何よりも新しく設えられた書庫に熱狂した。

しかし、新居への浮きたった思いは長続きしなかった。

事件発生からちょうど十日後、逆賊が逮捕された。彼らは宮人たちが新しい宮殿に適応できていないその隙を狙って、ふたたび王の命を狙ったのだ。今回は王の寝殿近くに行く前に禁軍に捕まったが、二度にわたる謀反《むほん》という空前絶後の事態には変わりない。血なまぐさい鞫問の狂風が真新しい宮殿をのみ込むこととなった。

誰よりも王の安全を守らなければならない大殿の護衛軍官が逆賊に加担したという事実が明らかになると、皆は衝撃を受けた。悪しき逆賊の名はカン・ヨンフィ。宮殿の内外の事情にうといドギムでさえ彼が何者かは知っていた。幼い頃は彼女の広げたチマに栗や松の実などを一握りずつのせてくれた親切なおじさんであり、宮女になってからはなんの縁で再会したのか不思議だと微笑んでくれた信頼できる人だった——そう、カン・ウォレの父親だ。

ウォレはドギムとともに新しい大殿の書庫を整理しているところを連行されていった。すでに覚悟ができていたのか、縄で縛られている間も顔色一つ変えなかった。

「ただ罪人の娘だから連れていかれたんじゃないんだって。差備門から鬼殿閣の屋根に登れるようにこっそり抜け道を案内したんだって。共犯なのよ」

血が飛び散って肉が焼ける親鞫《チングク》（王自ら行う尋問）の現場をどうやって見てきたのか、ギョンヒが報告にきた。

「ふたりともそんな人たちじゃないのに……」

カン氏父娘は財物に買収されて謀反に加担したというが、ドギムは信じられなかった。

「でも、怪しいことはしていたじゃない。王様がお出ましになるとき、どの門を主に使うのか、内官や宮女同士の誰が親しいのか……あなたにも聞いたことがあるって」

「そんなのみんなやってたじゃない。情報を売ってお金にして、人脈を作って」

「そうね。みんなやってたわね。でも馬鹿みたいに謀反は企てないわ」

ギョンヒは眉をひそめ、言った。

「どうしてそんな悲しい顔をするのよ？　あなた、ウォレ姉さんは人づかいが荒いって文句ばかり言ってたじゃない」

「だって、幼なじみなのよ。おじさんだって……」

「あなたは危なっかしいわ」

ギョンヒの目にちらっと不安が見えた。

「加担した者がもっといるかもしれないと、大殿の宮人たちを一人ずつ尋問するんだって」

「私は謀反があった日は休みだったから、ずっと部屋にいたわ」

「あなたと同じ故郷の出身で、仕事も同じ。逆賊を捕まえるために宮殿を捜索したときは一緒に組んでいたんでしょ。どういう意味かわかる？」

ようやく自分の置かれた立場に気づき、ドギムの腕に鳥肌が立った。

「質問には正直に答えなさい。逆賊をかばおうなんて絶対考えちゃ駄目。必要であれば話を作ってでも、禁衛大将様が望む答えを返すのよ」

ギョンヒは深いため息をついた。

数日もの間、刑場では耳をつんざくような悲鳴と吐き気を催すひどい臭いがした。宮人たちは努めて親鞠場だけは避けて通った。王さえも親鞠から帰ると、長い時間ひとり煙管を吸っていた。

幸いなことに、痛めつけると罪人たちはすぐに屈服した。彼らの口から誰の命令を受けたのかがすらすらとこぼれた。謀反の背後には王の庶弟である恩全君《ウンジョングン》を新しい王として擁立しようとした者がいた。特に南陽《ナミャン》ホン氏一族のなかに加担した者が多かった。

動機は単純だ。ともに手をとり権勢を享受しようとした豊山ホン氏の臣下勢力が新王に粛清されると同時に自らも政権から追い出され、流刑に処せられた鬱憤が主たる原因だった。それで、王を殺害し、新しい王を立てるという不埒な逆心を抱いたのだ。

捜査が進むにつれ、驚くべき真実が明らかになっていった。大殿の別監や宮女だけではなく、かつて問題を起こしたことのある王の外戚にも加担した者が多かった。さらに、大妃殿の宮人まで関わったという証言も出てきた。逆賊が王と彼の寵臣であるドンノを呪って儀式を行い、赤い砂でふたりの人形を作ってお札とともにあちこちに埋めたという事実が発覚したときには、宮中の険悪な雰囲気が絶頂に達した。

粛清の嵐が早く過ぎ去ることを願いながら、誰もが息をひそめて過ごした。大殿の宮人たちは一日に三、四人ずつ禁軍に呼ばれた。内官から尚宮、内人、雑仕女まで禁衛大将のドンノが直接尋問した。朝、呼ばれたボギョンが帰ってきたのはもう日も暮れようかという頃だった。ない罪を告白して許しを得なければならないと思うほど厳しい取り調べだったと、彼女は力なく首を横に振った。

ドギムは今か今かとやきもきしながら順番待ちの日々を過ごした。仕事をしていればどうにか気がまぎれたので、一日中書庫で過ごした。鬼殿閣から荷車いっぱい積んできた本をまだ全部整理できていない。帳簿に本の名前を記録し、書架に差し込むことを繰り返した。

しかし、彼女の努力を無駄にする男が現れた。

「ソン内人に聞きたいことがあります」

ドンノが戸口に立っていた。朝廷の中心で過重な業務をこなしているにもかかわらず、その顔は以前に増して生き生きとしていた。白玉のようにつやつやとした顔からは光が放たれているようだ。

「兄上たちに私に会うなと言ったんですか？」

ドギムに敵意をあらわにされてもまるで動じることなく、「そんな顔しないで」と微笑む。

「私の顔より、もっと重要な問題があるでしょう」

「謀反のことですか？　ソン内人も謀反に加担したんですか？」

隣の家に飲みに行ってきたのかくらいの感覚で訊いてくるが、気軽に返事ができるわけもない。

「まぁ、あなたは違うでしょう」

「絶対に違います！」

「なら、これ以上訊くこともないでしょう」とドンノは椅子を引いて座った。

「最初の質問に戻ります。兄上たちに私に会うなと言ったのですか？」

「違います」とひと言で終わらせようとするドンノに対し、ドギムは話を続けた。

「特にソン・シクという兄上がしきりに私を避けるんです。妙だなと問い詰めたら、妹が怖いからと逃げるじゃないですか」

とにかくシクは口下手なのだ。

「純真な私の兄に文句を言わずに、私に望みを言ってください」

「望みだと？」

「それで私の周りをしきりにかき回しているのではないですか？」

狡猾な者を相手にするときは、背水の陣を敷いて飛びかかったほうがましだ。

「駆け引きは終わりのようだ。面白かったんだけどな」

「私は承旨様に対して駆け引きなどしたことはありません」

ドンノは豪快に笑った。

「たしかに。あなたは私には王様に接するときのように、ねちねちと振る舞いはしてはいないな」

なんのことかわからなくても物言いがとても下品だった。この男と話すと、必ず王のことを話題にしてくるのが疑問だった。同じ方に仕えていることが唯一無二の共通点だとしてもだ。

「王様は、私が駆け引きすることなどできないお方です」

面白くもない返事にドンノはなんだか気が抜けたようだった。

「さて、どうしましょう。私はあなたに望むことはありません」

「今はまだ」

退屈した子供のように彼は椅子を前後に振った。

華やかな笑みとともに、ようやく彼の本音がこぼれ出た。

「どう使ったらいいのか、まだ腑に落ちないんだ」と不気味なことを平然と言う。「すごく曖昧で、間違った扱いをしてしまったら自分に腹が立つと思うし……かといって、このまま放置するわけにもいかないから、いったん手のひらの上には置いてはみたものの……やっぱりわからない」

意味不明な謎を投げかけ、ドンノは座り直した。

「私は危険要素が嫌いだ。私の背後をつくようなものはすべて排除したい」

「私が危険要素ですって？」

「いや、むしろその反対だね」

彼の美しい瞳が、頭からつま先までドギムをゆっくりと観察していく。

「あなたはつまらない。父親は亡くなっている。使える親戚もいない。兄上たちはうまくいってもぱっとしない武官職が精一杯だろう。そして、あなた本人もつまらない日常に汲々として、自分の中の野心のかけらすら探そうともしない……」

そう言って、彼はいたずらっぽく片目をつぶった。

「だから、王様が誰かをそばに置かなければならないのなら、ソン内人がいい」

「それはどういう……？」

「私にとって、ソン内人は全然脅威にならないから」

さっきまでは騒がしかった廊下や隣の部屋が、ふと気づくと静まり返っている。きっと人払いをしてから、ここに来たのだ。さりげなさを装っていたが、彼は何かを決意して、ここに来たのだ。

「王様は非の打ち所のないお方です。超然としていて、物欲にも女色にも無関心だ。一時は見せかけかと思ったが、違った。偽善者と嘘つきがあふれるこの世で、あの方だけは本物です」

話しながら、ドンノは雑然とした書庫の中を歩き始めた。

「そんな王様が、なぜかあなたに目を向けていたんですよ。わずかではありますが、あなたに対しては王様の心が揺れるのです。私の目にはそのように見えます。草鞋が二つで一対のように、氷のようなあの方の心を溶かす女人もどこかにいるはず。そして、それはあなたなのかもしれない……」

自分とギョンヒ、そしてドンノまで……。すでに三人も同じ疑いを抱いている。しかし、疑いが必ずしも事実というわけではない。軽率に考えてはいけない。

「ふむ。驚かないですね」

「心の中で驚いています」

ドギムはぶっきらぼうにそう答えた。

わかると言わんばかりにドンノは憎らしくうなずいた。

「とはいえ、ソン内人の価値はまもなくなくなるはずですから、問題なんですよ。果たして、ひと握りの埃で消えてしまうものに、どれだけの投資をしたものか……」

「私が役に立たなくなるですって？」

「そうです。近いうちに素晴らしいことが起こるでしょう」

彼は声を低くし、続けた。「前もって知ってしまっては面白くないので、少しだけ……。王様は今まで子供を授かっておらず、私にはちょうど従順な妹がいる」

「次の王様の外戚になるということですか？」

王に自分の妹を付ける心算に違いない。

不可能な計画でもなかった。王妃はこれまで世継ぎを産めず不妊疑惑に苦しみ、あらゆる湯薬を飲んでいるがその効き目はない。士大夫たちは目に入れても痛くない娘を閉鎖的な王室に送ることを嫌っているが、その中から条件に合う令嬢を選び、側室とした前例ならよくある。

「前もって知ったら面白くないじゃないですか」とドンノは意味深に笑った。

「王様は、戚臣を非常に嫌がられますが……」

「それは戚臣次第です。朝廷の再編にとりかかっている今、より堅固な地位で王様の側に立つということです。私こそ、まさに王様の右腕ではありませんか」

「どうしてそこまでなさるんですか？」

最近では清廉な大臣も厚遇されない。しかし、そこまで泥水をかぶるということは、最初から士大夫のふりさえもしないという意味だ。一歩踏み外すと、すべてが水の泡になってしまう道をなぜあえて行こうとするのかがわからない。

「女衒《ぜげん》のようなやり方で外戚になろうとするなんて、それで何を得るのですか？」

「はっ？　女衒だと!?」

気を悪くするどころかドンノは愉しそうに笑った。

「私は苦労してここまで来た。世の人々が私と父を下級の両班だと見下したあの頃には戻りたくない。そのためにはこの地位を守らなければならず、さらにもっと上にいかなければならないのだ。当時も今も私を助けてくれる人などいない。汚れ仕事にも自ら手を染めなきゃならないのだ」

一生懸命言い訳を並べてとりつくろっても、結局は野心だった。外戚は要職に就いてはいけないというならわしがあるこの儒学の国で、王の臣下になることは許されないことだ。あらゆる世辞でのし上がった先王の代の戚臣たちと変わらない。新しい王が望む新しい政治とは明らかに違う。

ただ、その切迫感だけは確かに真実だった。

「いつもそのように気を張りつめておられるのですか？」

「何が起こるかわかりませんからね」

自信満々だったドンノの顔に影が差した。

「私は王様をよく知っていると思ってたんだ。生真面目で竹のような方だとね。ところが最近、王様は私が全く知らない姿をよく見せる。臣下たちに乱暴に接するくらいなら、まぁ……。それでも東宮時代に支えてくれた大妃様の外戚たちを迷わず切り捨てたのはぞっとしましたよ」

王は大妃の兄を流刑に処した。生意気なところが多い外戚だった。ただ、世孫だった時に無礼に振る舞う豊山ホン氏を叱るなど、何度も彼をかばった。先王の治世が晩年に入るにつれ、当時王妃だった大妃とともに公然と味方をした。それでも王は容赦なく彼を切り捨てた。事情はどうであれ、普段から峻厳な義理を受け入れる王にしてはちょっと意外だった。そのため、中心を失ったキム氏一族はそれ以上大きくなれず、ほどほどのところで勢力が止まった。それが王の意図した結果だろう。

危険になると判断するやいなや、ただちに取り除く決断力を持つ。性格が正反対の王とドンノの間にも似たところはあるわけだ。

そして、同族はお互いを見分けるものだ。

「王様は私の考えとは違う方かもしれません。東宮殿で過ごした歳月、本音を上手に隠し続けた方らしく、私にも見せたい面だけを見せていたのかもしれませんね」

ドンノは唇を噛みしめた。

「だから確実にしておきたいのだ」

彼は特有の明るさでふたたび武装した。

「とにかく、ソン内人は今までと同じように振る舞ってください。その薄っぺらな価値をできるだけ長く守れるように。そうしているうちにすべての答えが出るでしょう」

ギョンヒとは遠慮なく口にした話題、サンが自分に好感を抱いているかもしれないということが、今はどうしようもなく危険なものとしてこの身に迫ってきた。

「私は心穏やかでいられない人生など送りたくありません」

「あなたが捨てたいからといって、捨てられるものではないはずですが」

「でも……」

「王様は、駆け引きなどできない方だと言いましたよね」

さっきのドギムの言葉をそのまま返しながら、ドンノは苦笑いした。

「私はソン内人が私の役に立ってくれればと思っています」

悲しいほど甘い声だった。

「得るものがなく、捨てることになったら悲しいですから」

これからはますます苦しくなりそうだ。だとしたら、その気になれば逃げられるかもという一抹の希望のある今を、よほど大切にしなければならない。

しかし、今この瞬間は永遠ではない。

「そなたはここで何をしている？」

戸口から声を放ったのはサンだった。いつ姿を現せば効果的なのかをよく知っている人のように、また予告なしに現れた。ドンノは慌てることなく、平然さを装った。

「殿内の宮女を尋問しておりました」

「静かだな。人払いまでしたのか？」

サンは不機嫌そうに見えた。

「余計な邪魔を避けるにしても、あまり見栄えのいい姿ではないぞ。宮女に接するときは面倒でも一緒に行動する者を置くようにしろ」

サンの冷たい視線が、ぎこちない雰囲気のドンノからドギムへと移動していく。

「心に留めておきます。ところで、どうしてここにお越しになったんですか？」

「ああ。政務が早く終わって……」

サンが言葉の端をにごした。その目がちらっとドギムに触れた。わざわざ彼女に会いに来たのだと示すかのように。すぐにドンノがもみ消した。

「ああ、それで私を捜しに来られたのですか？　恐悦至極に存じます」

「……おお、そうだ。もちろんそなたに会いに来たのだ」

うなずきながらも、サンは襟にそっと触れた。

「なぜ禁軍ではなく、ここで尋問するのだ？」

「何日も薄暗い小部屋に閉じ込められているとさすがに息苦しく、出て参りました」

「苦労が尽きぬな。いいだろう、続けなさい」

面白そうな演目を見物するかのように、サンは椅子に座り、背もたれに体を預けた。尋問どころか不敬な雑談を交わしていたのだが、ドンノは動揺することなく王の注文に応えた。

「カン氏親子と同郷の出身なのは本当か？」

「えっ？　あっ、はい……」

慌ててドギムは答えた。必要なら話を作ってでも言い訳しろというギョンヒの忠告が思い浮かんだ。どんな言い訳をするべきだろうか……？

「謀反があった夜、罪人カン・ウォレと報漏閣を捜索したのも事実か？」

答えをためらっている間に質問が続いた。

「そのとき、何も見つからなかったのか？」

「はい」

「報漏閣近くの茂みに隠れて夜を過ごし、翌朝抜け出したと逆賊が白状したのだ。それでも本当に見なかったのか？」

良心がドギムの胸をちくちくと刺す。自分の中の疑念に背を向け、見逃した罪がある。ドギムは唇を噛んだ。ドンノの老練な視線は些細な感情の発露を逃さなかった。

「王様の御前だ。隠さずに話しなさい」

下手な嘘でさらなる苦境に陥るよりは、正しいことを告げたほうがましだ。どうか自分の手で墓を掘ることにならないように祈り、ドギムは口を開いた。

「実は怪しい気配を感じたのですが、詳しく探しませんでした」

「わざと知らないふりをした？」

「暗くもあり、女ふたりでは刀を持った逆賊に勝てそうにないので、軍卒に知らせるつもりでした」

「それで知らせたのか？」

「あ……いいえ」

「知らせなかったと？」

「そ、それが……はっきりしないことでお忙しい軍卒に迷惑をかけるのが……」

茂みから巨大な鳥が飛び出してきて恐怖にかられてしまったという部分は、情けない言い訳のように聞こえるかと思い、外した。それでも罪を犯したように聞こえるのは問題だった。知らないとはっきり言えばよかったのに、何を血迷って正直に打ち明けてしまったのだろう。ギョンヒに聞かれたら平手打ちを食らっただろう。

黙って見守っていたサンが舌打ちした。

「怖くて逃げたのだったら、知らないふりをすればいいものを。後ろめたくて告白したところで、それになんの得があるのか。人を欺くなら最後まで貫け。あれもこれも中途半端だ」

サンの言葉にドギムの頬が羞恥に染まる。

「これくらいでいいだろう。逆心を抱く能力もない者だ」

真っ赤になった彼女の顔をじっくりと見つめるサンの目は柔らかかった。期待を裏切らないお人好しぶりに、かえって満足しているかのようだ。

「こんな娘を相手にして、いたずらに時間を取られるのもおかしい」

「ええ」とドンノがうなずいた。「カン・ウォレもソン内人は何も知らないと、念を押すように何度も供述しておりました」

ドギムはようやく気がついた。あのときウォレがなぜ力づくで茂みから振り向かせたのかを。もし共謀した逆賊が本当にあの茂みに隠れていたなら、のちのちの面倒を考えたら、その場で自分を切り捨てたほうが簡単だ。ところが、軍卒に怪しいと報告させる危険を甘受してでも、ウォレは自分を説得して引き返す道を選んだ。

彼女は私をかばってくれたんだ……。

「それは本当でございますか？」とドギムはドンノに訊ねた。

「ええ。ソン内人は人望が厚いですね。これまで尋問した尚宮から内人、雑仕女たちまで口をそろえて、ソン内人の味方になっていましたよ」

どうやら人生を無駄にしてはいなかったようだ。ただ喜びはすぐに消えた。何も知らないふりをしながら、裏ではウォレとドギムの関係を調査しただけでなく、周辺の人々にまで尋問を終えていたドンノの周到さに鳥肌が立った。もしかしたら彼は私が思うよりずっと長く、そして深く、私を注視してきたのかもしれない。

自分を見つめるその目は、暗い夜の色と同じだった。絡めば絡むほど深く沈み込んでしまう泥沼のような男だと直感し、ドギムは恐怖を感じた。

視線を交わすふたりを見つめ、「やはり変だ」とサンがつぶやく。

「承旨はもしかしてこの内人と知り合いなのか？」

「そんなことはないです。まぁ、面識くらいはありますが」

鋭い質問にもかかわらず、ドンノは平然と否定した。

「そなたの前に立つとなぜかこの内人は硬くなる。ずいぶん前からそんな気配があったが、最近ひどくなった。今日は特にそうだ」

痛いところをつかれてドギムは焦る。彼女の動揺に王が気づきやしまいかと、ドンノはすぐに返す。

「王宮の宮女たちは、もともと男を毛嫌いするではありませんか」

「男の前だからと恥じ入る素振りなど全くない内人だ。王の前でもはっきり口答えをするくらいだ」

「ああ、なんの話かわかりました」

ドンノはサンに笑顔を向けた。

「罪深い男として生まれた過ちを、どうして哀れな宮女のせいにするのですか」

美しすぎる自分の顔がその答えだと、ドンノは空々しく言った。

「ああ、漢陽《ハニャン》ではお前に惚れない女人を探すほうが難しいということだろう？」

重臣にはとりわけ優しいサンは、つまらない冗談にも大笑いした。

「ここにいるソン内人だけでなく、気位の高い都の妓生たちも私を見れば簡単に惚れてしまいますので、王様はどうかお気になさらないでください」

「ははは！　それほどか？」

「女心は皆同じですよ」

和気あいあいとしたなか、サンの口調が変わった。

「そういうことなのか？」

かすかに不快な気配を漂わせ、サンがドギムに訊ねる。

先日、サンは彼女がドンノの前ではできもしない女のふりをしているなどと文句を言った。今、彼の疑いが、「すべての臣下と宮女が密かにつながっている」ではなく、「男と女として私的な感情がある」だとすれば、ドンノは言い逃れを誤ったのだ。

「私が特別に接するお方は承旨様ではなく、王様でございます」

うまく収拾しなければならなかった。ドギムは用心深く言葉を選んだ。

「未熟な私は大殿によく来られる別監も食事を作る待令熟手《テリョンスクス》（料理人）も得手ではありません。殿方には慣れていないと申し上げたではありませんか」

「ではなぜ余は別なのだ？」

男として見ていないと言ったとき、サンは確かに不機嫌だった。彼が気に入るような違う言い訳を探さなければならない。

「王様は特別なお方であられるからです」

「どう特別だというのか？」

王であるから、仕えるべき主人だから、唯一親しくする殿方だから、ギョンヒに似ている人だから……。理由ならいくらでも思いつく。もっともらしい言い訳を考えていたところ、ふとのどにひっかかった小骨のように、穏やかならざる疑惑を一つ見つけた。

もしかして私もこの人に好意を持っているから特別なのではないのか……？

いや、そんなはずはない。

ドギムは一抹の可能性を断固として否定した。職務として慕わなければならない王にすぎないのだ。当然のように受け入れるだけで、恩返しはできない相手だ。ただ一方向にだけ流れる関係は、それ以上になるわけがない。

「釈明できない話は持ち出すな」

気が利かないせいなのか、万事を自分中心に考えることに慣れているせいなのか、サンはドギムの沈黙を別に解釈したようだった。

「それなりに可愛いところはあるな」

わずかに口角が上がった唇から少しくぼんだえくぼまで、あらためてドギムの可愛いところを見つけたかのようにサンはうれしそうだった。

「ふむ……だとすれば……」

すぐに表情を引き締め、立ち上がった。

「禁軍に連れていけ」

あっという間に変わった態度に、ドンノとドギムは驚いた。

「ひょっとして余がこの内人を特別扱いしていると思ったのか？」

サンに問われ、ドンノは戸惑う。

「え……」

「だから、余の顔色をうかがって、この娘だけは略式の尋問で終わらせようとしたのではないかということだ」

「とんでもございません」

「では、職務怠慢か？」

叱責は叱責であったが、ドギムに対するときと比べるとても和やかだった。

「二度とそんなことはしてはならぬ。余が好む承旨とは、誰にでも容赦なく、自信に満ちた承旨だ。せっかちなのは仕方ないが、くだらない猿芝居を打つのは許さぬぞ」

「大変申し訳ございません」

「息苦しい小部屋から抜け出したかったという言葉を信じたいが」と優しいなぐさめも忘れない。

「ほかの宮人たちのように禁軍に連れていき、きちんと扱うように」

サンはふたたびドギムを指さした。ぎゅっと閉じた唇は笑いをこらえているのか不満を隠しているのか判別しにくく、その目は見下しているのか秤にかけてみているのか曖昧だ。

「何事であれ、例外はない」

ドンノに告げると、袂をひるがえしてサンは去っていった。

「やはり、ソン内人は王様をもてあそぶ才能だけは持って生まれたようですね」

より大きく、高いものを夢見る人の特有の渇望が、ドンノの声からにじみ出た。

「一体何をご覧になったんですか？　これのどこが王様をもてあそんでいるんです？　王様が私を臼に投げ入れ、死ぬほどついているようなものですよ」

ドギムの嘆きに、ドンノは腹をかかえて笑った。

武装した兵士たちが守る檻の隙間から、血に濡れた刑具に縛られたまま気絶している罪人たちが見えた。ドンノが歩みを止めた場所は、臨時に改修された獄舎だった。真昼なのに暗くて陰気だった。堅い木で作られた狭い檻ごとに、二、三人ずつ入っていたが、元気な者はひとりもいなかった。

「ここで待たなければなりませんか?」

ドギムは一番奥の檻の前に立った。

「外にはほかに居場所がありません。男たちがうじゃうじゃしているから」

仕方なく藁が敷かれた床を踏み、檻に入る。血の付いた場所を避けて座り、体を丸めた。

「まず副官が来て予備審問だとあれこれ聞きます。そのあとで私と対面できます。審問といっても適当に時間をつぶしていくだけです」

「このまま帰してくれませんか?」

「王様に仕事をきちんとしろと叱られたじゃないですか」

扉に錠がかけられた。罪があろうがなかろうが、永遠に抜け出せない感じがした。

「これからちょっと大変になると思いますよ」

格子越しにドンノが言った。

「王様は厳格な方です。無駄な欲望に流されないように努力されています。そうしていると周りの人には薄情になるものでして。私のような臣下たちは体面もあるのであまりひどく扱わないですが、あなたは涙を流すことになるでしょう」

「え……?」

「王様はあまりにも自尊心がお強い方です。ひょっとして女色ではないかと噂になるのを警戒されるでしょう。あなたを突き放そうとするでしょうし、特に厳しく取り締まろうとするでしょうね」

「面倒になって、関心を断ちはしないでしょうか?」

「簡単に考えているようですね。男というものは欲しいものを手に入れることができなければ、とてもいらいらするものなのです。突き放しながらもまた間違いなく近づいてくるでしょう。まぁ、王様自身もある程度は気づいておられるようですが……」

「じゃあ、どうしろと？」

「耐えてください。呼吸をうまく合わせながら芯を失わないことが重要です」

全く役に立たない忠告だった。

あとで会おうとドンノが去ると、完全な闇が舞い降りた。燃え上がる松明が壁にかかっていたが、暗闇に目が慣れるまでには少し時間がかかった。

退屈を紛らわせようと藁を編んでいると、遠くから誰かが引きずられる音が聞こえてきた。髪の毛の乱れた女が軍卒に引きずられてきた。首には大きな枷《かせ》をはめられ、破れたチマの裾の下にだらりと見える足首にも足枷がはまっている。

ドギムが入った檻の扉が開いた。女は荒々しく押し倒された。女がのそのそと隅まで這いつくと、軍卒たちは錠前をしっかりと閉めた。

逆賊と同じ空間に閉じ込められた。恐ろしくなったドギムはさらに体を丸めた。

「尋問を受けにきたの？」

女が発したのは、聞き慣れた声だった。

「見た目は大丈夫そうね」

ドギムはまじまじとざんばら髪の女を見つめた。顔がむくみ、唇も腫れていたが、たしかにウォレだ。惨めな姿でも目だけはいつものように細やかだった。なんとなく腹が立った。

「自分ひとりが悪者になって。謀反って何よ、謀反って！」

ドギムの叫びを、ウォレはまるで聞かなかった。

「髪を上げてくれる？　前が見えないわ」

ドギムはしぶしぶ手を伸ばした。乱れた髪を触った手には血と土がついた。父が刀を手に宮殿の塀を越えるというのにじっとしているの？　失敗したら極刑になるだろうし、何がなんでも助けないとね」

「おじさんはまたどうして……？」

「わからないわ。知らないほうがいいって口をふさいでしまって」

誰が聞いても聞かなくても、檻の中の人々の言葉に歯切れはなかった。周りを見ると、その理由もよくわかる。獄に閉じ込められた彼らは、それぞれ悲しみに浸るのに忙しかった。

よく見ると見覚えのある人ばかりだった。向かい側で虚空を見つめてぶつぶつつぶやく人は、内帑庫で雑用をしていた老いた内官であり、その隣でわあわあと声を張り上げて泣く男は、仕事を怠けて裏庭に行くたびに会う別監だった。白髪頭をつかんでくよくよする老女は、大妃殿のコ尚宮。そのそばで杖刑で叩かれた部分をさすりながらむせび泣く若い女は、大妃に従っていた内人のボクビンだった。

「大逆罪人は遠くにいるわけではないのよ」とウォレは笑った。「謀反に加担するのは本当に大したことではなかったわ。今日は私たちが逆賊だけど、明日はまた誰がなるかわからないわよ」

うんざりするほど同じ日常を共有していた人が、突然自分には手の届かない場所へと去っていってしまったのは悲しかった。

「悪いことをしたんだから自業自得です」

ドギムはにじむ涙をさっと拭き、袖に残った涙の跡も隠した。

「下につく人を間違えたわ」そんな哀れな格好をしてもなお、ウォレは強がっている。

「とにかく早く終わってほしいわ。杖刑で叩かれるより死んだほうがましよ」

「なぜ私をかばってくれたんですか？　関与した人をひとりでも増やせば杖刑も少なく、疑いを鎮めることができたはずなのに」

感謝の気持ちというよりは、疑念のほうが強かった。

「どうして私を助けたんですか？」

ウォレとはずっとこんな仲だった。必要なものがあれば渡して代償を受け取る。気になることがあれば話して、またその代償を得る。幼い頃からの知り合いだとしても、微妙な限界を乗り越えられない仲。それなりに親しくはしているが、友達と言うには曖昧な間柄……。

しかし、相手をかばい命がけで助けるのは、そんな仲でとる行動ではない。

「誰かと親しくなっても尻ぬぐいは面倒よね」とウォレが答える。「宮女同士は、仲良しでも適当な線を引いてこそ負担がないものよ」

だったら、なぜ……。

いつもと同じ突き放すような人情味のない小言だが、今日はとても優しく聞こえた。ひねくれたウォレの口もとが見えた。うるさくつきまとわないでと額を叩きながらも、ずっと手を握ってくれていた幼いウォレの片鱗《へんりん》だった。

険しい顔をした軍卒がやってきて、尋問をするから出てこいとドギムをうながす。

「あなたはなんてことのない女の子なのに、不思議と嫌いではないわ」

ものともせずウォレはささやき続けた。もう罪人と私語を交わすなと軍卒が無理やりドギムを檻の外へと引っ張り出した。

「でも結局それが毒になるわよ」
それがウォレと会った最後になった。

＊

事態は徐々に鎮静していった。臣下たちが粛清されて、粘り強く耐えていた敵対者たちが、この機会に一掃され、王の立場が強固なものになった。王の近況をささやいていた宮人の下っ端たちもすっかり声をひそめた。

王は寵臣ドンノに望むだけの力を与えた。事件の鎮圧に大きな功績を立てたという名分があったからだ。ドンノは朝廷全般であまねく実権を握った。兵権は言うまでもなかった。王を護衛する兵士を別に選抜して宿衛所と名づけ、各官庁の報告体系を統一した。宿衛隊長であるドンノを通さずには些細なこと一つ進められないほどその威勢は大きくなっていった。伝統的な武班として有名なク氏の一族すらすばやくその列に並んだという噂まで聞こえてくるほどだった。

彼を翼にして王は即位当初からかなり堅実な掌握力を発揮した。青年君主が先王の強力な王権を継承できるのか半信半疑だった者が多かったが、ついにやり遂げたのだ。

「春堂台《チュンダンデ》へ行くぞ」

政務を早く終えたサンは翼善冠と袞龍袍を脱いで戎服《ユンボク》（戦闘用の服）を出すように言った。ただ、軍刀の代わりに弓を準備した。あのとき、別館で見つけた父・敬慕宮の弓だ。

サンは御鞋《オヘ》（靴）を履く途中できょろきょろと辺りを見回した。探しているものが見つからず不満そうに舌打ちする。控えていたユンムクの耳に何かささやくと、彼はすぐに柱の陰で王を見守っていたドギムへと近づいていく。

「あとをついてこいとおっしゃってます」

ドギムの姿を確認し、ようやくサンは満足そうに歩きだした。

広々とした春堂台の前庭では、ドンノが待っていた。宿衛禁兵たちが周囲を警戒するなか、内官たちが一糸乱れぬ動きで的と矢を用意する。サンが中央に立つと、ドンノと警備の宮人だけが残った。

「先に射るか?」

「私に弓の才能がないことはご存知じゃないですか」とドンノが返す。

「士大夫がそれでは使いものにならぬぞ」

「では、教えてください。見て学びます」

王の弓術なら昔から飽きるほど見ているはずなのに、心の底から願っているかのようにそう告げる。適度なお世辞は嫌いではないのか、サンは気持ちよさげに矢をつがえた。

「怪我をするぞ。お前たち、十歩下がっておれ」

こっちを見たサンとちらっと目が合った。

弓を射るのを見たいと言ったから、わざわざ連れてきたのかな?

そんなことを思いながら、ドギムはほかの宮人たちにならって後ずさりした。

サンがすっと弓を構えた。周囲に立つ宮僚たちが歓声をあげる。獲物を狙う虎のように鋭い視線で的を見つめ、短く息を止めるや、すぐに矢を放った。勢いよく風を切った矢は、きれいに的の真ん中に刺さった。

その後、連続で十射し、すべて的を貫いた。なかなかの腕前だ。

的を狙うときの彼は、必ず当てると確信するかのように断固とした表情をしていた。命中を確認しても満足したようには見えなかった。過ぎ去ったことには未練を持たないかのように、次の矢へと切り替える冷静さと緻密さだけが垣間見えた。

そんなサンを見ていると、一昨日交わしたギョンヒとの会話が脳裏によみがえった。

「でもちょっとおかしくない?」

宮殿の守備がゆるまり、久しぶりにギョンヒが部屋に遊びにきたのだ。彼女は床にうつぶせになってあごをつくと、話し始めた。

「普通、謀反が起こると政局はぐちゃぐちゃになって、なかなか終わりは見えないじゃない。ところが、今回の事件はあまりにも早く、きれいに終結したよね」

「それでよかったのよ。怖くて死ぬかと思ったんだから」とヨンヒは肩を震わせた。

「釈然としないわ」

ギョンヒは意地になって、疑問点を主張する。

まず、王を害するため侵入した逆賊が不用心にも屋根で騒いで見つかったこと。そこで、むやみに逃げ出したこと。その夜、なぜか王がささやかな理由で周りの者を退かせ、ひとりでいたこと。警戒が厳しくなった宮殿にふたたび侵入し、あっけなく捕まったこと。そして、鞫問が始まるやいなや、それを待っていたかのように背後関係をすらすらと告げてしまったこと――。

「まるでお釈迦様が手のひらで泳がせていたように、あっという間に都承旨が謀反の全貌を暴いたじゃない。あれこれしらを切っていた加担者まで探し出してさ。その結果がどうなったか見てみなさいよ。王様の脅威だった派閥は一掃され、都承旨が朝廷の圧倒的な第一人者として浮上した……」

ギョンヒは眉間にしわを寄せた。

「近いうちに都承旨様を主人公にした本も出すんだって。もう、あきれちゃうわ」

「つい最近までは、見目麗しいだけの大したことない宮僚だったじゃない。人生って本当に何があるかわからないものね」

ヨンヒの単純な感想に、ギョンヒは肩透かしをくう。

「何が言いたいの？　王様が自作自演でもしたっていうの？」

冗談めかしてドギムが訊ねる。

「そんなことはないと思うわ」とギョンヒが返した。「王様も被害に遭われたじゃないの」

惨憺たる事件の大詰めとして、王は十九歳の異母弟に賜薬を下さなければならなかった。謀反が起きた以上、実際に加担したかどうかは関係なかった。逆賊によって担ぎ上げられたという事実だけでも、死を与えるには十分だった。

若死にした父親が遺したものすべてを大切にする王は、当初異母弟を助けようとした。しかし、三司から上訴が相次いだ。重臣たちも便殿の前に座り、徹夜で賜死《しし》を唱えた。王は涙を流して抗ったが、逆賊の根を断ち、王を守るのだという大義名分を退けることはできなかった。

王室にとって子孫は貴重だという面では私的な被害であり、あらゆる名分と利害で一丸となった士大夫を相手にする王の立場では、近い親族を失う政治的被害を被った。

「ただ得たものに比べると、失ったものはわずかよね」

ギョンヒの指摘は鋭かった。

「王様と都承旨様がいかなる形であれ、介入はしたはずよ。もしかしたら、思いがけず起こった謀反をきっかけに、政局を好きなようにしたかったのかもしれないわ」

真剣に話すギョンヒの熱量とは対照的に、三人の宮女はさほど深刻に聞いてはいなかった。

「ところでさぁ……」とうわの空だったボギョンが話に割り込んできた。

「まだ獄中に閉じ込められている宮人たちはどうなるの？」

捕らえられた宮人の何人かはいまだ帰ってきていなかった。何らかの処罰を受けたわけでもなく、すべて終結したこの時点になっても、外界と閉ざされた薄暗い獄に閉じ込められている。ほかの宮房の宮人たちは流刑などの刑罰ですばやく処分されたが、大殿の宮人たちだけが特別だった。

「そうよね！　それもそうだわ」とギョンヒが膝を叩いた。「もう何か月も閉じ込められてるわよ。重臣たちが死罪を要請しても王様の反応は鈍いじゃない。先立って処罰された数人も流刑にするか奴婢にしろという程度にとどまってたし。きっと何か引っかかることがあるのよ」

「実際に殺すのは、ちょっとかわいそうだから迷っておられるんじゃないかしら」

「そうよ。もともと民に対して慈愛に満ちておられるし」

ボギョンとヨンヒは大したことないと考えていた。

「もしかしたら……わざと苛立たせているのかも」

ドギムはふとそんなことを言った。

王は恨みを胸の中に静かに収めておくような男ではない。特に、相手が自分に忠誠を誓わなければならない側近の宮人ならなおさらだ。

「いつ殺されるかわからないという恐怖をできるだけ長く感じさせようと……もしかしたら、自分も流刑くらいで済むかもしれないという希望を抱かせ、精神的に追いつめようとしてるんだわ」

醜い姿でいるぐらいなら、いっそのこと死んで終わりにしてほしいと言っていたウォレのことが思い浮かんだ。彼女もいまだ獄中に閉じ込められている宮人のひとりだった。

「たかが宮人たちを相手に、そこまでするかしら？」とボギョンがつぶやく。

「宮人の裏切りは士大夫の裏切りに比べて取るに足らないことよ。でも腹立たしいことでしょ」

ギョンヒはもっともらしくうなずいた。

よく考えると、王に対する評価は人それぞれだ。妹のチョンヨン郡主は、気難しいけど男らしい方だと話した。王が乳飲み子のときから仕えてきたソ尚宮は、思ったより怖い方ではないと言った。寵臣のドンノは、自分が思っているような方ではないかもしれないと焦っていた。勘のよいギョンヒは、自らの命を懸けて陰謀をめぐらせるほど危険なところがある方かもしれないと話す。

だとしたら、私は彼をどう考えているのだろう……。

答えを見つける前にドギムの思案は終わりを迎えた。尋常ならざる会話が聞こえてきたのだ。

「以前、一組の男女が私の寝室の近くで密通した事件はどうなったのだ？　うやむやになったままじゃないのか？」

四十七番目の矢を命中させたあと、新たな矢を受けとりながらサンがドンノに訊ねた。

「謀反のほうが重要だったので……」

「切迫した事態は収束したのだから、調査を再開するように」

矢が的に刺さる音がし、命中を知らせる旗がひらめいた。

「これからは今までとは変わらないといけないぞ」

サンは四十九番目の矢をつかんだ。

「都合の悪いことはもみ消し、なかったことにしてしまう習慣が生じて、罪を犯しても罰を受けず、同じ罪を繰り返す……。これは宮殿の規律が乱れているせいだ」

的を狙うサンの目には怪しげな光が宿っている。

「たとえ誰であっても裏切り、緩み、恩恵、抜け道……その何一つ容認はせぬ」

その光はすぐに標的へと集まった。また命中した。

これで残る矢は一つだけだ。サンは矢を手に取ったが、つがえずにじっと見つめる。

「余はこのぐらいでいい。軍卒たちがどれだけできるものか見てみたい」

合わせて四十九射。一矢を残し、すっぱりとやめた。

「忙しくてしばらくは矢を射ることはないだろうから、大事に保管しておけ」

内侍に弓を渡したあと、サンは高い縁側に座った。また内官が一糸乱れず動いたあと、春堂台にはいくつかの的が立てられた。軍卒たちが次々と腕を見せたが、サンほど上手な者はいなかった。

「お前、水と手巾をくれ」

のんびりと軍卒たちの射的を見ていたサンが、ふいにドギムを指名した。

一杯の水を飲み干したサンは首筋を差し出した。赤く染まった紅葉を照らす秋の日差しが強かったのか、彼の首筋は汗で濡れていた。ドギムは手巾でそっと叩くようにしてその汗をぬぐった。

「どうであった?」

汗を拭く手の感触を楽しむように、サンはじっと目を閉じている。

「さすが弓の名人でいらっしゃいます」

「私とお前の父上とでは、どちらの実力が上か?」

「それは当然、王様でございます」

大したことないお世辞なのに、サンの顔が少し赤らむ。

「ところで、どうして最後の一射はやめてしまったのですか?」

「私が五十発全て命中させてしまったら、続く軍卒たちの士気が萎えるじゃないか」

「当たらないと思ってやめたのではないのですか？」

口に出した直後、しまったと後悔する。威張るような話し方をされると自然にギョンヒが思い浮かび、突っこむような言葉が口をついてしまうのだ。

「はあっ！」とサンはあきれたように笑った。「逆賊を見てぶるぶる震えていたくせに、私の前ではどうしてこんなに強気なのかわからぬわ」

「つ、次は逃げずに必ず守って差し上げます」

「宮殿にまた逆賊が入ってほしいのか」

「とんでもございません！　ただ、そういう思いだということです！」

「口先だけで、本当は守る気などないのか？」

言葉尻をとらえて意地悪を言うので憎らしかった。さらに答えたところで墓穴を掘るだけなので、ドギムは唇を噛みしめた。

「お前の小さな体の後ろに隠れるなんて、実に楽しみだ」

しばしの沈黙のあと、サンはふたたび口を開いた。

「お前にやろう」

ふいに突き出されたのは、先ほど射ずに収めた矢だった。ドギムのほうへと真っすぐ向いた矢尻は、先が少し錆びていた。

「いつでも、どこでもこの矢を命中させる自信があるという証しだ」

ドギムはゆっくりと両手を伸ばした。ドギムがつかんだが、サンは矢を離さなかった。ふたりの手は触れ合うしかなかった。その些細な接触だけで、ドギムの全身は火のように熱くなった。

恐ろしくて、何を考えているかわからない人。でも、男らしいところがあり、愚かな行動もとるけれど、どこか余裕を感じさせる人。

ドギムが彼について聞いていた断片が、今この瞬間一つに集められた。

微笑むように唇の端をそっと上げた、目の前にいるこの男の形になったのだ。

「返せ」

サンはぶっきらぼうに言うと、ドギムの手から矢を振り払った。

「どうして軍のものを私的にあげられようか。ただ言ってみただけだ」

むっとするドギムを見て、サンは笑い出した。

「お前はときどき私をからかうではないか」

「王様は人をからかうようなお方ではないじゃないですか」

「それはそうだな」

比較にならないほど高い地位を誇示するかのように、サンは淡々と言った。

「これからも一矢は残してほしいか」

「軍卒の士気のためですか？」

「いや、そうではなく……」とサンは難しい顔になる。「いたく気が利くと思ったら、あるときは恐ろしく勇ましい。わざとそうしてるのか、それとも何も考えていないのか……まるでわからない」

戸惑うような声だ。思う存分近づいた分、また退く。

「私はお前には脆いようだ」

近づきすぎたことにようやく気づいたのか、サンが体を後ろに引いた。

「困ったな」

一瞬にして、彼の声は冷めた。

こんなに近くにいるのに、心と心の距離は遠い。そして、サンはそれを狭めるつもりはないようだ。

たとえ嫌ではない以上の好感が湧いたといえども、胸を軽く温めるほどの小さな火花にすぎない。心のすべてを黒焦げにしてしまう烈火にはつながらないだろう。

少なくとも今はまだ。

適当な距離に退くことを考える、今はまだ……。

しかし、退いたあとは必ずまた近づいてくるので危険だ。ドンノが言うように、どんな手を使うかわからない怖さがある。

自ら退いた今日は大丈夫だ。しかし、彼がまた近寄ってきたとき、退く隙を逃してしまったらどうなるのだろうか。

退こうとしない日が来たらどうなるのだろうか。

果たしてそのとき、私は逃げることができるのだろうか……。


〈中巻につづく〉

【巻末付録】用語解説 ～朝鮮王朝時代劇キーワード～

宮女（クンニョ）宮中に仕える女性の総称。見習い宮女は「センガクシ」と呼ばれた

内命婦（ネミョンブ）宮中に仕える女性のなかで品階のある者の総称。王妃を頂点とした側室や彼らに仕える女官たちの組織制度でもある

尚宮（サングン）宮中に仕えた宮女たちの最高位。女官の管理職で15年以上働くことが条件

内人（ナイン）尚宮より下位の宮女

――特別な職務を受け持った尚宮――

提調（チェジョ）尚宮　尚宮のトップ。女官長

奉命（ボンミョン）尚宮　王命や王妃の命を伝える任務を担う尚宮。勅使

侍女（シニョ）尚宮　王の書籍や文書を担当するほか、警護や先導なども行う

監察（カムチャル）尚宮　宮中で働く宮女たちの言行・風紀などを取り締まる

――宮女たちが属した部署（房）――

至密（チミル）王と王妃の側近くで仕え、寝・食・衣に関わる一切の世話を担当する部署。有能な人材が揃っており、尚宮への道も近いといわれていた

針房（チムバン）王室で使われる衣服の縫製を担当する部署

繡房（スバン）王室で使われる礼服や寝具、屏風などの刺繡全般を担当する部署

焼厨房（ソジュバン）王の食事と宮中のご馳走を準備する部署。王宮の台所。内焼厨房と外焼厨房に分かれる

生果房（セングァバン）王と王妃の菓子や間食、茶食、粥、果物、餅などを担当する部署

洗踏房（セダッパン）洗濯や掃除を担当する部署

洗手間（セスガン）王と王妃の洗面や入浴を準備する部署

承恩（スンウン）宮女が王の寵愛を受けること。正式な側室ではなく、承恩尚宮と呼ばれる

出宮（チュルグン）王宮を去ること。宮女は、自身が病になったとき、仕える人が亡くなったときなど、仕事を辞して王宮を出ることに。王族以外の人々が、王宮で生涯を終えることは許されなかった

世孫（セソン）王世孫の略称。王の孫で、世子の後を継ぎ、次々期王位を継ぐ者

世子（セジャ） 王世子の略称。王の嫡子で、次期王位を継ぐ者

翁主（オンジュ） 王の庶女（側室から生まれた娘）

郡主（クンジュ） 世子の嫡女

戚里（チョンリ） 外戚が集まる場所の意味。王妃の一族

戚臣（チョクシン） 外戚。王とは姓が異なるが王と姻戚関係にある臣下のこと

庶母（ソモ） 庶子を産んだ女性。すなわち側室

廃庶人（ペソイン） 廃爵庶人。爵位を剥奪された人

内侍府（ネシブ） 王の膳や器の管理など国王の身の回りの世話、王命の伝達、各門の守備、掃除などを担当する官庁。原則的に内官によって形成される

内官（ネグァン） 去勢された男性の役人、内侍《ネシ》、宦官

尚膳（サンソン） 内侍府の中で最高位の官職。内官を取り仕切る最高責任者

侍講院（シガンウォン） 東宮の教育を担当する部署。侍講《シガン》官《グァン》はその上級官吏。ほかに舗徳《ポドク》、兼司書などが属する

兼司書（キョムサソ） 侍講院の役人。世子や世孫のための経書・帝王学を担当する

承政院（スンジョンウォン） 王命の伝達と臣下の上奏を行う。王の秘書室

都承旨（トスンジ） 承政院の最高責任者。吏曹との連絡を担当

左承旨（チャスンジ） 王の秘書。戸曹との連絡を担当

同副承旨（トンブスンジ） 王の秘書。工曹との連絡を担当

右副承旨（ウプスンジ） 王の秘書。刑曹との連絡を担当

翊衛司（イグィサ） 世子、世孫の護衛を主に担当する官庁。世子翊衛司の略

禁軍（クムグン） 王の親衛隊

守鋪軍（スポグン） 夜間に宮殿の門を守る部隊

捕盗庁（ポドチョン） 漢城府や京畿道の警備にあたる警察機構。別名、捕庁《ポチョン》

内需司（ネスサ） 宮中で使う米穀・布・雑品及び奴婢、王室の財産や私有地などを管理する部署

内医院（ネイウォン） 王や王室の医療・薬を担当する官庁。別名、内局《ネグク》

芸文館（イェムングァン） 国王とその周辺の動静の記録を行う。議事録を作成する部署

観象監（クァンサンガム） 天文や風水、暦、気象観測、時間設定などに関する部署

三司（サムサ） 言論を担当する機関である、司憲府、司諫院、弘文館の総称。王への諫言（忠告や助言）が可能な部署で、三司が機能することで、王権や臣権の専制を抑制

することができる。王に聞き入れられないときは、三司の官吏が一斉に宮殿の門前で訴えた

司憲府（サホンブ）官吏の違法行為、悪行を糾弾するほか、現行政治への論評、風俗を正すことも

司諫院（サガンウォン）絶対君主である王を諫めることを担う部署。王への諫言が主な仕事

弘文館（ホンムングァン）宮殿内の経書や史書を管理。王の諮問に応じる任務があり、全員、経筵の官職を兼務

議政府（ウィジョンブ）行政府最高機関

領議政（ヨンイジョン）議政府のトップ。領相《ヨンサン》ともいう

左議政（チャイジョン）／右議政（ウイジョン）議政府最高位の領議政とともに官吏の統制と財務を担当。左がナンバー2、右がナンバー3に相当。左相《チャサン》、右相《ウサン》ともいう

六曹（ユクチョ） 議政府の下部組織。国政を担当した6つの官庁の総称

吏曹（イジョ）文官の人事を統括

戸曹（ホジョ）財政、貢納、租税、戸籍、経済全般を担当

礼曹（イェジョ）礼法や国の祭祀、外交や教育全般を担当

兵曹（ピョンジョ）武官の人事、兵器の管理など軍事担当

刑曹（ヒョンジョ）法律、訴訟、刑罰を担当

工曹（コンジョ）土木、建設、国土管理や商工業の統括

参判（チャムパン）六曹各曹のナンバー2。ナンバー1は判書《パンサ》

漢城府（ハンソンブ） 首都を管轄する官庁。長官を右尹《ウユン》ともいう

義禁府都事（ウィグムブトサ）義禁府（謀反や反逆など重罪事件を裁く王直属の官庁）の小隊長

別監（ピョルガム）王室の雑用や警護を担当。容姿や服装のかっこよさが都で評判となった。

書吏（ソリ）下級官吏

軍卒（クンチョル）兵士

訳官（ヨックァン） 通訳官

駙馬都尉（プマドゥイ）王女の配偶者

貞敬夫人（チョンギョンプイン）民間女性の最高位。領議政や左議政クラスの夫人に与えられた

ソンビ 高い学識と人格をもつ人物をさす儒教用語。転じて、高潔な知識人、両班

士大夫（サデブ）士は学者、大夫は官僚を表し、「学者出身の官僚」という意味だが、朝鮮王朝後期においては、高級官吏を排出した両班と同義

両班（ヤンバン） 貴族階級・知識層

中人（チュンイン）両班と常民の間の身分。技術職官吏

常民（サンミン）農民、漁民、職人、商人など

匠手（チャンス）大工のような仕事をする人たち

妓生（キーセン）宴の場での歌舞音曲を担当した女性。芸

奴。妓女。宮中に属した者は官妓と呼ばれ、公式行事や外交の場の接待係に。学問や詩歌、鍼灸などの知識も

大殿（テジョン） 王が暮らす寝所、宮殿

東宮殿（トングンジョン） 世子の宮殿。世子宮。王宮の東側にあることに由来する。

中宮殿（チュングンジョン） 王妃が住む宮殿

嬪宮殿（ピングンジョン） 世子嬪、世子妃の住む空間

便殿（ピョンジョン） 王が日常の政務を執り行う空間

水刺間（スラッカン） 焼酎房が作った料理を配膳する場所。王宮の台所、焼酎房と同義で使われることも

退膳間（テソンガン） 焼酎房が作った料理を王に出す前に温め直す小さな厨房

掌楽院（チャンアグォン） 宮廷内の音楽を担当した部署

集慶堂（チプキョンダン） 英祖が使った西の離宮、慶熙宮（1760年までの名称は慶徳宮）にあった勉学用の堂。英祖が永眠した場所でもある

崇政殿（スンジョンジョン） 慶熙宮の正殿

興政堂（フンジョンダン） 慶熙宮の便殿

惜陰閣（ソグムガク） 慶熙宮にあった世子や世孫のための書斎。政務を行う興政堂のそばに作られた

興化門（フンファムン） 慶熙宮の正門

集英門（チビョンムン） 昌徳宮にある門

春堂台（チュンダンデ） 昌徳宮にある弓や武芸の鍛錬場

宙合楼（チュハムヌ） 昌徳宮にある楼閣。下の階は書庫、図書館、上の階は読書や議論の場に

賓庁（ピンチョン） 宮中の会議室

内帑庫（ネタンゴ） 王室の財産保管庫

報漏閣（ボルガク） 水時計「自撃漏《じげきろう》」が設置されている楼閣

差備門（チャビムン） 便殿や宗廟などの前門

成均館（ソンギュングァン） 最高教育機関。科挙の小科《ソグァ》試験に合格すると入学できる

チマ チマチョゴリとも呼ばれる韓国の伝統的な衣装、韓服のスカート部分

チョゴリ 韓服の上着部分

ソクチマ チマの下に着るペチコートのようなもの

ノリゲ 服飾品。チマの胸元などに下げる

翼善冠（イクソングァン） 王の被り物。政務を行う際に被る

袞龍袍（コンリョンポ） 王が政務を行う際に着用する。龍の刺繍が施されていた

四方巾（サバンゴン） 頭巾

燕居服（ヨンギボク） 士人が高潔で崇高な気品の象徴として平素着用した装い。色は白で、黒い縁飾りをつける

網巾（マンゴン） 男性が髷《まげ》を結った髪がずり落ちないように額に巻いたもの

喪輿（サンヨ） 葬儀の際に遺体を自宅から埋葬地に運搬す

るときの道具

望哭礼（マンゴクレ）哭礼の儀式、国葬の際に泣き叫ぶことで哀悼の意を示す儀式

殯宮（ひんきゅう）主に貴人を対象に、死後もすぐには埋葬せず、遺体を棺に納めて長期間仮安置する場所のこと

諡（おくりな）王や大臣など、貴人の死後に奉る称号。生前の行いへの評価に基づく名のこと

賜薬（サヤク）王が毒薬を下賜するという意味。自ら毒薬を飲み死ぬことを求められる

冠礼（クァンレ）成人の儀式

笄礼（ケレ）女性の成人の儀式

揀択（カンテク）李氏朝鮮時代に行われた王妃や世子嬪を選ぶための儀式

書筵（ソヨン）世子や世孫のための儒教教育制度。書物の内容を講義すること。この講義を担当する役人を総じて、書筵官《ソヨングァン》と呼ぶ

経筵（キョンヨン）王の御前で儒学の経書と史書を講義し、論議すること

代理聴政（テリチョンジョン）王の裁可を受けて代理で政治を行うこと。世子や世孫が担う

朋党（プンダン／ほうとう）政治的な思想や利害を共通する官僚同士が結んだ党派集団、政治的党派。14代・宣祖の時代、士林《サリム》派が分裂して起きた西人《ソイン》派と東人《トンイン》派が誕生。その後の老論《ノロン》派、少論《ソロン》派、南人《ナミン》派、北人《プギン》派などが生まれた。朋党が政権を握ること朋党政治という

科挙（クァゴ）官吏の登用試験。小科《ソグァ》と大科《テグァ》の2種類の試験があり、小科は成均館入学のための試験。大科は基本的に3年毎に実施され、文官を選抜する「文科」と武官を選抜する「武科」、さらに医官、訳官を選抜する「雑科」があった。最も難関なのが文科で、文科出身官僚はエリート中のエリート

諺文（おんもん）ハングルの旧称

純正古今体 正祖が当時流行していた柔らかく優雅な書体を排除し、推奨した古式ゆかしい質素な書体

内訓（ネフン）王室女性の規範となる婦女子の礼儀作法が書かれた本。第9代・成宗《ソンジョン》の母、仁粋大妃《インステビ》が編纂した

朝鮮八道 朝鮮王朝が半島に置いた8つの道（行政区画）

漢陽（ハニャン）首都。現在のソウル

酒幕（チュマク）宿泊施設付きの居酒屋

煎（ジョン）薄切りした魚や肉、野菜などに小麦粉をまぶして油で焼いたもの

飯床（パンサン）米、汁もの、おかずから成る食事膳

あとがき　作者より日本語翻訳版によせて

『赤い袖先』は、十八世紀を生きた宮女、そして側室の人生から王を見つめる物語です。

作中で男性主人公のモチーフとなる王「正祖」は、韓国史でも指折りの魅力的な人物であり、メディアで何度も取り上げられるほど、主人公の宿命を受けた人です。

厳格な原則主義者であると同時に、激しく短気でもありました。

一方で彼は、宜嬪ソン氏が寵愛を笠に着て欲を出すこともなく、質素に暮らし、死ぬ間際まで世継ぎとなる息子を授かることを望んだ点を褒めました。これは私にとって、正祖に愛された女性の観点から、彼の人生を描くうえで大きな手がかりとなりました。

正祖は宜嬪ソン氏を愛していました。

彼女はもともと宮女でした。身分意識が強かった王にふさわしい相手ではありませんでした。また、文体反正（文体を純粋なものに立ち返らせる政策）まで起こした彼とは違い、宮女たちと小説の筆写をしたりもしました。そして、〝正室に子がいない以上、共寝はできない〟という、その時代の女性としてふさわしい理由を前面に出し、王の愛に素直に応じませんでした。いろいろな面で正祖の頑なな価値観とは合わないような女性でした。

それでもなぜよりによって、彼女でなければならなかったのでしょうか。このような疑問を私は『赤い袖先』という長編小説で解き明かしていったつもりですが、ひょっとするとこの本を読んでくださった方々のなかには他の答えを見つける方もいることでしょう。

最初に出版されて以来、『赤い袖先』は多くの方に愛されました。おかげでウェブトゥーンとテレビドラマとしても制作され、このように外国の読者に紹介される機会まで得ることができました。

私は高校に入学した年にこの物語を書き始めました。当時の私は、宮部みゆきと恩田陸の本を読みながら夜を明かしました。歳月が流れて私の物語が日本語に翻訳されて出版されるなんて、とても感慨深いです。

私はこの物語を書いたすべての瞬間を覚えています。私がハングルで表現した情緒と感情が日本の読者の方々にもよく伝わりますように、そして、『赤い袖先』が読者の皆様の人生のなかのとても小さな瞬間にでも永遠に残ることを、心よりお祈り申し上げます。

ありがとうございます。

２０２３年６月
カン・ミガン

赤い袖先

中巻のあらすじ

二十七歳になってもいまだ世継ぎのない王を案じて、大妃は新たな側室を迎えるよう命じる。候補のなかには王の側近ドンノの幼い妹もいた。ざわつく周囲に反して、まるでその気のない王は、そばに仕える宮女のドギムに、「お前は私が多くの側室を持つことをどう思うのだ」と問う。不機嫌な王をうまくあしらうドギムだったが、心の奥では何か切ない感情が生まれるのだった。

一方、王の側室が正式に決まると、控えめで物静かだった王妃の様子が変わり始める。王と王妃、側室の間に張り詰めた空気が流れるなか、ドギムは……。

『赤い袖先　上巻・中巻・下巻』（全３巻）は、韓国で刊行された『옷소매 붉은 끝동 1，2』（改訂版／全２巻）を、全３巻に構成したものです。登場人物紹介、時代背景、年表、用語解説などのコラムは、日本語翻訳版編集スタッフが執筆・構成しています。歴史上の出来事などで諸説あるものについては、『정조실록（正祖実録)』、『イ・サンの夢見た世界 正祖の政治と哲学』『朝鮮王朝実録』（ともにキネマ旬報社）を参考にしました。

日本語翻訳版スタッフ

翻訳　本間裕美／丸谷幸子／金美廷
翻訳監修　鷹野文子／野田智代
翻訳協力　蒔田陽平
編集　高橋尚子［KWC］／杉本真理／竹原晶子［双葉社］
翻訳版デザイン　藤原薫［landfish］
コーディネート　金美廷
校正　姜明姫
写真協力　NBCユニバーサル・エンターテイメント

カン・ミガン
ソウル生まれ。幼い頃より引っ越しを繰り返し韓国各地の文化に触れて育つ。特に水原で過ごしたときに得たインスピレーションをもとに、高校１年のとき、『赤い袖先』の草案を執筆。８年の時間をかけて完成したこのデビュー小説は、2017年に初出版され、多くの愛を受けた。2021年にウェブトゥーンとドラマが制作されると、書店ベストセラーランキングに再浮上するなど話題を呼んだ。現在はソウル在住。最新作に『無関心の逆方向（무관심의 역방향）』がある。

赤《あか》い袖先《そでさき》 上巻《じょうかん》

2023年６月24日　第1刷発行
2023年11月13日　第2刷発行

著　　者　カン・ミガン
発 行 者　島野浩二
発 行 所　株式会社双葉社
〒162-8540 東京都新宿区東五軒町3番28号
［電話］03-5261-4818（営業）　03-5261-4869（編集）
http://www.futabasha.co.jp/
（双葉社の書籍・コミック・ムックが買えます）

印刷所・製本所　中央精版印刷株式会社

ISBN978-4-575-24642-1 C0097